艾玛/对不起

阿曼达·马西埃尔 著　　熊钰 译

Tease

作家出版社

（京权）图字：01-2016-0439

图书在版编目（CIP）数据

艾玛，对不起 / ［美］阿曼达·马西埃尔 著；熊钰 译. -- 北京：作家出版社，2017.1

ISBN 978-7-5063-8895-5

Ⅰ.①艾… Ⅱ.①马… ②熊… Ⅲ.①长篇小说－美国－现代 Ⅳ.①I712.45

中国版本图书馆CIP数据核字（2016）第084190号

First published in the USA in 2014 by Balzer&Bray
First published in Great Britain in 2014 by Hodder Children' s Books

艾玛，对不起

作　　者：［美］阿曼达·马西埃尔
译　　者：熊　钰
责任编辑：宋辰辰
装帧设计：王一竹
出版发行：作家出版社
社　　址：北京农展馆南里10号　　**邮　　编：**100125
电话传真：86-10-65930756（出版发行部）
86-10-65004079（总编室）
86-10-65015116（邮购部）
E-mail:zuojia@zuojia.net.cn
http://www.haozuojia.com（作家在线）
印　　刷：三河市华业印务有限公司
成品尺寸：142×210
字　　数：230千
印　　张：9.875
版　　次：2017年1月第1版
印　　次：2017年1月第1次印刷
ISBN　978-7-5063-8895-5
定　　价：32.00元

01 七月

“你是否曾经与帕特曼小姐发生过肢体冲突?”

“曾经什么?”

“你是否曾经——”

“哦，是的。嗯，对，我想在更衣室是有过那么一次。”

即使磁带录音机仍然运转着，这名律师还是在纸上写下：“总共有过一次。”而且，她已经知道了问题的答案。而且，法律事务所的那个实习律师也正做着笔录。我不应该去注意他有多帅，但他是这里唯一赏心悦目的人了。他也是这群人里唯一与我年纪相仿的人——那帮律师都40岁上下的样子，而那个女速记员看起来像是有105岁——而且，他是新来的，也许是因为现在正当夏天，法学院正好是假期之类的。这肯定会很不错。自从整个……事件发生以来，我耽误了高三学年[1]的很多时间，所以我现在进了暑期学校。

以及这个地方。

① 美国大部分地方的高中为四年制，因此此处的“高三”并非高中最后一年。——译者注

“1月23日的事件就是这样？”

这名律师始终冷冰冰的，说话不带什么感情，一直浪费着大家的时间。她像是这家事务所一类的机构的头头，反正我不是很清楚。通常我只会见娜塔莉。虽然她也好不到哪儿去，但至少她在谈话时会正眼看我。不过今天她也是在记着笔录，而且写字时都没怎么注意过我。也许他们只是在写各自的购物清单什么的。

娜塔莉突然抬头看着我，眉毛高高挑起。像是在说，回答这个问题。

“对，我想就是这样。那天是星期二吧？你知道的，因为我们就星期二和星期四有体育课，所以我觉得那天是星期二。”

那位从不进行眼神交流的律师点了点头，然后又记下了这一点。也许她写的是：芝麻菜、卫生纸、橙汁。反正我不知道。天呐，这样真的好无聊。

不出所料，整个过程一点也不像电视里演的那样。我是想说，我现在还穿着牛仔短裤。整个过程没有一点庭审的样子——比如，午后的阳光穿过大窗户洒落下来，而与此同时，我在证人席之类的位置上，声泪俱下地坦白着一切。显然，你甚至都不该去想着出庭受审，尽管那会比现在的情形精彩得多，即便不会让人多愉快，或者像电影里那样好玩。现在我们所有人都挤着坐在一间无窗的房间里，里面有张台面斑驳的仿木桌子（我觉得它无足轻重，但我还是已经盯着它看了足足三个小时了），房间里的灯光太刺眼，空调也吹得太猛，我甚至都感觉不到冷，只是麻木。

我觉得我已经麻木好一阵子了。

但是我并没有杀死任何人。

我偷偷地又瞅了那个实习律师一眼。他是个黑人，留着短发，皮肤极其平滑。他的皮肤颜色很深，在浅紫色衬衣的衬托下显得很好看。它让我想起了以前做美甲时经常用的一款指甲油，在那时去个美容院还不成什么问题。那时候，这件事还没有隔三岔五地出现在报纸上，在杂货店遇到的人们也不会咒骂我。而现在，即使我只是给弟弟们买些该死的薯条和辣酱，他们也会在过道里对我大吼大叫，嘴里满是恶毒不已的话。

之前塞尔夫人在英语课上教我们“讽刺”这个词时，我从未真正理解过它的意义，但我现在算是体会到了。现在我正是因为欺凌别人而反被欺凌。尽管如此，我从未试图去跟杂货店遇到的那些人解释这件事。妈妈说，他们只是些白痴，我应该无视他们。有一段时间里，我是同意她的看法的。

“告诉我们那天发生了什么。”

的确不错。娜塔莉整个夏天都在帮我度过这一切，但是我却仍然不大情愿。那个帅气的实习律师现在看着我，一本正经、面无表情，但是我敢打赌，如果他在杂货店看到我，他也会冲我吼叫的。

你这个一无是处的垃圾。你现在本来该和朋友待在一起的。

“嗯，好吧。”

每个人都暂时搁下了手中的笔，我顿时感到一阵口干舌燥。我低头看了看自己的脚，我最喜欢的红色夹趾拖鞋，还有脚趾头上可笑的银色指甲油，随后我想起这样的情形在初中曾有过很多次。

八年级与布丽尔·格雷格斯成为朋友的那一年，我充满了绝望。我们被分到一组做演讲，我敢肯定，她如果看到我演讲时畏畏缩缩的样子，肯定会厌恶我。我不喜欢成为众人关注的焦点。

但是布丽尔当时——现在也是——毫无惧色。她总是笑着面对全班，滔滔不绝地讲起死刑、leash laws或是任何我们所分到的演讲题目，而我就站在一边，做她沉默的小伙伴。尼迪先生[1]（不骗你，那就是他的名字）总会说："那么，莎拉，你是怎么看这个问题的？"语气咄咄逼人。然后我张了张自己像沙漠般干燥的嘴，还是什么也说不出，但布丽尔这时就会叽歪起来："很明显她跟我看法一样，她包揽了所有的调查研究工作。"然后我们会得到一个A等成绩。

不管怎样，现在我又回到了口干舌燥的状态。而布丽尔也不在这里。我想，她应该是进行着她自己那边的谈话吧，在其他某个地方。她有了自己的律师，我们不应该再找彼此说话。两个多月以来，我们确实也没有再说过话了。

于是我来了这个地方，人们都指望着我能跟律师多说些布丽尔的坏话。因为老实说，这就是这些过程所要做的。比如说在更衣室经历的那该死的一天……那的确是布丽尔干的。关于艾玛遭遇的事情——的确不关我的事，实际上，那不关我们任何人的事。都是艾玛自己。没有人去给她把上吊的绳子系好。甚至在那之前，艾玛也不能说是无辜的。总之，她才是那个——

"华顿小姐？"

我觉得，我一直在不停地陷入长久的沉默。空调让我们每个人都保持着清醒，但是，在我喝了他们给的那瓶健怡胡椒博士[2]以后，至少已经过去一个小时了，我只是觉得有点精神恍

① 原文为Mr. Needy，needy一词意思为"穷的，贫困的"。——译者注

② Dr Pepper，一般译作"胡椒博士"、"苹菱博士"、"乐倍"、"澎泉"等，是美国Dr Pepper / Seven Up（七喜）公司生产的一种焦糖碳酸饮料。——译者注

惚。我还一直把那只空瓶子在手里转来转去。上面的包装纸已经变得松松垮垮，于是我开始把它往下扯，感觉像是在脱这个瓶子的衣服一样。我真想蜷缩成一团，睡上个一百万年。这些天我睡得可不少。要想让妈妈远离我的案子，要想不用跟弟弟们解释这一切，这是最简单的方法了。说得好像能有什么方法去跟谁解释这一切似的。

我深吸了一口气。“好吧，那么，那的确是个星期四。艾玛当时正在换衣服。我意思是，我们大伙都在换衣服；那是在更衣室，因为我们必须得穿好衣服去上体育课。”

每个人又开始动笔记起来。我觉得很痒，感觉像是皮肤绷得太紧。我把重心移向身子另一侧，好让我在身下那张廉价办公椅上坐得更舒服一些。可是不行。我想知道那个实习律师是否觉得我漂亮，但是我随即意识到，没有人会觉得我漂亮，再也不会有了。他和其他人一样，也会觉得我是个怪人。而且，我很清楚自己看起来并不漂亮——我穿着毫无个性的毛边牛仔短裤，头发胡乱地挽起，还涂着少量睫毛膏。最近胃口不大好，我感觉自己瘦了，但瘦得不太正常。

我瞅了娜塔莉一眼，继续说了下去。“布丽尔问艾玛，为什么她，你也知道——为什么她最近经常跟迪兰说话。”

“你是说豪威先生？”

我小心翼翼，目不转睛，“是的，迪兰·豪威。我男朋友。我是说当时。”

而现在，则成了我的前男友。差不多就是这样，或者说某种程度上。

“帕特曼小姐说了什么？”

我移向椅子的另一侧，“她什么也没说。我意思是，那时候她知道布丽尔讨厌她。”

“你凭什么那么说?”这位律师我并不认识，她在跟我说话时甚至都没有正眼看我。我对她的头发皱了皱眉，它那种金黄色泽会让老女人们觉得很年轻，但实际上，那只会比灰白的发色更让她们显得苍老、过时。

“每个人都讨厌她。每个人都知道她一直在和所有男生发短信，也知道她对迪兰十分着迷。布丽尔觉得她是个神经病，其他人也都这么想。”

我的声音大了起来，那个帅气的实习律师看着我，眼神略显犀利。我已经很久没再给谁说起过这一切了，我差不多快忘了人们有多讨厌我。现在甚至连娜塔莉听了这些也会叹气，好像她已经厌倦了我的废话。

但这并不是废话。每个人都将艾玛·帕特曼视为眼中钉。我们并没有杀死她，但是很遗憾，那并不意味着我们喜欢她。而现在，既然每个人都认定是我们杀了她，或者说多少有点责任，那么我觉得我现在比她在世时更不喜欢她了。

“然后你和格雷格斯小姐做了什么?”

我并没有立刻回答，但是她仍然没有抬眼看我。“布丽尔骂她是个贱人，”我说，“我想我可能推了她一下。就一下。”

“你把她推到了储物柜上，是吗?”

“我想是的。”

“然后帕特曼小姐做了什么?”

“什么都没做。”

“什么都没做?”

“我是说，我觉得她在哭。”她总是在哭，我想再补上这么一句，但娜塔莉告诉过我不要“添油加醋”，尽可能简单地回答就好。

“你觉得？”

“她是在哭，行了吧？”

“然后你又对她说了什么？”

我叹了口气，“我让她离我男朋友远点。”

“你还说过其他的话吗？”

“说什么？”

“我们有证词称，你……”那个顶着屎黄色头发的脑袋转向帅气的实习律师，他递给她一张纸，上面有几行字。“对，就是这个。你骂她是骚货？”

“好吧。”

“你是否骂过帕特曼小姐骚货？”

“嗯，我想是吧。”

“你不记得了？”

“我是说，我不记得是否在那天骂过她骚货了。”我记得曾把艾玛推到储物柜上。她的暗红色头发没有挽起来，当她身体自我保护似地微微退缩时，那些头发散成一堆漂亮得令人生厌的卷曲，落在了她的肩上，她像个无助的小女孩一样，一边退避一边哭喊，那种样子反而让我更来气。她呜咽着说了什么，我记得很清楚。她轻轻地举起了双手，可能是想表示投降，要不就是终于准备保护自己了——我不知道是哪种情况。或许我内心是清楚的。我想是表示投降吧。

这才是真正的“添油加醋”，尽管我也因此没有说出来。

“你是不是说，你在其他场合骂过她骚货？”

“我是说，我就觉得她是个骚货。我确定我是骂过她骚货。但我不确定我是否在1月23日那天骂过她骚货。”

每个人都停下笔来看着我，表情诧异，沉默不语。我的心怦怦地跳着。我没法直视任何人的眼睛。我只是看着桌子，期待着自己可以消失。

“我们需要休息一会。”娜塔莉说。这是整个上午她说的第一句有用的话。“我们休息十分钟吧。”

那位金发律师点了点头，似乎她宁愿去任何地方，也不愿和我待在这个简陋的会客室里。也许她不会再回来了——也许我可以回家了。

但事与愿违，我僵直地走到了稍微暖和些的走廊里，等着自己的脚恢复知觉。外面的等候区设有椅子，但是没有人等我。我今天自己开车来的。

“莎拉，”娜塔莉低声说，“你需要在这里冷静冷静。只剩下几个问题了，这很重要。”

我不由自主地点了点头，踱步走向窗边。窗外是办公区花园的停车区。阳光在一排排四门汽车的挡风玻璃上闪耀着。只需看看，你就能知道天气有多热。但我胳膊上却生出鸡皮疙瘩。

我开始默默地数起所有的白色汽车来，而我的律师在一边不停地跟我说话。它们的数量很多，其中包括我那一辆，我在这里看不见它，因为我停在了另一边。我看见一辆银白色的奔驰，和布丽尔的那辆简直一模一样，我记起她车胎被划坏了，那是我们最早上新闻的时候。也许她现在有一辆新车了。我悠闲地将双手伸进了短裤口袋。右边口袋里有一张口香糖包装纸，我将它揉成了一个小球。

娜塔莉终于安静了一会，而我正好数到了十六辆白色汽车。当她又开始说话时，我听见了。我意思是，我忘了隔离掉她的声音，于是它钻进了耳朵里。

“我们是在努力让你从这件事里解脱出来。一个女生死了，每个人都想让你和你的朋友为发生的事情负责。”

“但我们没有责任，”我不假思索地说，“我们并没有犯下什么事。”

“这件事没有那么简单。”

“这件事就应该这么简单。”

娜塔莉深深地叹了口气。“我知道，但是它恰恰就不是那么简单。人们悲伤又愤怒，他们只希望看到你的抱歉。”

但是事情就是那样啊。

我并没有觉得抱歉。

艾玛一直是个勾引别人男朋友的贱人，一直到三月份她自杀那天都是。

我并没有做错什么，但她却彻底毁掉了我的人生。

当我回到自己那辆旧的本田雅阁里时，说实话车里面感觉像个烤箱一样。深色的衬垫吸足了每一分钟的阳光，所以说，即使我最终从那间该死的审讯室里解脱出来了，我也无法马上离开——我不得不打开车门，站在一旁，将风扇开到最大挡，等着车里的座位凉到可以坐上去。我小心地倚着后车门，尽量确保我的皮肤没有碰到车身的金属，然后我检查了一下电话。我只收到一条妈妈发来的短信，说的是取牛奶的事，还有就是我的免费手机应用上有个还没通关的游戏。

现在我应该去看心理医生，然后回家做学校的暑假作业。这真的是有史以来最有意思的夏天了。人们一直想知道，为什么我不会为艾玛难过。

我想知道布丽尔是怎样跟她的律师讲述更衣室那件事的。

似乎每个人现在都知道了某种说法。学校里大多数人都受到了某些人士的采访，当时在那个更衣室有很多人，我们同校的同学，以及艾玛曾经待过的学校的同学。好吧，也许在更衣室也没有这么多人。不管怎样，至少没有一个老师。也没有梅甘·科利，那个唯一跟艾玛有些交情的女生。梅甘也有点骚，而且她们也不是一直都合得来。因为梅甘无处不在，甚至曾经和她妈妈去纽约上过《今天》节目。我觉得我和布丽尔对梅甘也不是太友好，因为她在面向全国的电视节目上直接骂我们是杀人凶手。

而现在，全世界都认为艾玛·帕特曼自杀是因为我们骂她是个骚货——而不是因为她确实是个骚货。那样就说得通了。

我把手伸进车里挥了挥，确定至少坐前座的边上是没问题了。汗水开始让衬衫往我背上粘，我对准一个排风口靠了过去，但并没有什么用。

我现在真正犯下的一个错误是，至少娜塔莉是这么说的，对于曾经刻薄地对待艾玛这件事表现得满不在乎。无论我怎样努力地解释，说艾玛也对我们做过让人恶心的事，说事情并不像指控书上说的那样是多大的阴谋，但都丝毫不管用。于是现在我请了律师，布丽尔也请了律师，几个男生各自也请了律师。我们一直相互指责着。没有人去指责艾玛什么。

我按时毕业的机会几乎已经十分渺茫。我可能再也不能上大学了。但是如果我再认真些，如果我努力争取，按照娜塔莉说的那样表示抱歉，哪怕是上了法庭，情况都可能会好转的。

他们所有人就是那么说的。但这并不是意味着，我就能上得了哈佛这样的学校。在整件事情发生以前，我并不是多么优秀的学生，我也不是说我是个多么优秀的人。这只是说——就像布丽尔在事情发生后所说：艾玛倒是解脱了。大家老是在说，她无法活着为自己辩护——但是我还活着，这真的很糟糕。就好像是，某个人死了，所以每个活下来的人都不容分说是有罪的。

不过，在这个案子里，只有我们五个人有罪。面对各为其主的律师还有那些指控，我最大的愿望不过是可以不用承受所有的指责。

又过了一分钟，车子还是没有凉下来，我叹了口气，将穿着红色夹趾拖鞋的脚收了进来，猛地拉上车门，试图用手指尖把车开出停车区。我喃喃地念着自己知道的所有骂人的话，几乎没有看见朝着副驾驶座的窗户走过来的人，直到她在窗上敲了起来。

“啊呀！”我尖叫一声，猛地踩下刹车，又阴差阳错地抓住了方向盘。我立刻感到手上一阵灼热，然后又咒骂了几句。

我听见车外边一个声音说道：“天呐，你个烂人，你差点撞到我了！”

是布丽尔。

我将车开回先前的办公区花园，在还没有到停车区的地方停了下来，然后下了车。大颗的汗珠沿着我的后背和脖子往下流，但布丽尔看上去却像朵雏菊一样清爽。她的确也穿着一件边上绣着雏菊图案的宽松白背心。

“嘿。”她轻松地说道，好像我们并没有整整十个月没有讲过话一样。我甚至没能在Facebook上和她说上话——娜塔莉让我妈妈注销了我的账号。那样也好，要是想起杂货店的人们是如何刻薄，我也完全不知道如何面对网民的反应。也许我本该自己注销账号，而不是每晚熬夜到两点，去浏览人们在每张圈出了我的照片下留下的不计其数的失去理智的刻薄评论。成百上千的刻薄话，不计其数。外界满是对我的厌恶。

“嗨。”我生硬地回道。我肯定看起来像个疯子，差点开车撞倒她，下车的样子感觉像是车子着了火。我轻轻拉了下自己的衬衣，在它和我的后背之间放进一些空气，我努力微笑着面对自己（曾经的?）的闺蜜，想要说点什么正常的话。“你的，嗯——你的律师办公室也在这里?”我觉得自己说对了，我之前看到的肯定是她那辆SUV。

“嗯，是的。”她说道。她把头一偏，耸了耸肩膀，一头完美的桃红色头发散落在肩上，略显随意地卷曲着，光泽闪耀动人。我按捺着没去碰被自己无心弄得很乱的马尾辫。

尽管她看上去好像胖了点，但经历了这么久的夏日阳光，她并没有变得像我想象的那般黝黑。格雷格斯家后院有个很大的游泳池，所以通常每当秋季新学期来临时，我和布丽尔都晒得很黑。也许我并不是唯一一个整个夏天都待在房间看电视或者睡觉的人。

“整件事真恶心。”她说。她听起来并不像是真的觉得忧虑，只是觉得疲倦而已。或者也可能……她嗑药了？这句话我没来得及好好想想就开口问了。“噢，”她挥挥手继续说道，好像在优雅地驱赶着一只苍蝇，“我觉得我们不应该说话的。”

当她说那句话时，她的声音有些尖锐，好像是我想不说话，而她是在跟我生气。“我——”我准备说什么，随即又打住了。突然间，我非常想念这位闺蜜——非常想念，那种感觉就像是身体上的疼痛，就像是仍然残留在我抓过饱晒阳光的方向盘后的手心的灼热。“你还好吗?”我终于说话了。

"还好吧，我胖了。"她说道，发出一声干巴巴的笑。当然，她并不胖。我摇着头，她又说："不，我真的胖了。我再也不能去健身房，我父母完全成了希特勒那样的独裁者。我的天呐，艾玛真的把一切都搞得乱糟糟的，不是吗？"

她翻了个白眼，还是她一贯那种夸张的方式，我点点头，表示完全同意她所说的。天呐，这多么让人欣慰，在这些天之后，她还肯见我，她还能理解这一切有多难，她还没有讨厌我——

我想绕到车子那边去，张开双臂给她一个拥抱——即使我们从来没有那样做过——但是我还没有跨出半步，她的脸色就彻底变了，完全变回了那种随性的、无忧无虑的神情。

"啦啦啦啦。"她说道，把手往两边一甩，感觉差点就甩断了。她绝对是磕了药。"而你看起来瘦了，你个贱人。"

我低头看看，努力忍着不露出微笑或显得太谄媚。"谢谢。"我说，但声音异常平静。我用稍稍大点的声音又说："你看起来气色不错，真的。能见到你真好。"

"是的，很好——好得你差点用车撞倒我！"她笑着说。声音又变得尖锐起来，我不知道自己是说错了什么。"不管怎样，你要走了，我只是想过来打个招呼。那么，你懂的，嗨！然后，拜拜！哈哈哈！"

就那样，我甚至没来得及回她一声"嗨"——或者"拜"，布丽尔就已经消失在一排排的汽车中了。

回到车里的时候，我关掉了空调。酷热反而让人感觉更舒服。不管怎样，我都感觉自己快要窒息了，如果连呼吸都感到困难了，热不热又有什么区别呢？反正现在总归感觉是呼吸困难。我已经好几个月没有舒畅透彻地呼吸过了。

02 一月

“我给你说——她肯定已经从别人手机里得到他的号码了。比如，可能从泰勒那里——”

“乱说。天呐，莎拉，你天真起来可真是天真。”

我自我保护似地拿起自己的化学课本，好像遮住胸部就能让布丽尔的话变成假的。好像我就能缩起来，假装自己的男朋友迪兰（遇见他是再好不过的事）不会收到另一个女孩的短信。假装自己不知道，因为我之前没发现有这么个女孩。

“你不用突然这么文绉绉，”我对这位所谓的闺蜜说道，但她仍然对我翻着白眼。

“好吧，很好，你个装聋作哑的贱人——这样行了吧？”她开始向化学课教室走去，我跟着她。她昂首阔步走过一群高四男生，他们全都向她点头问好，甚至在她走过去了以后还转过身一直看着。“你知道他们在一起上语言艺术这门课吧，”她对我说道，“你也知道，她不停地勾搭着雅各布还有泰勒，你要明白她是个肮脏的讨厌鬼。不要觉得她不会染指你的男人。”

“但他甚至都不认识她啊！”我讨厌自己尖锐的声音。我讨厌眼里泛起的泪水。我昨晚才为这事哭过；现在我不需要布丽尔和全世界来看着我在走廊里崩溃。

但布丽尔突然转过头，看起来是为我感到非常遗憾，弄得我差点真的哭了出来。

“哦，亲爱的，”她温柔地说道，“这不是迪兰的错，我懂的！他只是个笨男孩。他当然是爱你的。但是男孩子不懂得如何应付艾玛·帕特曼这种骚货。他还是习惯你这种好女孩！”

她给了我一个闪电般迅速的拥抱，将我的课本抵到我胸上弄皱了，她抓住我的肩膀，然后又放开。我对她微笑着，努力装出我并没有因此垮掉的样子。

“是艾玛。”她又说道，带着我走进化学实验室。“垃圾需要被踢出去，把位置给名正言顺的人。有谁之前料到过一个高二学生会成为这样的眼中钉？”

我们在桌前坐下的时候，我嘟哝了几句以示同意。我们的实验室搭档杰夫·马什和谢默斯·奥利里（布丽尔叫他艾利什·奥艾利什[1]）已经坐在了我们对面的高脚凳上，我们冲他们假笑了一下。他们算不上学校里最酷的男生，但是他们经常包揽了课上的大部分任务，还让我们抄他们的答案。实际上我的化学比他俩任何一个都好。这学期我只有两门课是跟布丽尔一起上，所以我们需要把所有上课时间都用来讲话。我不认为我这学期的化学或是体育成绩会有多么多么的好，但至少杰夫和谢默斯让我不会在这门课上挂科。

我也有两门课是跟艾玛一起上的——美国历史课和体育课——即使她比我小一岁。因为某种原因，在她十月份转学

① 原文为Irish O'Irish，Irish意为“爱尔兰（人）的”，此处为布丽尔打趣谢默斯·奥利里（Seamus O'Leary）名字有爱尔兰色彩而专门取的绰号。——译者注

之前的那个学校是将美国历史课作为高二的课程。于是爱姆伍德中学认为她应该继续上这门课，这打乱了她体育之类的课程的安排。她已经和一堆高三男生交往过了，而且她也总是试图巴结我们班的女生。大家都知道她是个蠢货，总是喜欢挑起毫无意义的事端。布丽尔第一眼看到她时就相当厌恶了。

“那么，艾利什，”布丽尔说道，将一个烧杯对着谢默斯，“你哥哥这个周末可以帮我们弄到那桶酒吗？”

这是我第一次听说谢默斯有门路，我挑起眉毛，满怀期待地看着他。这场计划中的派对是在布丽尔的家里举办，此时她父母正在百慕大游玩。据我所知，我们只需从他们的酒柜里尽量偷一些出来，也许还会从艾莉森·斯蒂普她爸爸的地下室冰箱里拿些啤酒。我都不知道谢默斯或者杰夫也受到了邀请。

“当然，我的姑娘。”谢默斯操着浓重的口音说。他喜欢布丽尔给他取绰号，他也一直很配合。男生基本上都很喜欢布丽尔——她有那种白富美的光彩，有着一头长发和一衣柜的艾伯克龙比的衣服，但她也极其专横跋扈，这让男孩子在她身边从不会觉得无聊。她嘲笑他们的玩笑，而他们甚至都没有意识到自己开过什么笑话。因为实际上是她在跟他们开玩笑。

这看起来是很令人惊异，但这也基本上不可能模仿得了。我试过的。

“干得漂亮。”她说，对他亮出了会让任何人都会觉得是发自内心的微笑。随后她往后甩甩头发，将他晾在一边。

她正眼看着我，继续说：“我们需要重启关于这场派对的讨论。”

啊，是的，讨论。这场讨论更像是在谈论我是否应该在这场派对上——或者在这次派对结束后，我猜可能会在布丽尔的客房里——对迪兰献出我的童贞。

我一直都比较倾向于“不”，但是自从布丽尔去年夏天在游泳夏令营把童贞给了一名大学生之后，她就只想跟我聊我的性生活了。或者叫性生活的缺失。我从未见过她交往过的那个男生，但我看过照片，现在我算是彻底明白为什么她总在抱怨高中生能力是多么不行了。

当然，这话对她而言很容易就能讲出口——她是我俩中间更大胆的那个，也是已经有过不止一个真正意义上的男朋友的那个，即使他们都只是些无能的高中生。迪兰应该算是我第一个男朋友，我多多少少会感觉自己跟他还停留在接接吻的阶段。他年龄比我大，会明白自己在做什么。他也明白我并不明白自己在做什么。这听起来是个不错的主意，我知道每个人都会这么觉得，但是到了真正跟迪兰在一起的时候，我就糊涂了。这怪吓人的。

但是正如我所说，布丽尔并没有被吓到，而且即使她能够了解，我也不知道该怎样去解释自己会被吓到的原因。比如还在八年级的时候，布丽尔就已经有个颇具杀伤力的观点了：“如果他能从你那里得到那种美妙的东西，他显然就不会给超级大骚货艾玛发短信了。”她悄悄对我说道，在说到她新发明的绰号时不屑地哼了一声。

我没来得及想好怎样回答她，因为恩曼小姐出现了，于是我们不得不假装认真听了一会课。

恩曼小姐刚一转身向黑板走去，我就听见布丽尔低沉单调的声音在耳边响起：“你知道你很想的！”

我妈妈在一家大型保险公司上班，我放学后她很少在家，所以我必须负责确保弟弟们（实际上他们也不小了）有东西吃，并且至少要完成作业，不然他们就无法分别读完五年级和六年级。我还是挺喜欢我们姐弟之间年龄相差比较大——首先，我可以享受好几年的独生女待遇，而那段时间差不多正好是在我父母相互厌恶对方之前。我觉得，他们生下汤米（他喜欢人们叫他汤姆）和亚历克斯（他希望人们叫他阿若德[①]）是试图再找回家的感觉。但是这根本没用。大约在亚历克斯出生后五秒钟，爸爸就搬出去了，而我则晋升为了全职保姆兼半个家长。

但这些男孩子就很淡定了。他们喜欢我在小学的课后活动时间去接他们，这些活动有时是运动，有时（比如像今天）只是额外的学习。大学的志愿者会过来帮他们辅导作业，所以当我把车开到悦山小学（Pleasant Hill Elementary）的环行道时，我的工作实际上已经完成一半了。

六年级的汤米咚的一声坐进了汽车后座，因为他在推挤抢座的比赛中输给了五年级的亚历克斯（最近几个月他已经长成了一个壮实的孩子了）。也许我不会去帮谁。我的意思是，就像今天这样，只要他们坐进车里，我就开车走了。“在车里找到零钱的人有权选择今天吃塔可钟[②]还是麦当劳！”然后我立刻差不多快撞到了方向盘上，因为汤米跳到了后排座位的地板上，他的头拱到了我的座椅。

亚历克斯打开仪表盘上的储物箱，开始把一堆我不知为何物的纸片还有垃圾清理了出来。“耶！”他叫道，“一美元！”

---

① A-Rod，按字面可译为“一根杆子”。——译者注

② Taco Bell，目前世界上规模最大的提供墨西哥式食品的连锁餐饮品牌，隶属于百胜全球餐饮集团。——译者注

"我去！亚历克斯？"我说道，但是微笑着。

"塔可钟！究竟个啥啊！塔可钟啊！[1]"他得意扬扬地念道。

"孩子，注意用词。"我说道，但现在我们笑着。从后视镜里甚至可以看到汤米也咧嘴笑了。

对整个"儿童肥胖问题法案"来说，幸运的是，我们所拥有的钱依旧只能让每个人吃上一个塔可[2]，所以，不能说我们是在额外加餐。而且我让他们走着去餐厅，这样也算是锻炼了身体。如果穿过停车场也算的话。

我们拿着买来的塔可到了一个靠窗的隔间，尽管冬日残阳仍旧挂在天边，但这里依旧冷飕飕的，亚历克斯和我在塔可上抹了不辣的酱，而汤米打开了九袋最辣的那种，然后还试图往亚历克斯的塔可上挤一些。

"别胡来！"亚历克斯嚷着，一边把汤米往长椅上他坐的那边挤。

"哇呀！"汤米也嚷着，一边往回挤。

"别闹啦，小家伙们。"我说道，一边舔起滑过我手指的一片生菜。"你们是否可以——"我没有说完，因为他们仍然挤得不亦乐乎，于是，我没再跟他们讲道理，而是直接站起来，抓住汤米的胳膊，把他从隔间的那一端拉了出来。我把他推了一圈，让他坐到了长椅上我刚才坐的位置，我自己则挨着亚历克斯坐下，又把自己的塔可从桌子对面拉了过来。"行了吧？"我问道，几下忙完后还有点喘不过气。"我们可以开吃了吧？"

亚历克斯冲汤米傻笑着，但幸运的是，汤米把食物拉到了

---

① 原文为"Ta-co Bell! How the hell! Ta-co Bell!"，是亚历克斯故意接嘴编的押韵俏皮话。——译者注

② Taco，墨西哥卷饼。——译者注

他的新座位那边，也立刻朝亚历克斯笑了笑。

“迪兰的快球[①]怎么样？”亚历克斯问我。

我微笑着。亚历克斯很崇拜我的男朋友。我觉得我能看出来。

迪兰一直都是在校队打球，但现在他已经是高四了，所以他正极其投入地让自己变得非常非常优秀，因为这样才能确保申请到大学奖学金。这些天他一直在做的事就是备战棒球预选赛。他真心地想成为今年的先发投手。或者他说的是最后的投手？我想我当时没有很认真地在听——我的意思是，当两人独处的时候，我们其实话说得不多。

圣诞节后第二天，迪兰来了。因为外面的天气暖和得吓人，他带了亚历克斯去后院，跟他一起练习棒球。于是，我这个10岁的弟弟现在总喜欢谈论迪兰的投球。汤米四月就满12岁了，他常常装出很酷的样子，好像不会被他姐姐的男朋友所吸引。但是他也终于露出了兴趣。

“我想应该不错吧，小家伙，”我告诉亚历克斯，“这个赛季不久就要开始了，所以你可以和我一起去看比赛，到时候你可以亲眼瞧瞧。”

亚历克斯差点从座位上蹦起来，而汤米也在一边问：“我也可以一起去，对吗？”

“当然啦。”我说。我希望迪兰已经准备好拥有一个青少年粉丝团了。

我仍然不大明白为什么迪兰·豪威最早会想跟我交往。去年秋天，有很多次我们都被单独留在一起，因为布丽尔那时在

① fastball，指棒球比赛中投手速度很快的掷球。——译者注

和篮球队一个叫罗勃的男生约会。我一直觉得迪兰很英俊——这不是情人眼里出西施——所以最初有一阵子，我很难不让自己表现得像个白痴一样缠着他。要是我能像跟弟弟们说话一样跟同龄男生说话，事情就轻松多了。好吧，也许——亚历克斯和汤米经常说放屁什么的。我也会在派对之类的场合被男生搭讪，但都没什么进一步的发展，我是指正式的发展。高二的大部分时间里，我曾觉得自己很喜欢帕克·安德森，我们也互发过短信。但是也就只是发发短信而已。在学校里，帕克从来没有理过我，最终布丽尔让我相信，我也应该对他报以无视。

所以无论如何，如果布丽尔没有和罗勃约会的话，我也不会跟迪兰·豪威走得这么近。

后来在感恩节假期的一个晚上，我们一群人偷偷溜进了悦山小学的操场。布丽尔和艾莉森喝杜松子酒喝得疯疯癫癫的，然后在滑梯上跳上滑下。我坐在自己最喜欢的秋千上。突然，迪兰在我旁边的秋千坐下了。他已经喝了好些男生们带来的啤酒，我可以闻到他身上的啤酒味、汗味以及普通男生的体味，所有这些味道都交融在寒冷的空气中，交融在这枯叶般的秋日气息里。不知怎的，我真的跟他说起了话来，就像是跟普通人一样。而后来他也莫名其妙地拉过我秋千的链子，吻了我。

这是迄今为止我整个人生中最令人兴奋的事情。

迪兰有一双着实强壮的手，那种很男人的手。他一只手稳住我的秋千，另一只手搂着我的腰……我到现在回忆起这件事，都无法忘记那种心跳加速、血液上涌的感觉。那天晚上我甚至伸出手去，触碰到了他的侧脸。我们像电影里那样亲吻着。我只觉得意乱情迷，心里想着，这可能是我唯一一次有机会这么做了；我感觉自己突然变得那么大胆、那么自信，而且——天呐，我自己也说不清楚，也许还变得有点性感了？他的脸真的很柔软，除了下巴还残留着少许胡茬。我用指尖梳理着他耳后的头发。

我很想就这样一直下去。但几分钟后，罗勃在操场另一边喊起了他的名字，迪兰放开了我。“再见。”他说道，然后离开了。他一步步走远了，留下目眩神迷的我，随着秋千摇晃着，秋千的链子抗议似的发出尖利的响声，我努力地不让自己晕厥过去。

如果布丽尔没有插手的话，没有人知道事情会发展成什么样。她吩咐罗勃让迪兰给我发短信，而他也照做了。然后我开始每场比赛都和布丽尔一起去支持球队。我也开始更加频繁地和他接吻，通常都是比赛结束后在他的SUV车里，他的头发因为在更衣室冲过澡还是湿漉漉的。

圣诞那几天我们接吻时，迪兰开始拉扯我的裤子。有时他也会把我的手引向他的皮带，但是当他那么做的时候，我吻他时那种自信就会消失不见。通常我只是更热烈地吻着他，但我的手却略感无力，好像不听使唤了。他很有绅士风度，从来不会强迫我做什么。接下来会发生什么，他心里明镜似的。

布丽尔在假日舞会上撞见了罗勃与艾玛·帕特曼调情，随后她立即跟他分了手。艾玛没有带男伴去舞会，又穿着一身狂野的红色低领长裙，所以在场的男生有一半都盯着她看个不停。我的意思是，每个人都知道，这种假日舞会不怎么正式。看着她这样弄得跟出席奥斯卡颁奖礼似地招摇，让人觉得怪可怜的。

老实说，我觉得吧，罗勃与打扮过头的艾玛在供应汽水的桌子那边待得有点太久，布丽尔对这事没那么在意，但这给了她借口，借机把一杯可乐泼向罗勃，并大骂艾玛贱人。这正是她希望看到的好戏。

“我们可以再买个塔可吗？”亚历克斯向我哀求道。我才意识到自己一直在看着窗外的天色变暗，完全忽略了两个弟弟的存在。

“不好意思，小伙子，”我说道，站起来拿过我的外套，“钱用完了。不过今晚回家有奶油蘑菇烧鸡哦！”我说这话时尽可能地表现得很兴奋，但是两个男孩子起身穿外套时，都不满地嘟哝着。

外面已经完全暗了下来，狂风呼啸。有一瞬间，我因为太冷而暂时忘记了自己的忧虑；随后，两辆汽车开了过来，我看见一道红光闪过。艾玛·帕特曼从一辆深色SUV的副驾驶座上下来。我看不见司机是谁，但我正好看到了艾玛的头发，在街灯下像火一样闪烁着。

突然间，艾玛转过头，她看到了我。起初我以为她会向我招手，但那会显得有些尴尬，因为她知道我是布丽尔的闺蜜、迪兰的女朋友。所以她并没有招手，片刻间，她有点不知所措。

也不知道为什么——也许我永远没法说清楚原因，我朝她竖起了中指。之前我从未那样做过——至少不是真正意义上的，不是那种非玩笑意味的——这真的感觉很奇怪。而且有点低级。但同时也的确显得，怎么说呢，很有力。

我把中指一直举着以确保她能看见，然后就看到她惊讶地张大了嘴。

接下来我钻进车里，载着两个弟弟回家了。

一路上我都在微笑。

“那条短信说的什么？”

“唔……”

“我只是”——我喘息着——“不是那个意思”——压下到嘴边的呻吟——“我想说的是，我完全相信你——”

“等等，你说什么？发生什么事了？”

正吻着我脖子的迪兰抽开身，两眼看着我，好像我是三头六臂似的。他嘴唇红红的，有点肿胀，他的眼色困顿，好像刚睡醒——或者说，我感觉他像是和我在他的SUV车后座上亲热了有20分钟，的确是。他已经脱掉了我的衬衫，我牛仔裤的扣子也已经被解开，我穿着胸罩坐在那儿，感觉有些可笑。但至少我们暂时把节奏放缓了一下。

“你在说什么啊？”他说，并没有恶意，只是觉得困惑。这也情有可原。我想说的是，我是在说些什么啊？为什么我非要在这个时候流露不安，提起艾玛的事情？

“对不起。”我说。我用自己觉得可爱而性感的那种方式拍了拍他的胳膊，冲他微笑着。“我只是，你懂的，我不知道你和艾玛是……朋友关系。”

“我们不是。”他只这样对我说了一句，我想在这个话题上他要说的也就这些了，因为他又朝我扑了过来，将我按回到座位上。片刻之间，我感到温暖而又急切，然后他又开始拉扯着我的裤子，我有些紧张，但同时又感觉浑身酥软。

迪兰突然停止亲吻我的嘴，他往身下看去，因为想搞清楚为什么我最喜欢的这条裤子（它是亮粉色的，并且在阴晦的冬日午后真的是绚丽夺目。）并没有如他所愿被脱下来。这也让我得以缓一缓，有机会说："老天，她可最差劲。我挺同情你的，我是说，她在骚扰你。"

这样的话该说，对吧？一个因为一点小事就焦躁不安，就让男朋友抓狂的女孩是不会说那样话的，对吧？我不是那种爱吃醋的人。我不是。但是艾玛·帕特曼的确……挺迷人。好吧，我说出口了，谁管它呢。那个贱人还真漂亮。她有一头长长的红发，卷发的曲度美得恰到好处；她的皮肤从来无懈可击，有人示好时（从来都是男孩，没有一个女孩），她的皮肤就会泛起一层粉嫩的红晕；她的胸部很丰满，但又不会太大。她总是在大笑或者微笑，要么就是在跟谁调情。我忍不住地想着迪兰手机上翻到的那条该死的短信，这没什么好惊讶的。即使她不是什么十足的讨厌鬼，我还是会感到担心。

上周五我们去迪兰的朋友凯尔家里时，他把手机递给我，让我给他朋友发个短信。迪兰非常谨慎，不会一边开车一边发短信。顾然有这样做不安全的原因，但也是（也许主要是）因为，如果他这么做被逮到了，就会被暂时禁赛。而且甚至不一定非得是被交警逮到，只要被教练之类的人看到也同样完了。

于是，我打开他的手机，最新的一条来信跳了出来，我还没来得及仔细思考就脱口而出："你收到一条艾玛发的短信？艾玛·帕特曼？"

"我想是吧，"他说道，然后岔开了话题，"嘿，小姐，你快打个电话给凯尔，按免提键，我有些训练方面的事情要问他。”之后我们再也没真正谈起过这件事。

屏幕上方显示的联系人称呼就是“艾玛”。短信内容是“LOL”[1]，还带着一个无聊的微笑表情。

这意味着她之前还发过短信。但是我没有时间去看上一条，我并没有打算在车里就去翻迪兰手机上剩下的短信。

现在我又很蠢地提起了这件事。两次了。

他暂时把目光从我的腰带上移开，然后微笑地看着我。“哦！”他逗着我，“有人吃醋喽！”

“没有，我才没呢！”我大声说道。

“我觉得你这样挺可爱的。”他说着，然后就那样，我们又吻了起来。

他居然觉得这样挺可爱！我现在不想再去担心了。而且，这是我和艾玛之间的问题，跟迪兰无关。就像布丽尔昨天所说那样，这是艾玛的错，她是个骚货，我男朋友没什么错。

但和之前一样，迪兰在接过吻后再也没有试图去脱我的裤子了，这让我有点担心。也许布丽尔关于那个派对的想法也是对的……也许我需要确保，除我以外迪兰没有想任何人。

“艾玛·帕特曼骂你是个狐狸精[2]。”

“什么？”

布丽尔的声音在电话里听着有些得意，好像是她赢了什么一样。我希望她像个正常人那样把这些用短信发给我就行了。

---

① LOL，Laugh Out Loud，大声地笑。常见的英语缩略语。——译者注

② 原文为tease，也是本书标题用词，意为“（挑逗他人又不给予性满足的）惹火女郎”。由于在中文中无法找到完全与之对应的词语，故只能勉强译为含义相近的“狐狸精”。——译者注

然后我可以私底下一个人去生闷气。

“是雅各布告诉我的。很明显，她又在跟他调情了，是不是很可悲？他一直在笑这件事。”布丽尔不屑地哼哧了一声。

“然后？”我催促她。

“哦，是这样，然后雅各布问了她发短信给迪兰的事，因为我跟雅各布问起过这事——”

“你说你做了什么？！”

“嘿！你知道的啊！也无所谓啦，我们在西班牙语课上挨着坐，那课相当无聊。所以不知怎的，雅各布好像说了一句：‘听说你最近一直在接近迪兰·豪威。’而艾玛好像也笑嘻嘻地说：‘他有女朋友的。’雅各布好像又说：‘嗯，也许你应该收手。’然后艾玛说——我真没跟你开玩笑——她说的是：‘也许他应该找个没那么狐狸精的女孩约会。’”

我只是呆坐在原地，张大了嘴巴，感觉那种状态持续了有一个小时。

雅各布在艾玛之前也有过一个女朋友。他是个很棒的球员，但是当他背叛诺埃尔·里斯并跟她分手时，这丝毫没有弥补他在她心中的糟糕形象。他最后甚至都没有真正和艾玛交往过；他们只是相互勾搭了几周。然后，也就继续交往了一周而已。这很奇怪，但艾玛给人的感觉是——男生们想要跟她勾搭，但是没人真正愿意成为这个风骚女的正式男友。

我不敢相信她甚至说到了我。我整个脑子感觉正怒火中烧，气得不得了。

“我，要，去，杀，了，她！”我的声音很平静。这样的声音在我听来甚至有点吓人。

“这位女士，我会帮助你的。”

我们在电话里又继续聊了一个小时，同时也一边开着Facebook在聊。布丽尔注册了一个叫“肥贱人”[1]的账号，然后偷偷用了一张艾玛的照片做头像。她把账号密码也告诉了我，这样我们都可以不停地进艾玛的页面，用这个假账号上传她的各种照片。然后我们开始把每个一起玩的人都加为好友。每次布丽尔和我看到雅各布、泰勒和凯尔收到带着那个新名字的艾玛的照片时，都会笑得前仰后合。

“发给迪兰！”布丽尔喊道，“不，先等下，我找到了——”

“别啊！”我叫了起来，但她还是嚷着，我想她没听见我在说什么。“布丽，不要发！”

“为什么？他会觉得这很搞笑的。我的天，为什么我们以前不搞搞这些？”

但是突然之间，一切都不再那么有趣了。迪兰在Facebook上几乎跟全校的人都加了好友，但之前我并没有去查看艾玛是否也在他的好友里面。甚至直到几天之前，我都没有想过要去查看。而现在……我甚至不愿意他跟艾玛的假账号加为好友。我一点都不愿意让他想到她。

“我们这样做会惹麻烦的。”我平静地说道，突然感觉胃一阵难受。

“不，我对天发誓，我们不会的，”布丽尔对我说，“管理员可能会封掉这个账号，但是没人会知道是我们——而且谁会关心这种事啊？如果真有人知道了，我们就告诉他们，这只是个无伤大雅的玩笑。再说了，不管怎么说，也是她先挑起事端的。”

---

① 原文为Fat Beyotch，Beyotch为Bitch的夸张读法。——译者注

说得对。的确是她先挑起的。我想起之前那天在迪兰的SUV车里的胡闹，身子不由得蜷缩了起来。我是个狐狸精吗？那是不是比骚货更糟糕？迪兰会觉得那个样子更糟糕吗？

“她绝对是自作自受，”布丽尔继续说道，“老实说，我还很好奇为什么之前没人这么做。或者，你知道的，类似的做法。她该把她的淫爪从大家的男朋友身上拿开了。”

“说得对。”我说道，但是我起身离开了电脑，咚的一下倒在了床上。报复真是让人心力交瘁。

“嗯，我在想我们是否也应该开一个粉丝主页，比如‘抵制艾玛·帕特曼’之类的……”布丽尔似乎在自言自语，于是我也只是含糊地应了一下。开个公共主页似乎就不像申请个假账号这么好玩了——当然这也不是说申请假账号就真的那么好玩。一分钟之前，我还玩得挺嗨的，但现在我只觉得有点恶心。

“但是说真的，”布丽尔说着，“你和迪宝[①]是怎么了？”

“不要那样叫他！”我几乎哀号着，但是一点也没有用——布丽尔觉得她给迪兰取的绰号很搞笑。的确，她也立刻笑了起来。

最后她终于忍住不笑了，然后继续说：“好吧，好吧，是——迪！兰！明天你就要让他爽翻天了，行了吧？”

我还没有告诉她那天下午在迪兰车子后座上发生的事情，但是现在我想起了当时的感受。那种“机不可失，时不再来”的感觉，那种“我只能不停拒绝着你碰我而已”的感觉。也许我也已经准备好了——我的意思是，如果那种事我不跟迪兰

① 原文为D-Bag，是布丽尔给迪兰取的绰号，D是指迪兰，Bag意为“包，袋子”，可简译为“迪包”，本书按中文习惯归化为“迪宝”。——译者注

做，我又是等着和谁做呢？他就要毕业了，就要去一小时车程开外的大学上学，然后会遇到那些大学女生，而我只会……我也说不清楚。只会永远是个处女吗？

“我是想说，你并不想让艾玛过得安心。”布丽尔补充道。

我习惯了布丽尔的犀利，但这么说也太过分了，即使是对她而言。我张嘴想说点什么，但是什么也说不出来。

“振作点啊，”看我一时语塞，她这样说道，“你明白我的意思！他真的真的很帅。而且他对你那么有耐心，不是吗？而且两个月来都是这样！这么个帅哥简直是打着灯笼也难找的啊。”

“就因为我不是骚货，像艾玛，我才不是狐狸精呢。”我终于表示了抗议。

“我觉得吧，他是你男朋友……，”布丽尔说道，“那么多多少少是的。”

03 七月

“我不想谈这件事。”

“你不想谈什么？”

“关于这件事的一切。不管怎么说，都不会有人关心我怎么想。”

“他们不关心吗？”

心理医生特雷莎透过她的近视眼镜看着我。她有一头乌黑发亮的头发，浅棕色的皮肤光滑得有点不大正常，而且总是围着奇怪的、花花绿绿的围巾，即使在今天这种异常炎热的天气里也是如此。她一直都打扮得漂漂亮亮、花花绿绿的——但是，我的天呐，她提的那些问题可真心讨人厌。我说的每句话，最后无一不是在末尾加个问号又还给我了。

我重重地叹了口气，好让她知道我已经准备好应付她的诡计了。“这简直——不管我告诉他们什么，不管我说什么，这简直，就像是，我真想问，意义何在？你懂吗？”

“意义何在？”

“意义何在？”

“对，要是每个人都已经认定发生了什么事，这样做意义何在？”

“每个人都认定了的是什么？”

我沮丧地甩了甩手。“我和我的朋友们！每个人都觉得我们是混蛋——对不起——认为艾玛无辜、漂亮又……对不起——即使我把话说对了，即使这事神奇地平息了，我在给车——我那辆该死的车——加油时仍然免不了要被骚扰——诸如此类的吧。”

虽然特雷莎没有厉声责骂我或是怎么的，但是我并不会经常在大人面前这样。让人感觉奇怪的是，她只是坐在那儿，点着头，并没有什么实质性的反应。当然，随后问题来了：

“你所说的要说对的‘话’是什么？”

我又叹了口气，用手捂着脸，挡住我的眼睛。很明显，我不希望遇到这么个庸医。在我被迫请了律师几周以后，律师又告诉我必须找个心理医生，但当这种治疗过程开始时，我还是什么都不说。有时候特雷莎的确会让我没完没了地说起那些律师，说起我妈妈，说起我现在乱七八糟的生活。我的意思是，曾经有好几次我的确是跟她有话可说了。但是我还是很讨厌这种事情。我讨厌自己有那么多事情可以说。而且也从未有谁愿意听我去说。除了这个法院要求我找的心理医生。

或者，也可以说是律师推荐的。这还是有很大差别的。

太迟了，我意识到自己也许正把睫毛膏弄得一团模糊，可能是因为来这里的路上流过汗还是怎么的。我伸出双手，仔细地用手指清理起眼睛下方，也许就像你在擦眼泪时会做的那样。不过一般来说，我脸上一直非常的干爽。

“我想你也知道，他们希望我说的那些话——也就是‘我很抱歉’，‘我本应该对她友善一些’之类的。”

“你不愿意说那样的话吗？”

“说她自杀都是我的错吗？我才不会。”我们已经谈过这一点了，但特雷莎的反应总让人感觉我所说的一切都是全新的想法。

“但你确实骂了她。”特雷莎说。这一次，她没有再提问题了。

“是的，骂过几次。但每个人都骂过。她也骂过我啊！”

“她骂过你？”

我摇摇头。这正是我不想谈起的事情。

“好吧，”她说道，身子重新靠回椅背，“据你所说，学校里每个人对艾玛都很刻薄。”

我点点头，然后又说：“我是指每个人，我意思是，在高中，你会说人坏话，大家都会说人坏话。”

“这很正常，彼此骂对方是贱人或者骚货。”

我耸耸肩，又说：“要是有人要当贱人的话，他们是会这么做的。”

这次轮到特雷莎点头了。“但是你和你的朋友——人们觉得你们做得有点过火了。”

“对，我想是的。”我说。我看了看自己的双手，然后把它们塞进了大腿下面。这儿很冷。整个夏天越来越冷，空调温度一直越调越高。我应该带件针织衫来的。或者至少不再穿着短裤到处走了。我希望自己把皮肤晒黑点。我希望我不是坐在这个地方。我希望——

“为什么你会那样认为？”

我又抬起头看着特雷莎，只是看着她而已。“为什么你要不停地问我这些愚蠢的问题？”我大声问道，“你觉得我是个白痴吗？”

她微微皱了皱眉，看起来有些惊讶，不过也就一下而已。我很好奇的是，也不是第一次了，特雷莎多大了？感觉既没有成熟得像个优秀的心理医生，也不像年轻得还能记起学校的事情。

她只是轻轻地摇着头说：“我只是想要指引你理清这些问题，其他人都明白了，而你似乎还没有看清楚。这样说你懂了吧？”

“没有。”我平静地说道。这根本没道理。

“我想，要是你能够理解其他人的处境的话——艾玛的父母、律师、学校的孩子们……”她张开她的双手，分得很开，好像她是在谈论整个世界。“你知道，你并非孤身一人。但是你太封闭了。你沉浸在自己的世界里，没有人能理解你那个世界，除非你敞开心扉让他们进入。”她收拢双手，用两个手掌比出一个狭小的空间。那是指我的狭小世界。

我摇摇头。稍后又摇了摇。然后我从沙发上拿起我的包，站了起来。

“行了，我是不得已才到这里来的。我跟你谈话，我跟娜塔莉也谈话。但你们理解不了这不是我的错。记者们是一群蠢货也不是我的错，艾玛的父母明显是人渣也不是我的错。我只是想重回自己的生活。也许我的生活很傻，但它毕竟是我的啊。”我指着她仍然合拢着的双手，又说道：“它比你说的样子还是要大一些。”

我们相互注视了一阵。特雷莎平静地看着我，我敢打赌，她觉得这样很好，她觉得自己证实了某种东西。我想告诉她，她错了，但我现在厌倦了说话，厌倦了争吵，厌倦了为自己辩护。

于是我最后一次摇了摇头，然后从她的椅子旁边走过，出了大门。

亚历克斯这一周都待在棒球夏令营，汤米则是在一个普通的夏令营，因此当我从心理医生特雷莎那里回来的时候，整个房子又冷又空。在我被问话的时候，我的车并没有变得凉爽一些，所以我又被弄得满头大汗，房间里的冷气让我神清气爽，淋浴也让我感到解脱。我一上楼就脱掉了衣服，把它们丢在我从走廊经过的地方，然后直接泡进了水里。

去看心理医生是一件很尴尬的事情。学校有许多人都看过，但大部分人都不会承认——只有一两个吧，会觉得看心理医生没什么。当人们发现艾玛在看心理医生的时候（也就是在她来到爱姆伍德的那一周），她基本上就已经被钉死在十字架上了。人们没隔多久又发现，她的父母并没有在城区另一边买所大点的房子——没有用来搜索转校生负面新闻的互联网就和废物无异。艾玛在很久以前就已经是个贱人了。或者，按照电视上的说法就是，问题少女。她知道怎样去引发问题，这是毫无疑问的。

我叹了口气，把一条毛巾裹在头上，裸着身子走回了自己的房间，很不情愿地拾起刚才匆忙丢下的衣服。这下终于可以好好放松，不用为两个男孩子操心了，但这样也让我感到寂寞。妈妈让他们报名参加了所有能寻访到的夏季活动，只是为了让他们离家远点，离那些晚间新闻远点。至少这些天我们没有遇到太多的记者。我想，近来也没有太多可以当新闻素材的事情吧。即使我们得上法庭，也要等到今年秋天甚或冬天了。

娜塔莉说那很快就会来的，但现在感觉它是永远不会来了。秋天本来是该做其他事情的；那本来是一个值得期待的时节。那时候，我和布丽尔正应该好好享受我们的高四。那时候，迪兰也应该在上大学了。我最后一次听到的消息是，他们还没有决定是否取消我的奖学金，但是很有可能他们会的，尤其是如果这个案子要被提上法庭的话。所有人也许都要被延期了，包括迪兰。

但是我也不应该再和他说话了。我意思是，在艾玛……离开之前，事情就已经变得很奇怪了。后来律师请来了，我父母抓狂了，一切都彻底失去了平衡。而现在，事情……仍然很奇怪，比之前更奇怪了。

我把衣服扔在卧室的地板上，然后爬上还未整理的床，钻到了被子下面。今天是个晴朗的夏日，以往遇到这种天气我都是在布丽尔家的游泳池度过的，或者拖着两个弟弟去公园玩。

但是现在我唯一还能擅长的事情就是睡觉。于是我闭上了眼睛。

“莎拉！”砰！砰！砰！

完美了。这时间把握得真是好，完美得不能再完美了。

“莎拉，你的车挡着我的——哦，你在睡觉？”

“没有。”我说道，声音因为被枕头蒙住而显得低沉。而且里面还包含着好多层讽刺的意味。

妈妈长长地叹了口气，她说：“现在还是下午。”

我推开被子看着她。工作服——带着安·泰勒特有的那种乏味，那种甚至人失踪了你都无法向警察描述的平淡无奇。头发还算不错——偏短的发型，不过仍然有着很美的棕栗色，而且也不像大部分母亲理的那样短（但是也不会太长，不像布丽尔妈妈那种，她是很漂亮，但是也留得太长了）。一脸愤怒——总是这样，总是一脸愤怒。

我又闭上眼睛。“我钥匙放在楼下的。”我说道。

“好吧，那就好，你知道在什么地方找得到就好。”我能够听到她在拾起我扔在地板上的东西，我甚至没有力气叫她停下。

但是在一阵漫长的沉默之后，我坐了起来。

有一件不算太脏的T恤扔在床尾，我把它抓过来穿上了，我得先取下头上的毛巾。妈妈把我乱丢的衣服搭在了我书桌椅子的椅背上。她的目光扫视着桌上那堆暑期学校的书，但她什么也没说。她转过来的时候朝我伸出了手，我安静地把毛巾递给了她。

“我希望你能帮忙照顾一下家里。”她说道。

“两个男孩子又不在家。”

“除了开车送他们，还有很多事情要做。厨房乱糟糟的，而且除了麦片，也没剩什么吃的了——”

“需要我现在去杂货店采购吗？”这是个新差事。我是指，跑腿去杂货店采购些额外补给，的确是的，但是——

她又叹了口气，在我的床尾坐下，仍然拿着毛巾。

“熊熊。”她说，她叫出的这个绰号可吓了我一跳。我好几个月没有听她这么叫过了，而且因为某种原因，这让我胸口隐隐作痛。“我知道你这段时间很难受。但娜塔莉说过，这一切都会平息下去的，我们不久就可以回归正常的生活了——”

“她什么时候说的？”我尖锐地问道。我从未听她说过那种话。

然而妈妈肯定是以另一种方式在理解我的问题，因为她说道：“我有时会打电话跟她交流。”她的声音又变得愤怒起来。

或者说，我觉得也可以说辩解。“很抱歉，我不能每次都陪着你去应付这些会面，但即使这样我也还是受到了影响。”

我耸耸肩。“这事似乎不会就这么平息下去，”我说，“我的意思是，他们今天又请了另一位律师，而且他们还在询问我各个方面的细节。他们还记了很多……笔录一类的东西。每个人都在记笔录。”

我真的不想跟她说起这事，但是我想她应该知道。大约一个月之前，我们达成协定，她不用再陪我去见娜塔莉。这并不是说，我们会很正式地预约好见面时间，然后等到工作时间办公室电话响起，娜塔莉就会准时现身来见我们。就我妈妈的工作而言，这太费时间了，而且不管怎么说，所有问题也都是问我的。

我感觉，后来我们一度都没有再谈论这件事了。我们一点也不会像电视上与罪恶做斗争的母女组合那样，会告诉对方自己每天都经历了些什么。现在我们甚至彼此都没怎么见面了。就连我们共处一室的时候也是这样。

“程序就是如此，”妈妈这样告诉我，“如果他们不把前因后果都记下来，他们就无法起诉我们。”她哼哧了一声，像是在努力发笑，但我能看出来她并不觉得这事有什么好笑。娜塔莉并不是这里最好的律师，但那也不是说她就会免费帮你。

我低头看了看床上的被子，拉起一个磨旧了的被角边缘。这被子是手工制作的，但我不知道制作者是谁。是很久以前我父母在一个古典家具店给我买的。我记得妈妈当时把汤米放在婴儿背袋里，那东西我们都叫它“购物小提袋”，而爸爸则因为店主还在卖老式黑胶唱片而兴奋不已。我想他们也希望我能为有个小弟弟而高兴，所以他们才重新装修了我的房间。但是我们也只是买了这床被子，矢车菊蓝和日光黄的被角被缝在了一起，形成了一个大星星。回家的途中，我们停车去买冰淇淋，而汤米开始哭闹起来，于是妈妈不得不留在车里照顾他，爸爸和我则在停车场旁边的露天小桌吃着冰淇淋。即使在那时，爸爸也并没有真正懂得如何与我交谈，或者说他根本就不想跟我说话。我们一言不发地吃完，然后上车回家。

“我把车停在街上了。”妈妈说道，又站了起来。“你只需要从车道上开出去一点，这没啥大不了的。你的短裤在哪儿?”她抖开我的毛巾，匆匆离开了我的房间。

我想我们的谈话也结束了。

这所暑期学校糟糕透了。它的一切都很糟糕。这所学校本身就让人感到可悲——停车场空空荡荡；楼房的灯只有一半亮着；大人们的穿着那么随意，让人意识到他们只是在努力装着很专业的样子。空调也没有一直开着，所以整个地方始终潮湿发腻、气味刺鼻。

布丽尔的父母设法给她找到了去处，她也不用来这里了，但是当你只付得起律师费，连给校董会之类的捐款都不够的时候，你就无法拥有专门的家庭教师。所以这里只有我和一群普通的懒散孩子，这群人你平常是不大见得到的，因为他们老是成天成天地逃课去吸大麻、酗酒或者玩游戏，地点就选在他们哥哥的公寓之类的地方。

迪兰和其他男生在今年春天并没有缺多少课，迪兰也没有被逐出棒球队。起诉在四月就已经提起，但事情临近学年年终还迟迟没有任何进展，所以我想人们是觉得扰乱男生们的高四没有任何意义。而且不管怎样，人们之前（现在也是）不像对我和布丽尔那样，对他们也那么恼怒。我不知道这是为什么。我想，我是生他气的。我妈妈以前常常说，他不过和其他人一样都负有责任；他、雅各布还有泰勒应该承受更多的指责。但最近我觉得她对我和布丽尔的指责是最多的。

当然，泰勒要接受针对他个人的起诉，因为艾玛还未满18岁，而他已经成年了[①]。所以也许男生们都得到了应有的惩罚，我也不清楚。娜塔莉说，即使上了法庭，我们也看不到泰勒。

没有人会再去关心艾玛所陷入的困境。我的意思是，有谁还会像她那样，来到新学校才三个月就惹出这么多的事？很明显，只有那个因为在之前学校陷入困境才转校的人才会——这个人已经在看心理医生了，已经在使用抗抑郁剂了，已经快疯了。

说真的，要是艾玛的事情会让每个人都去自杀的话，美国的高中早就没人了。

“那么，请按照板上写的步骤来。写下你们的任务。一个人负责操作，一个人负责记录，明白了吗？”

我上着暑期学校的化学课，期盼着艾利什·奥艾利什能在身边。我希望这门课我仍然能有优异的成绩——或者我仍然很想要努力再次变得优秀。恩曼女士不在这儿上课；一位大学来的罗德里格斯先生负责在这个夏天教授我们大部分的课程。他真的很年轻，像是刚刚大学毕业的样子，而且总是满头大汗，好像这份工作已经让他精疲力竭。

今天我们做的是滴定实验——基本上也就是把东西往烧杯

---

① 从后文可以知道，艾玛和泰勒发生过性关系，在美国，与未成年人发生性关系是重罪。——译者注

里倒而已。虽说没有记笔记那么无聊，但还是相当枯燥的。我的实验搭档有半数时间都不来上课——很少有人知道这件事：逃掉暑期学校的课就跟逃掉普通学校的课一样容易——但今天他却现身了。卡尔迈克。这是他的姓，但是从未有人叫过他的名字。他看着就像是从电视节目或者书里走出来的角色：文身（尽管他还未成年），古怪的发型，“有姓无名”。如果他没有那样费尽心思地打扮出奇的话，他还是挺帅的。他很高，你可以看到他黑色T恤下强壮的肱二头肌的轮廓，也许还有那肥肥的胃。但是T恤本身是黑色的，又磨破了，上面印着“迪斯科杀死艺术”[①]（鬼知道那是什么意思），整个造型看起来就像是在对你说：哥太酷了，不屑于跟你说话。

这造型与实验用的安全防护镜搭配起来并不是那么合适。但是我戴上安全防护镜也同样地可笑，所以我只是努力集中注意力看着面前桌上的酸液和反应烧杯。我能够通过眼角余光瞥见卡尔迈克模糊的身影，他默默地盯着实验说明看。

我刚把滴定管摆好，卡尔迈克就一声不吭地递来了漏斗，我倒着酸液，而他在一旁等着。然后我转动滴定管上的球状开关，让液体相互混合，等着它像预期的那样变成粉色。我关上阀门，看着一滴酸液缓缓滴下，然后烧杯里又变得清澈了。

“这里面太多奇怪的词汇了。”卡尔迈克几乎是压着嗓子在说。他的声音让我吃了一惊，但是我再次开启阀门时仍然保持着手上的平稳。混合溶液又变成了粉色，并且一直保持着那个样子。我转头看了看他是否在实验记录表上记下了相应

① 原文为“DISCO KILLS ART”。——译者注

的量。

然后我想也没想就问道："什么词?"

尽管我们还没有做完实验，他还是把安全防护镜推到了头上，并往后顺了顺头发。然后他将一根手指放到实验说明上。"滴定，"他说道，好像这很明显就是他想说的一样，"以及弯月形面。以及那个"——他轻轻地拍了下滴定管上的球状开关——"叫作旋阀的东西。"

他的声音十分冷静，但我却感到自己脸红了。我说不准他是不是想要让我感到不自在，但我的确不自在了。

在那个学年里，我原本在任何情况下都不会和卡尔迈克说话的。其实在初中的时候，我还有点喜欢他的——我觉得他狂野的头发是艺术家灵魂的标志，在那时我也曾想拥有艺术家的灵魂。但是布丽尔将我从那一切里拯救了出来。当你最后发现实际上自己只是在周末找点乐子而已的时候，四处游荡、朗诵诗歌、听听独立摇滚之类的事情就彻底失去了吸引力。

我觉得也许我现在应该和从前一样无视卡尔迈克。随后罗德里格斯先生在教室前面说道："还有五分钟。"教室太吵闹，他也没法多说什么。卡尔迈克拿起我们那套烧杯装置走向洗槽，留我一个人在桌边把书放回书包。

当他回来的时候，他看着我说道："完成得不错。"

他的眼睛真的很绿。我之前从未注意过这个细节，但它们确实很绿，而且事实上它们也的确很漂亮。而且他那么一本正经的样子也着实让我惊讶，于是我说了句"谢谢"，都忘了自己已经下定决心不再和他说话。他耸耸肩，露出了微笑。"我喜欢你那件T恤。"我又说道。我完全是在对他撒谎，我甚至不知道自己为什么要这样。几秒钟之前，我还觉得他是个怪人。也许我现在也是这么想的。但是能和人交谈感觉真的很好。如果这算得上交谈的话。

我们换了教室上下一节课，但是老师仍然是罗德里格斯先生。我们只是不需要在实验室上英语课。有些课程，比如化学课，只是重上一遍该学年学校里的教学内容，或者其中的大部分。而其他的课，比如这一门，上的就是不同的内容了，我想，这样一来我们也没法蒙混过关了。所以我们没有上《麦克白》，而是上的《哈姆雷特》。我只能勉强跟上——当然之前上《麦克白》我也没怎么听懂，而塞尔夫人是个好得多的老师。罗德里格斯先生说，上完课本内容会放《麦克白》的电影，但是对着课本、辞典和SparkNotes[①]资料，我这堂莎士比亚上得可真是难受。看电影的时间也只会是种折磨，或者是打盹的好机会。

卡尔迈克又坐到了我旁边，有那么一瞬间，我在想跟他说话是否是个错误。我知道布丽尔会说什么——他就是个失败者，是个懒鬼。她不会注意到他的文身或是那种坏男孩气息。她会叫他“没车一族”，她用这个词来称呼那些没有车的、不值得看第二眼的男生。或者说连第一眼都不值得看。

但是我也是个失败者。

罗德里格斯先生开始讲起，哈姆雷特是如何因为过于沉溺于内省而无法及时展开复仇，他在行动前会如何瞻前顾后。我偷偷看了一眼卡尔迈克，瞅了瞅他手腕内侧刺着的那个表示无限的符号。在他T恤左边袖子下面正好可以看见另一处文身，

① SparkNotes，美国著名文学指南网站，创建于1999年，提供了海量优质的文学指南学习资料，包括作家简介、作品梗概、写作特色、人物分析、关键问题解析等等。——译者注

看上去像是一条扭曲的蛇之类的东西。他点着头，把书摊着，好像很懂莎士比亚似的。实际上他的化学并不是那么糟糕。我在想为什么他会来这里——我的意思是，我知道他即使现在也经常逃课，但是他看起来还是挺聪明的。

突然间，他扭头看着我，我把目光转回到了眼前的书上，脸上又是一阵发烫。天呐，我现在竟然开始对没车的卡尔迈克示好了，我真的是这么渴望找个人约会吗？

那天我们收拾好一切以后，我差不多是跑着去了停车场。已经有两个女孩在我之前到了：一个叫贝丝，去年得了接吻病[①]（但病因很可怜，与乱搞无关），另一个是切莉，是个懒姑娘。“切莉”只是对某些拉美食物的简称，但是我们都把它的音发得跟那种水果的发音很像[②]。她过去常常在这个问题上纠正别人，我觉得那是因为我们都把音发错了，但那个名字却固定了下来。我突然很好奇，她是否也有可能是在一直不停地换着学校，因为受不了每天被捉弄，或者是被叫错名字什么的，就是说你找不到归属感，就和我这些天的感觉一样。但她后来遇到了贝丝，她们开始嘲笑所有一切。她们一起上了贝丝的车，而我则想起：即使在边缘群体中，我也是最失败的失败者。

当我看到骑着自行车的卡尔迈克时，我正开着自己那辆本田沿大楼一侧经过。他站在脚蹬上，将前轮提起，跳下了人行

① 单核细胞增多症也被称为“接吻病”，是由EB病毒(EBV)所致的急性自限性传染病，通常是通过唾液、飞沫散播。临床特征为发热，咽喉炎，淋巴结肿大，外周血淋巴细胞显著增多并出现异常淋巴细胞，嗜异性凝集试验阳性，感染后体内出现抗EBV抗体。——译者注

② 英语中“切莉”（Cherrie）与“樱桃”（cherry）一词相发音近。——译者注

道。他似乎还是很清楚自己在干什么。我已经在停车的标识那里踩下刹车，暂时把车停了下来，看着他狂野的黑发以及T恤下面隆起的肌肉。他又跳了起来，转动前轮，但他降落得很狼狈，并且在车子撞向地面的时候不得不弃车跳下，跌跌撞撞地蹦开了。这次意外愚蠢而又突然，令人有些吃惊。我都没意识到自己笑出了声，直到他转过身来——我摇下车窗，试图让车子凉下来，所以我想他听到我的声音了——并且皱起了眉头，好像是说我在嘲笑他一样，即使我完全没有那样的意思。

“对不起，我只是——”我喊了起来，但他已经重新摆好自行车，一跃而上，骑着从停车场另一边离开了。

也好。谁稀罕这种不良少年啊。

“我们还没有真正谈起过迪兰。你愿意告诉我一些关于他的事情吗？”

“我不知道，”我耸耸肩说道。然后警觉地加了一句：“你是想谈关于迪兰的事情吗？”

说出口之前，我还觉得这似乎挺有意思，但是一旦说了出来，我就不得不往别处看。我低头看着自己的指甲，说道：“我希望自己能修剪下指甲。”

“为什么不可以？”特雷莎问道。

我掐住一块贴在手上的金光闪闪的假指甲。它整个脱落了下来，好像我是刚参加了许多派对回来，而不是与之相反。

“这很贵的。人们看着我都觉得很稀奇。”

布丽尔曾经拖着我去过一家美容院，它位于一家很棒的购物中心，那里面有the Anthropologie和Williams-Sonoma的专卖店。但是我自己是消费不起那种店的。在我们逛完以后，我本打算去塔可钟旁边的垃圾购物中心找家便宜些的店。正是在那时，我才意识到，我对这类嘈杂的公共场所变得无法忍受。实际上，在任何地方坐下超过五分钟都会相当糟糕——如果他们看过杂七杂八的地方新闻的话，就更糟了。

我通过眼角余光可以看到特雷莎点了点头。“有时候，你会感觉这真的是个相当小的市镇。”她说道。

“要一直保持尝试。”我说道。那么多艾玛的照片铺天盖地地被刊载出来，感觉这些人真是有病。妈妈说，媒体就是热衷于“漂亮女孩遭遇不幸”这种事情。要是想到有那么多油墨被用来不停地印刷艾玛在学校的最后一张照片，你真的会觉得，那么多的战争啊选举啊无目的枪击事件啊什么的，都不值一提了。

“所以你再也没有和迪兰见过面了？”特雷莎问道，我想她是试图把话题引到她最初的问题上。

我抬头看着她。“我不被准许见他，你记得的吧？”我刻薄地说道。“但不管怎样。这真的很复杂。我是说，事情变得真的很复杂。我认为这不是迪兰的错，我只是……我想说的是，你得了解艾玛。她真是个……”

“她真是个……她是什么，莎拉？”

我鼓起腮帮，然后长长地吁了口气。“她就是那种，你懂的，成天跟男生鬼混的女孩，没有任何除了男生以外的朋友。因为学校所有其他的女孩都知道，她会偷偷抢走别人的男朋友。”

“她抢别人的男朋友？”

“天呐，是啊。那简直是，天天如此。”

“包括迪兰？”

我肩膀快提到了耳朵那里，双手紧紧地抱着前胸。我又长长地叹了一口气，让一切都平静下来，最后终于说道：“是的，包括迪兰。”

“那对你来说一定很痛苦。”特雷莎说。

“嗯，是的，”我说道，但不得不咬住自己的嘴唇，“我真的不想再谈这件事了。”

“好吧。那要不我们今天就此结束？”特雷莎说道，一边放下了她的笔记本。

“谢天谢地。”我站起来，脱掉了针织衫，之前我最终还是想起了把它带来，因为外面比这里要热五十度①的样子。

正当我把针织衫塞进包里的时候，特雷莎又说道：“爱真的是一种复杂的东西。我知道那肯定很伤人。”

我低头看看她，暂停了一下。“好吧。”我说。我想不到其他的东西可说，所以我们只是相互看了看，然后我就走了。

星期三当我把车开到学校的时候，卡尔迈克正骑着自行车从停车场穿过，一头黑发往后飞扬着。他已经好几天没来上课了，我想起上周如何阴差阳错地嘲笑过他，胃一阵难受。我尽可能缓慢地把车停到一个空车位。我不知道我故意走得很慢，是想“碰巧”撞见他，还是可以借此回避他。但是随后我又想到：不管怎样，我都得在课上碰见他。

或者现在就可能碰见。我朝学校大门走去，他正好在锁自行车，然后他抬起了头。

“嗨。”我打了个招呼，因为也没有其他合适的话。

“做甚？”他随意地答道，但马上又回头摆弄自行车去了。

① 此处为华氏温度，华氏温度五十度大约相当于摄氏温度二十七八度。——译者注

我一下子呆在了原地，就站在人行道上，好像路边长出的一株野草。头顶的云层又厚又暗——又是闷热的一天，这种天气让你巴不得赶紧下雨——我感觉像是被湿热的空气定在了原地，因为任何动作都让我感觉会比现在流更多的汗。

“那么……”我盯着他的后背说道。他的脚边有个JanSport背包，他那本《哈姆雷特》从里面掉了出来。“你喜欢那本书？”

他转身看了看，稍稍斜着眼看着我，露出困惑的神情。

我尴尬地指了指他脚边那个背包，“或者，我应该说，那出戏剧？”

“哦，是的。”他说道。他抓起自己的背包，拉上拉链，把我正指着的东西收了起来。“是的，我觉得还行吧。”

我点点头。我的天，我真的已经很久没跟人说过话了。至少没跟和我同龄的人说过。而现在，在所有人中，我就跟卡尔迈克可以说个不停，感觉像是不由自主。他是那么奇怪，而且他的确让我有点害怕，我是说文身什么的。

只是——他是唯一一个没有向我报以那种目光的人。那种暗示着“是你杀了艾玛·帕特曼”的目光。

我意识到自己仍然站在原地，点着头看着他。卡尔迈克没有向我报以那种目光，但他直直地看着我，我情不自禁地扑哧一声笑了。“不好意思，”我说，“我也不明白——我的意思是——”我转向看似很遥远的学校大门，伸手指着：“你进去吗？我知道，你肯定要进去的，我只是——我们一起走好吗？”

“好吧，我们都一路走到这里来了，”他说，“又为什么不从这地狱的入口进去呢？”

我又笑了，差点笑喷。“说得对。”我说道。我感觉自己现在只是在发出声音，根本连一点交谈的感觉都没有。我知道，要是布丽尔看到我这个样子，她肯定会完全懵掉。也许她会把我拖回车里，迅速地开走，以免我们落得尴尬。我倒是希望她能那么做。

但卡尔迈克仍然站在原地，脸上露出一丝微笑。最终，仿佛是出于施舍，他说了句："我更喜欢《麦田里的守望者》。"

"哦。"我说，然后，我没能止住我的怪脾气，说了句："我讨厌那本书。"

"不是吧？"他说道，感觉他真的是吃了一惊。

"抱歉。"我又说道，祈求着能从他身边走过去就好，不要让自己卷进这种糟糕的谈话中。"我的意思是，我明白为什么你会喜欢它——我是说，我明白为什么人们喜欢它，不只是说你。"

"但你就是在说我，对吧？"他说道。

"没有！不——我的意思是——啊，真见鬼！"

我并未意识到自己在说最后几个字时有多大声，直到卡尔迈克的脸突然露出了微笑——真心的微笑。

"你真奇怪，你知道吗？"他问我。

"你说起来倒像很轻松似的。"我回答道，但我是开玩笑的，而且我也微笑着。这次也的确听着像开玩笑了，听起来正像我希望的那样。

"是的，我也很怪，"他说道，"这就是为什么他们要把我们从普通人群中孤立出来，你说是吗？"卡尔迈克转过身，我调整步伐跟上他，想知道他是不是已经知道了我来暑期学校的原因。也许还没有——也许他去年是在另一个国家度过的，这也是他会来这儿的原因。或许他不看新闻。卡尔迈克看起来绝对是那种冷漠得对流言蜚语不屑一顾的人，而且对法律案件也是。

我们刚走进只亮着一半灯光的走廊，我就在前方一个储物柜前看到了贝丝和切莉。乍一看，你觉得她们只是站在那儿说话而已，但我认识那个储物柜。整个门厅让我的胃一阵难受。实际上，这所暑期学校有个不算太糟的地方就是，我可以避开这条走廊，即使我不得不打中间经过，但我不用看到鲜花、泰迪熊和蜡烛从地上一直堆到8043号储物柜的情景。所有这些东西都会在年终那阵被清理掉。那堆东西走了，但是又来了贝丝和切莉，她们的头相互靠拢，好像在说着什么悄悄话，或者是在祈祷什么的。贝丝耸着肩膀，在带着哭腔的长叹中颤抖着。我并没有感到惊讶，但是我把牙齿咬得咯咯作响，以防自己冲她们吼叫起来。

贝丝和切莉对艾玛也并不友善。她们曾和所有人一样想跟布丽尔和我成为朋友——也许甚至比其他人更想。布丽尔取笑艾玛的开销时她们也笑了。实际上，在“肥贱人”的主页关闭之前，她们曾发来过加好友的申请。还有情人节发生的整件事……我记得，那天下午艾玛坐在她的储物柜旁边的地板上抱膝痛哭的时候，我看到贝丝对她翻起了白眼。梅甘·科利走过去坐到她身边，将一只胳膊搭在艾玛肩上，但是贝丝说了一些很刻薄的话，试图拉拢我和布丽尔。

而现在她又回到了那个该死的储物柜那里，扮演起心烦意乱的闺蜜。我看着切莉拍了拍贝丝的胳膊，尽管我的嘴紧闭着，但我还是不由自主地哼了一声。

在我旁边，卡尔迈克一惊。我想起来了——每个人都知道的。同时，也没有人什么都知道。

“抱歉，”我又对他说，“我只是……那些女生真虚伪。”

卡尔迈克打量了她们一阵。“对的，每个人都是骗子。”他最终轻描淡写地说道。

我转头看着他，惊讶于他居然同意了我的看法，但他一直看着贝丝和切莉。或许他只是看着她们那个方向而已——这真说不准。

“这个世界满是骗子。”他重申道，但他似乎没想再和我说话了。他听上去更像是在跟自己提醒着什么。提醒着某种他已经忘记的东西。

04 一月

“你有什么——问题吗？”

我身下的地板发出沉闷的响声，迪兰侧身转向一边，伸手去解牛仔裤。他甚至都没有回答我；只是把钱包从后袋里取出来，我听见了布料摩擦的声音。

这事发生了。这事正在布丽尔父母房间的地板上发生。派对仍然进行着——音乐通过地板和墙壁传来后变成了闷响。实际上，我还不得不大声提醒他避孕套的事情，这多少有点煞风景。我是这么认为的。

尽管我们真心想做，但却因为缺少气氛而没法开始。我感觉，我是在7点左右就喝起酒来了，那时参加派对的人还没到齐。艾利什带着酒桶来了，但在那之前，布丽尔已经取出那瓶伏特加，那是她为了“特殊情况”而事先藏在自己房间里的。

“真是醉了。”她对我说道，同时往一只Solo杯[1]里倒了不

---

① 一种一次性的塑料杯，常被用于装盛饮料，因杯身印有Solo字样而得名。——译者注

少的酒。她也给自己倒了一杯，露出一脸坏笑，然后一饮而尽。我自己也喝了一大口。正当我差点呛到的时候，她笑了起来，又倒上了更多的酒。“这是你的特别之夜。”她念叨着。

现在已经是，我不是太清楚，10点了？我真是在浪费时间。我感觉既疲倦又极度兴奋。我感觉自己很爱迪兰。我感觉他正把我压在地毯上，虽然动作不是太浪漫。自从我们进入这间客房起，他还没怎么说过话。他将一座梳妆台推到门前挡住。我们亲吻着，然后正打算到床上去时就摔倒了，于是我们就像现在这样，躺在了地毯上。地毯是浅蓝色的。我们应该到床上去，我晕眩地想着——要是我们在地毯上留下了痕迹怎么办？留下……那种东西怎么办？

哦，我的天呐，他在戴避孕套。我看到他的手在摆弄，于是我迅速把头扭到一边，这让我感到整个房间都天旋地转。这里光线很暗，但是也还不算太暗。突然间，我真的感觉紧张了，我不知道自己是否想停下来，如果我马上吐出来的话，如果我的人生正沦落为狗血的肥皂剧剧情的话，如果——

他又压在了我身上，在处女时代的最后一刻我想的是，从此以后，我再也不用为这些事担忧了。

事情并没有我事先所害怕的那种疼痛，但也许那是因为持续时间并不长。我想我应该是要叫出声的——就像电影里那样，一直尖叫着呻吟着，事情本来不就是那个样子吗？但是我仍然在意着地毯的事，随后又为迪兰感到有些尴尬，因为他发出了一阵低沉的叫声，然后——

就完事了。

他从我身上移开，仍然喘着气。

我的胸罩有点湿了，因为他压在上面流过汗。我在想我们是不是本该脱掉它的。感觉有点奇怪的是，他曾在其他时候脱掉过我的胸罩，但当时我们只是在接吻，并没有打算做这种事。

头顶的吊扇并没有打开，但是它因为音乐声而微微震颤，长长的流苏柔和地摆动着。我努力地想着正在播放的那首歌，那首在我失去童贞时播放着的歌，但我无法集中精神。有那么一瞬间，我曾感到清醒，感觉到一切正在运转，但现在我又真真切切地感觉自己心醉神迷了。

“嘿，哥们儿。”迪兰说道。他没有跟我说话；他笨拙地收拾着那个避孕套。他压低了声音咒骂着。

我试着动了动四肢。我想让自己看起来性感些，我应该露出怎样的眼神。我希望着他会想要再做一次——不需要马上，但在某天总会的。那不就是这种事的全部意义所在吗？这一次至少还算不错吧？我的内裤缠在我一只脚的脚踝上，我把它抓了过来。

然而，他甚至没有正眼看我。我明白男生不大喜欢在事后拥抱或者爱抚什么的，但他已经穿上了他的牛仔裤，用手梳理着头发，挺直了身子。那个避孕套去哪儿了？他是怎么处理掉的？

我伸出手，想要温柔地捧过他的脸亲亲。但我最后却一不留神倒在了他的肩膀上，我抓着他站稳了脚跟。我听见了自己的傻笑，而且有那么一瞬间，我甚至都没意识到那是我。

“嘿，宝贝，站稳了。”迪兰说道。他的声音听起来是那么体贴，让我想哭。我感受到了眼泪夺眶而出之前喉咙里的那种感觉。那种哽咽的感觉。而事情也自然发生了——我觉得自己是傻笑了一下，然后立即开始哭了起来。

正在这时，迪兰伸手搂住了我，将我拉过去，抱了起来。这算不上是一个多热烈的拥抱，但它已经足够。持续的时间足够我喘口气了。

“你准备好了吗？”他问道。

我踩着自己的内裤站在那儿——汗湿的胸罩和还未穿好的内裤——我不得不把头发从脸上拨开。但我点了点头，我觉得自己是在微笑。

“好啦。”他说道。他轻轻地亲了我一下，动作很温柔。非常体贴。“我要回那边去了。”

他的脸离我的脸很近，我刚好能够在音乐声中分辨出他的声音。我想要再次伸手去触碰他。我想要拥抱，即使那样做也许很逊。我感觉和他如此亲近，感觉内心如此温暖，但是在他没有抱着我的时候，我也的确觉得很冷。

但他现在并没有拥抱我了，他准备离开了。他正把那座梳妆台从房门后推开。从客厅透进来一阵光亮和喧闹，然后就剩下我孤身一人了。

“我的天呐，你可真是个骚货！”布丽尔着实是笑着对我嚷了起来，倒让我担心起屋子里其他人会听见，不过音乐仍然大声地播放着。“在地板上？！天才晓得迪宝原来这么禽兽！”她的塑料杯在空中起起伏伏，因为她一边跳着舞，一边搂着我。“哇噢！”

我情不自禁——羞得面红耳赤。我感到尴尬，但也很骄傲。我做了这事了。我感到自己的血液正在加速上涌，好像整个身体都随着音乐在剧烈地震颤。

布丽尔像是要把我牵制在这个挤满了人的客厅里，但是穿过人群，我还是看到了迪兰，他在跟一群棒球队的男生玩“酒杯翻转”[1]。这是他们最后一个可以开怀畅饮而不用担心惹怒教练的晚上了，看样子他们似乎是打算把下个赛季的那份也算在一起喝个痛快。当我看到迪兰的时候——只是他的侧脸，只是一瞬间——我的心不知怎的仍然跳得很厉害。胃里一阵难受，像是快吐出来了，但那种感觉还算好，就好像你是为一切感到兴奋不已，才弄得手足无措。

“你得再来一杯！”布丽尔叫道，“跟我喝！”

一直以来，我多少都觉得失去童贞这种事情应该更……隐私一点，反正我是这么认为的。比如，我和迪兰去某个森林里的乡间小屋，屋里有火炉，我们会在做爱以后彻夜长谈。显然，我妈妈是不会让我跟迪兰去酒店的。我不在的时候，她得花钱请保姆来照顾两个弟弟，这多少也算是原因。

无论怎样，现在完全是布丽尔在照顾着我了。我们跌跌撞撞走向厨房，经过在玩“酒杯翻转”游戏那桌的时候，迪兰与我目光相遇，然后朝着我微微一笑。我觉得自己快要融进前面厨房地板上的那个水洼里，但是布丽尔又叫喊起来，并把一个塑料杯塞到了我手里。

“这是有史以来最好的派对！”她大声喊道。她喊的时候恰好音乐稍稍停顿了一下，但是房间里没有人取笑她，反而都发出了赞许的欢呼。

就在音乐再次响起的时候，布丽尔抓住我的胳膊对我说：“好了，你得告诉我所有细节！所有一切。每个，细节。”

我笑了笑，深深吸了一口气，不知道该从哪儿讲起，不

---

① Flip cup，一种喝啤酒时玩的游戏。——译者注

知道是否布丽尔会觉得我彻底做错了，不知道是否我们应该等派对结束后再来谈这件事，但与此同时，我又非常想立刻就谈论它。

但我刚张开嘴，布丽尔的手就把我的胳膊抓得更紧了，紧得不得了，她张大了嘴。有一瞬间，她好像真的哭了出来。“噢，我的！个！天呐！”她说道。她正看着厨房对面的什么东西。于是我顺着她的视线看了过去。

是艾玛。她正在跟雅各布·沃克交谈。看起来她好像正因为什么事而烦躁不安。惊讶，太令人惊讶了。他已经伸手搂住她来回抚摸，而且，真可恶——天呐，这个女的为了引人注目什么都做得出来。

“人渣！”片刻间我感觉是布丽尔在低声说着这个词，随后又意识到只是我自己在说。感觉不错。我又说了一遍。“真是个十足的人渣！”

我肯定自己有点太大声了，因为有几个我不认识的女孩子转头朝我们看了过来。布丽尔用目光狠狠回敬了她们，然后转头看着我，神情严肃。“根……本不要担心这些，”她声音含糊不清。“我的天呐，我的意思是，有谁还在用Facebook啊？”

“嘘！”我对她嘘声说道，“你知道我们没有——”我没来得及说完，因为她现在正挪动身体往料理台上坐，中途还撞倒了一堆塑料杯。当然我也喝多了，但我还没有醉到会向房间里所有人宣布我们申请了“肥贱人”这个账号。那个账号已经被系统管理员封了，但是我们在学校听说，艾玛被指导顾问老师叫到了办公室，谁知道她在那儿说过些什么。

“去你的。”布丽尔说道，摇晃着她的腿，用她那双Jimmy Choos的鞋子（我碰巧知道那双鞋是她妈妈的）踢着橱柜。“我真不想去说那个疯子。现在，你和迪宝都是”——她收起双手，手指交叉——“然后”——她用一只手掌抱住另一只，交缠着所有手指，然后开始吐弄舌头。

我又忍不住笑了，尽管只有我一个人在笑。“别说了！”我叫了起来。她像是在跟自己的双手接吻一样，还发出阵阵恶心的呻吟声。之前瞪眼看过我们的那几个女孩子看起来像是不知道该笑还是该逃。

布丽尔抓着我开始叫道：“噢，莎拉！噢，迪—兰—”我努力想把她推下去，但我仍然笑着，当我们真正开始扭打起来的时候，我的眼睛又朝房间另一端看去了。

艾玛和雅各布正看着我们，显然他们感觉有点震惊，毕竟我们表现得像疯子一样，但我们才不管呢。

然后，我终于想到。

那个婊子再也不能骂我狐狸精了。

“你干嘛啦?”布丽尔说道，一边笨拙地撑着让自己下了料理台。她昂首阔步地走过厨房，把双手搭在艾玛和雅各布旁边的岛式吧台上。我跟在她后面，放下手中的塑料杯，把头发往后一甩。我的头发也许不是红的，但是很长，很卷（看起来是），而我也挺喜欢我和迪兰的……二人时光之后它蓬松的样子。

“你在这儿干什么?”布丽尔对艾玛说。

尽管艾玛没有理她，但她却对我说道：“是不是她说什么你就做什么?”

“你在说些什么啊?”我立即反驳，但布丽尔几乎是在同时也说了一句：“你说什么，婊子?”所以听起来就像是我在附和她一样。

艾玛突然笑了起来，雅各布也笑了，这真的太不公平了——

他一开始本来是我们的朋友——布丽尔又沿着岛式吧台走了几步，离他们更近了。

“我不知道是谁邀请的你们，”她对艾玛吼道，“但是我知道有谁会把你们撵出去。”

这不是她说得最好的一句话，但却很有效果。艾玛像迪士尼动画里悲伤的公主一样看了雅各布一眼。雅各布摇摇头，好像我们都还很不成熟，而他则对我们很失望，然后他又伸出胳膊搂住了艾玛。他回头看着我和布丽尔，很酸地说了句：“挺不错的派对。”

“挺不错的人渣。”布丽尔针锋相对地讥讽道，但雅各布已经领着艾玛穿过厨房往大门那边走去了。

布丽尔转身看着他们走掉，然后又拿起啤酒杯举到空中，好像是在向他们敬酒致意。

“希望雅各布会喜欢他染上的疱疹[①]！”她大声喊道。

雅各布和艾玛走出大门的时候，每个人都还在笑着。

后来一直到半夜，布丽尔几乎都是在厕所里呕吐，所以我基本上也是在那里陪着她。我只真正地再见过迪兰一次，是在他准备离开的时候，但他吻了我很久，并问了我“明天再聊好吗？”，那样就足够了。早上醒来时，我感觉自己才睡了五分钟，但我无所谓。我蹑手蹑脚地走下楼，在布丽尔家的大厨房里煮起了咖啡，而她仍然熟睡着。

当我把咖啡端上楼时，她已经撑起身子靠坐在枕头上了，

① 原文为herpes，一般指皮肤上的疱疹，很多病例出现在生殖器上。此处布丽尔想暗讽的是，艾玛水性杨花，肯定染有性病，雅各布和她勾搭的话，也免不了染上性病。——译者注

但仍然戴着昨晚戴上的眼罩。“闻起来好——香——啊！”她说道。她把眼罩推了上去，伸出双手，我把一个马克杯放在了她手里。

“这杯加了双份的甜蜜素[1]和奶油，”我说道，拿着我自己那杯加甜蜜素的咖啡在床的另一边坐了下来。

“祝福你，你个漂亮的小骚货。”她啜了一口，闭上眼睛。“我可能真的差点就死了。”

“其实，我还没有完全死掉！”我开了个玩笑，但她没有露出笑容，这时我想起，喜欢巨蟒剧团[2]的是我妈妈和两个弟弟，而不是布丽尔。

“啊，你又在嚷了。”她抱怨道，“你现在是准备回家吗？还是做其他什么？”

我张开嘴，想再开个玩笑，或者争论一番，或者其他什么的。但是我的确应该回家了。很明显布丽尔并没有心情听我跟迪兰的事。我闭上嘴，把沮丧的心情吞了下去。

“是的。”我说道，一边站了起来。“只是想确保你能够摄入点咖啡因。”

“你最好了。走的时候记得关门。”布丽尔仍然闭着眼睛，所以她也看不到我在微笑，这个微笑也有些勉强。这是个生硬的微笑。

但回到车里的时候，我又想起了迪兰，这次我是真心地露出了微笑。一路上，我笑得像个傻瓜一样，尽管在我把自己那

① Splenda，又称三氯蔗糖，是目前世界上高甜度甜味剂开发研究最高水平的产物。——译者注

② Monty Python，20世纪70年代在英国走红的喜剧团体。——译者注

辆本田开进我家的私人车道时，这种微笑又消失了。

我妈妈不是那种周末会去办公室加班的家长，有时候我倒希望她是。相反，她老是想把屋里屋外都清理个遍，弟弟们和我都被叫去做一些琐碎的家务，比如清理吊扇的扇叶（真恶心），或是把我们那些旧的玩具或电子产品之类的东西装箱，她好拿去捐给救世军[①]。或者更可能的是拿去车库，这些东西堆在车库成了另外某个周末的清理、捐赠、丢弃项目的对象。

上周下了雪，随后又下了雨，但是现在天气稍稍暖和起来了，所以当我看到亚历克斯和汤米拿着一个巨大的垃圾袋站在梯子下面，而妈妈戴着大号橡胶手套清理着屋檐雨槽里的污垢并把它们扔下来的时候，我并没有感到有多么的惊讶。他们都在笑着什么，而我在下车之前迟疑了一下，我最先想到的是，我宁愿去做其他任何事，也不要帮她清理雨槽里的脏东西，然后又想到，他们看上去是多么快乐，像是某幅后现代风格的诺曼·罗克韦尔画作。《单身母亲》，这幅画应该被叫作这个名字。她挽起了头发，穿上了她那件宽大的红色Huskers毛衣，那件衣服曾经是爸爸的，是他搬走时留下的几件东西之一。

亚历克斯正在讲着什么故事，他频频做出搞怪的表情，比着手势。但随后他丢下了自己拿着的垃圾袋的一角，我听见汤米在抱怨，而妈妈的工作做完了。

“莎拉，你可以去车库再取个袋子过来吗？”妈妈叫住我的

---

① The Salvation Army，一个于1865年成立，以军队形式作为其架构和行政方针，并以基督教作为信仰基本的国际性宗教及慈善公益组织，以街头布道和慈善活动、社会服务著称。——译者注

时候，我正好从车里出来，重重关上了车门。

我听见汤米问了一句："嘿，现在我可以看电视了吗？你说莎拉回家的时候就可以了！"

"不行，我说的是，你可以进屋去，然后开始做你的作业。"她纠正道。我拿了个新的垃圾袋过来，用我自己的方式把它抖开，这时候我看到汤米皱起了眉头，很明显是在努力判断哪个选项不是更糟糕。

"我可以清理会儿污垢吗？"他问道。我看得出来，他至少已经这样问过她很多次了。

"汤米，你知道梯子很高的。"我这么说道，这样妈妈就不用来费口舌了。"但是我打赌，到明年冬天，你会长得足够高大，到时就可以爬上房顶，修补屋瓦，清理雨槽，打扫烟囱——"

"我们没有烟囱！"亚历克斯反驳道，但他已经因为这种想法咯咯地笑了起来。他扭头向汤米嚷了起来："你会弄得浑身丧兮兮的[①]！"

"弄得什么？"汤米问道，带着他特有的那种"我比你大二十个月所以我比你聪明"的表情。

"丧兮兮。"亚历克斯叹着气说道，像是他已经相当厌倦了去解释什么。"你知道的，那就像圣诞老人那样家喻户晓。还有玛丽·波平斯[②]也是这样吧？"

---

① 原文为You'd get all covered in sook，sook（胆小鬼；露天市场）属于亚历克斯的口误，应为soot（煤烟，烟灰）。译文为在中文中模仿这种效果，故拟用"丧兮兮"一词作为"脏兮兮"的口误。——译者注

② Mary Poppins，著名同名电影（中文常译作《欢乐满人间》）的主人公。——译者注

我们的妈妈露出了会心的微笑，她捧起一大团树叶扔进我拿着的垃圾袋里，说道："亲爱的，你是想说'脏兮兮'吧。"

"你这个笨蛋！"汤米嚷了起来。

"喂，别那么叫你的弟弟！"我说道，同时妈妈也吼了起来："注意用语！"

汤米嘟哝着说了声"对不起"，大致地朝着亚历克斯的方向，看上去变得很温顺了，大约过了三秒钟他又问道："现在我可以进屋去了吧？"

"莎拉和布丽尔？"恩曼女士看完拿着的那页笔记后抬起头来，那是杰里米·迈纳刚刚递给她的。他已经转身往走廊那边走去了，他要做的，是给他的某位老师递上另外某页笔记，赢取"年度走廊监视员"的称号，成为AV俱乐部的领袖，孤独过完一生，等等等等。

"是滴。"布丽尔慵懒地说道。她翻了个白眼，好像是希望自己的名字被叫到似的，但我其实已经无语得没有半点吃惊的感觉了。当我们来到校长办公室的时候，布丽尔冲我傻笑了一下。"这女的做的是些什么该死的蠢工作啊，"她说，"你知道吧，他们把我们班半数的女生都叫来了这里。我的天，这简直就是，她以为自己雇了个懂电脑的蠢货，就能把真相查出来。"

而此时我才终于明白：是因为那个Facebook账号。

我感到心里一沉，但在舍恩校长的办公室过了两秒钟，我就意识到布丽尔是对的。这位女士还不清楚是谁注册了"肥贱人"这个账号。她所做的只是把疑犯聚集起来，两两排开。其中还包括在周五晚上冲着艾玛·帕特曼大吼大叫过的两个人。

所以我真的无法集中精力去关注眼前的事情，也搞不清楚自己是惹了麻烦还是被惹怒了还是怎么的。想到接下来可能会发生的事，我顿时陷入了一种莫名的恐慌，而且我真的也没听到校长一开始说了些什么。大部分时间我都盯着她乱蓬蓬的灰色头发在看，担心着这事会不会被记入我的终身档案。能不能至少让我们解释下这其中有多少是艾玛自找的？她总是装出一副楚楚可怜的样子，然后转过身就给你的男朋友发短信，或者骂你是狐狸精，或者是毁掉你的派对，并且这都没人叫她去舍恩的办公室。

“女孩们，我知道艾玛曾经不善交际。”校长说道。我一直震惊地看着她的脸，但直到现在，我的脸都异常冷静，几近荒谬地丝毫没有胁迫感。终于，她的某些话开始被大家所理解，我开始感到这件事要平息下去了。“我不会责备你们什么。”她说道，“如果你们再多用点心，你们就会知道学校实行了严厉的政策来反对欺凌——”

听到那个词，我吓了一跳，但是布丽尔已经打断了她。“舍恩校长，”她谨慎地说道，语气充满了真诚，“我们真的一直在很努力地亲近艾玛。我可以肯定的是，申请这个Facebook账号的人只是想开个玩笑，你也明白的吧？我的意思是，莎拉和我也总是挖苦对方，不是吗？”

她看着我，这完全又回到了八年级做演讲时的样子——我拼命地点着头，但是想不到要说什么，没有办法从嘴里挤出什么话来。

“所以，我所知道的就是，不管这事是谁做的，”布丽尔继续说道，“也许这个人只是认为，这样做可以让艾玛成为集体的一员，不是吗？我们彼此之间也都是这么做的。我知道这种事听起来有点不正常，但它就很有趣——我敢肯定这只是为了有趣而已。”

舍恩校长看起来似乎真的想相信布丽尔的话。见鬼，我倒是想要相信那些话，我比任何人都清楚那些话是多么荒谬。我几乎都不知道布丽尔她自己是怎样相信那些话的——尽管我觉得实际情况是，布丽尔自己肯定是相信的，或许她多多少少是清楚的，舍恩和其他人其实无法逮捕我们，这已经足够让她的语气带上那种自信了。

但是当我们离开办公室的时候——校长又嘱咐我们亲近艾玛，并向她报告任何在校园里看到的欺凌现象——布丽尔生气了。

“我敢打赌，那个小刺青婊[①]给了舍恩一份名单。”她说道，一边怒气冲冲地穿过走廊走到了她的储物柜那儿。下课铃还没有响，所以走廊仍然空无一人。布丽尔把锁打开，猛地拉开柜门，由于动作太大让它狠狠地撞到了旁边的柜子上，发出一阵回响。“这所愚蠢的学校是有多害怕我父母，要是她不发话，这些人都不敢带我去警察局审讯。我倒是很想让她这么做试试。”

“是的，那么很遗憾，我想今天我们玩不了躲避球[②]了。”我说道，很笨拙地想要开个玩笑。下次我们会见到艾玛，在体育课上，但是这周我们分了小组一直在学羽毛球。好像我们每个人——或者说所有人，就此而言——都需要知道如何打那个见鬼的羽毛球似的。

---

① 原文为tramp stamp，原意指女性在低腰丰臀的部位上文上的文身，用来指称女性含有侮辱意味。——译者注

② Dodgeball，起源于英国并盛行于美国的一种新兴球类运动。——译者注

“我的个乖乖，你说得对！”布丽尔转头看着我，惊讶地笑着。“为什么我之前没想到？天呐，妹子，你真是个天才。”

“什么啊？我说的是我们不玩躲避球了。”

布丽尔靠了过来，用她那种电影演员似的声音说道：“宝贝，在我们要去的地方，并不需要球。”

舍恩办公室之旅的紧张感终于破除，我开始像个傻瓜一样咯咯笑了起来。布丽尔拉起我的胳膊，几乎是把我拖着来到了更衣室，反正感觉像是我不想去那里似的。她将手提包扔在一张长椅上，来回地踱着步——下课铃在我们来这儿的途中响了，但我们仍然是最早到达的。这让布丽尔有时间可以再咒骂一会儿。她短暂的幽默感早已消失无踪，所以当又一阵笑意在喉头升起时，我将它咽了回去。

“一开始，是她来的这所学校，表现得又实在像个招人厌的骚货，偷走每个人的男朋友，当人们叫她收手时她还哭得像个小孩子一样，跟你的男朋友调情，在完全没有收到任何邀请的情况下到我的派对上来招摇，又偷偷去告诉了校长这个她活该自找的玩笑。”

布丽尔在说话时一直走来走去，她气得涨红了脸。她说的都是那些艾玛招人讨厌的事，我也很烦这个，但我仍让她说下去。我靠在一个储物柜上，双手交叉，想起昨晚我和迪兰在一起的情形，我感觉现在我们更加亲密了——又在布丽尔的派对上“亲上加亲”过——但是整个关于艾玛发短信给迪兰的事情仍然困扰着我。实际上，它让我愈发困扰。每当我想起和迪兰在一起的时候，心里就会冒出这种感觉，那种又热又冷的感觉。换句话说，我感觉自己快要爆炸了。而当我想起有某个别的人和迪兰在一起时……这种想法就会让我恶心。冷热交错、一触即发的感觉混杂在一起，让我快要无法呼吸了。这种感觉真的很强烈。老实说，它让我有点害怕。

女生们陆续来到了更衣室，她们突然就闹嚷了起来。当布丽尔看到艾玛独自一个人走进来的时候，她停止了来回踱步，走到了我身边。我们静静地等着，而艾玛朝她的储物柜这边走了过来，当她经过我们时，布丽尔说了句："衬衣不错。"

艾玛穿的只是件粉色的无袖装，并没有什么特别，尽管我觉得它有点紧身。不管怎样，大家都知道布丽尔是什么意思。她说"衬衫"这个词的方式就已经说明了一切。

但只是因为担心话没有说得很清楚，布丽尔又说道："骚货用品店是在搞特价促销吗？哦，等等，我想那一整套都很便宜吧。"

艾玛已经走到了她自己的储物柜旁边，但她的表情已经变得很僵硬，她打算不去看布丽尔。尽管其他人都看着。

"嘿，艾玛，我是在跟你说话啊，"布丽尔说道。她把手往我身上一搭，又继续说了起来。"最近在Facebook上有没有什么新动态啊？哦，等等，你应该是忙着搞别人的男朋友去了，是吧？"

艾玛终于猛地转过头来，她看起来像是真的觉得困惑。或者那只是一副恐惧的表情。

我感受到了一股奇怪的力量。和八年级做演讲时正好相反，与坐在舍恩校长办公室里的感觉相反。更像是在塔可钟停车场那一晚的感觉。我昂起头看着艾玛，说道："是的，你是怎么回事？你知道迪兰只会嘲笑你的，对吧？"

"我想说，"布丽尔又说道，"如果有了莎拉这样的女朋友，谁会希望收到你这种婊子发去的短信啊?”

艾玛皱了皱眉头，片刻之间，她看起来像是要哭了。但她随后把目光从布丽尔身上移开，看着我说：“哇哦，你会追踪给你男朋友发过短信的人吗？听起来你们关系真的不错。”

眨眼之间，我发现自己已经冲到了艾玛面前，和她靠得非常近，那种忽冷忽热的恶心感觉又涌上喉头。我甚至都没料到自己接下来会做什么，直到下手以后，我才回过神来，意识到自己推了她。尽管只推出了几英尺远，但是她撞到储物柜上，发出了“砰”的一声巨响，我听见身后的每个女生都倒吸了一口气。

“给我听着，骚货，”我看着她的脸悄悄地说，“乖乖地滚出我的生活，明白了吗?”我的声音听起来像是另一个人。

但我成了跟艾玛近距离对视着的人。一开始，她退缩了一下，做出那种“可怜小女生”的样子，她已经将这种技能发展成了一门学问。然后片刻间，我看到她朝我眯起了眼睛。那神情像是在明明白白地对我说，好的，咱们走着瞧。

然后她大声地叫了出来，声音轻柔，但又大得足够让每个人都听见，她哭着说：“好吧，对不起。我很抱歉，行了吧?”

她的眼睛又变大了，眼泪顺着脸颊流了下来，她轻轻地抬起手，好像是说，她投降了，而我赢了。我不知道一秒钟之前我是否真的看到过她向我投来的那种眼神。我仍然能够感觉到它，就像切中要害的一击，但她现在看起来很悲伤，所有看着她的人都会责备是我失去了理智。

布丽尔又拉住我的胳膊，将我拖走了。

“不管怎样，莎拉，哪怕她是个祸害，”她说，“迪兰一点也不会希望发生那种事。”

接着詹克斯教练进来吹响了口哨，大家都胡乱地穿好衣服准备打羽毛球。当然，除了艾玛。她带上包悄悄走掉了，那天再也没人看到过她。

我总算得到了些许的平静。如果不算之前大家都去上体育课，而我躲进更衣室洗手间最后一个隔间里放声大哭了足足五分钟的话。我的整个身体颤抖着，眼泪鼻涕顺着脸颊往下流，甚至才流到一半，我就知道得花好些时间去补妆，但我还是等到它流完了才补的——我恢复了一下情绪，然后去上了体育课。

但是如果忽略掉这一段的话，这一天还是很美好的。

05 八月

“这个男生又是？亨利？不是亨利·凯布尔而是亨利·莱曼？”

“嗯……是吧？”

“他击中了一个全垒打！跟欧文打的！”

“等等，谁是欧文？”

“欧文·比纳！我的好朋友！”

我防备似地抬起了双手。我一直试图跟上亚历克斯讲的棒球夏令营的故事，但是，唉，那小子肯定是交了五十个新朋友，他讲起故事来总是没完没了，而且每个故事也总是没完没了地复杂。他离11岁生日还有两周，当他没去描述他们玩的那些复杂得可笑的游戏时，他就改劝妈妈说，他的五十个朋友全该受到邀请，来参加她准备在网球场边为他举办的生日派对。

其实，正当我为忘了他的好朋友欧文而道歉时，亚历克斯拍拍脑袋，又开始问起了派对的事情。“欧文住在林肯，妈妈！过来只要一个小时！”

“我知道，我知道。”她这样说着。我觉得他说了一早上的事她一点都没听进去——时间很紧迫地快到八点了，所以我知道她只是急着想去上班。我给亚历克斯和汤米倒好了麦片。汤米倒没有那么多话，老实说，因为这个我曾经一度连正眼看他都感到困难。我想普通的夏令营没有棒球夏令营那么好玩吧。独木舟和弓箭显然不及欧文·比纳投出的曲线球有魅力。

“那么我们可以邀请他吗？可以吗？可以吗？”

这次妈妈根本没有回答他了。她看着我，疲惫地问道：“玛吉来之前，你负责照顾他们，行吗？”

我点点头。玛吉是我们的保姆，在两个男孩不去夏令营的时候负责照顾他们。这事应该由我来的，自从父母离婚以后，暑假大部分时间里都是我在负责这件事。但今年我上了暑期学校。还要应付娜塔莉，还有特雷莎。妈妈每次说到玛吉的名字时看起来都很生气，我知道她是觉得这又是一件难以负担的事情。

我觉得，妈妈相信我在整个和艾玛有关的这件事里没有做错什么。或者说，不管怎样都还没有错到会受法律惩罚。但我让家里负担了难以负担的费用，搞砸了大学入学申请的事，而且没法照顾两个弟弟，不是吗？那就已经够得上错了。

然而，有另一个原因让我无法对艾玛心生厌恶。如果她忍下来了——或者说，得到了帮助，吞下自己的苦果，做其他任何事都行，只要不是说出那些话——现在一切都会好好的。无论如何，要是我们说的话真有那么罪不可恕，为什么在艾玛活着的时候我们没有被起诉呢？

汤米拿起他的碗，哗啦一声丢进洗槽，然后一声不吭地往楼上他的房间跑去。亚历克斯和我看着彼此挑起了眉毛，但是妈妈已经走了，所以她并没有看见这一幕。我听见车库门卷起的声音，然后叹了口气，拿起我的碗，和弟弟们的碗一起洗了起来。亚历克斯开始说起另一场棒球比赛，我觉得那是场职业赛。我努力装出认真在听的样子，一面整理好我的暑期学校课本，把它们塞进了书包。

结果那天我到处遇到不顺。卡尔迈克没来上课，这没什么好令人惊讶的（尽管令我有些惊讶的是，我似乎还是很在意他到底在不在）。我去了娜塔莉的办公室，因为预约了三点钟见面，结果她不在，好像是因为有紧急事件什么的，她的助手不肯多说什么，只是告诉我说预约已经取消了，然后很抱歉没打电话通知我。这样一来，在见特雷莎医生之前，我有四十五分钟的时间要设法消磨掉。我可以去星巴克，用仅剩的五美元买杯咖啡。或者我也可以去做件十足的蠢事。

我选择了做蠢事。

艾伯森超市的走廊很冷，我一走进门，就冻得胳膊上满是鸡皮疙瘩。超市的入口处摆放着成堆的鲜花。最近也没有什么节日，所以所有的气球上都是“生日快乐”或者“恭喜祝贺”一类的标语。然后是一堆农产品，普通的和有机的。或者，你可以像我一样往左转，来到收银台。

我只跟他发生了片刻的眼神交流——他抬头看了看，当时我正走过尽头处的信用卡结账柜台，他在那儿帮一个年长女士结账，她买了像是柠檬的东西。我并没有看太仔细，只看见了一抹黄色，然后他看到了我，然后一直看着。他还点了点头。

我一直走着，一路走到了第十五个柜台，那里有台自动取款机，旁边是烤焙区。就在这时，我又转身走入最冷的一条过道，也就是放着冰淇淋和冷冻比萨的那条。走到放鱼的地方，我转向左边。那里有条很窄的过道通向一扇门。“仅供紧急情况出入”的标识只不过是个标识罢了——又没有警报。我推门走了进去，发现自己来到了这栋建筑后面的角落，那儿和垃圾桶隔得很近，但是也还没近到可以闻见味道。地上随意摆着几个装牛奶的板条箱，箱子下面散落着一些烟头。我现在孤身一人。我在水泥墙边找了个位置，背靠上去，等待着。

大概只过了三分钟，甚至店里的寒气都还没来得及从我胳膊上消退，迪兰就到了，他推开门，朝我走来。我们什么也没说。我知道现在是他十分钟的休息时间，我知道我们不会说话。他用力地把我按在了墙上，我感到他胸前的名牌微微地嵌进了我的胸部，感觉像被掐了一下，然后我们接吻了，冷冻食品那里沾染的寒气从我的四肢消散开了。

尽管这件事一直压在我心上。我搂住他吻了又吻，他抱着我，这感觉很不错。但一颗心还是放不下来。

“好的。我们有一条充分的理由，就是帕特曼小姐服用的抗抑郁剂与其他几起自杀有关。我们有医生能够证明这一点。但是现在让我们头疼的，是随之而来的起诉。我们并没有什么应对的计划。”

“对，我不清楚网上的情况，我还要上网做些调查。但是剩下的事情——帕特曼小姐和张先生住在同一条街，对吗？那么我们可以有这么一条理由——”

“我也想过这种说法。但是现在华顿小姐和张先生彼此并没有那么熟。不是吗？”

娜塔莉和那个帅气的实习律师都转头看着我，挑起了眉毛。我耸耸肩，以此作为对娜塔莉问题的回应。不，“张先生”和我并没有那么熟。我一直觉得泰勒·张只是某种工具，甚至是在艾玛父母对他提起诉讼之前，甚至是在我们知道上周周末发生的事情之前。他总是跟艾玛一起出席派对，好像那并不是什么大不了的事，因为他做得到；对她而言也很方便——他们之间只隔了三家人。他跟她一起玩，然后又把消息发布到网上，好像那是什么值得骄傲的事情一样，即使他也会背着她跟我们打趣她。

当然，现在情况对泰勒来说真的很不利。他的处境实际上是我们中间最麻烦的。但那完全不是我的问题。

“我们已经证实，莎拉的男朋友跟张先生关系很好，”娜塔莉这样说道，“我认为，这给了我们足够的条件以其他理由去调查那片街区。如果帕特曼小姐看到过华顿小姐或是格雷格斯小姐坐着白色本田或是银色……”娜塔莉草草地翻着文件，搜寻着那个词。

“奔驰。”我告诉她。娜塔莉抬起头，敷衍地朝我微笑了一下，然后转向那个帅气的实习律师。他也有自己的名字。他叫大卫。

“奔驰。”娜塔莉重复了一遍。“如果他们看到了这些女孩，那么说明他们就在那个街区。毕竟这个地方不是什么大城市。好几个爱姆伍德学校的学生都住在那一带。”

“但是是艾玛的妈妈看到我们的，”我忍不住指出了这一点。“我意思是，我们当时——你们是在说情人节的事情，对吗？”

娜塔莉和大卫回头看着我，他们惊讶的是我居然也真的派上了用场。也许说不上派上用场，我也不清楚——我甚至都不清楚我今天为什么来这里，因为到现在为止都是他俩在交谈。我是半小时前来的，之后所做的事情就只是又喝了一瓶健怡胡椒博士，并且努力地远离那一堆又一堆散放着的文件。娜塔莉的办公室很大，里面有一张沙发、几把椅子、一张床、配套齐全，但是却连个坐的地方都没有——我靠墙站着，努力不让自己碰翻身边的植物盆栽或是背后的营业执照。

“对，我们说的就是这个。”她说道，走到桌子的另一边翻起另一堆文件来，她迅速浏览了一下，然后抽出其中一份，眯起眼睛看了看，说道：“是二月十号？”

我再次耸耸肩，但随后又点点头。我只是知道他们什么意思，而他们也知道我知道。我无聊至极，我只是不知道像个白痴一样站在这儿有什么意义。也许只要我跟他们说话，他们最终会告诉我在这件事上我应该怎样做。

来到娜塔莉的办公室后，我还发现了一件事——我们肯定要接受庭审。娜塔莉说，她一直在跟我妈妈讨论“我的选项”，当然我妈妈现在不在这儿，但目前他们希望的是，把开庭时间定在未来的几天之内。

那些男生，包括迪兰，都将大学入学时间推迟了一年。我听说，迪兰和泰勒在这段时间里会去社区大学。我们所有人的人生都被暂时搁置了起来。或许我也说不清楚，我觉得我们所有人的人生都完了。我的人生感觉也就是这个样子了——当我发觉它已经完了的时候，它早就完了。我妈妈浑浑噩噩地应对着这一切，两个弟弟在家里和保姆待在一起，我最好的朋友不被允许跟我联系，而我的男朋友不再是我的男朋友。我的日子都用来跟犯人和律师打交道了，我简直是，身心疲惫。每个人都认为我是个可怕的人，我想他们是对的。我的意思是，大家每天都详细谈论着我是个多么恶劣的人，现在已经来不及去改变任何事情或是任何人的想法，或是任何人的人生。

无论怎样欺骗自己，二月十号那天我过得并不好。或许二月十四号也是，或许那一周差不多每天都是。那一个月都是。那一年都是。

再加上，所有这些事情已经记录在案了，这多亏了艾玛的妈妈。我的意思是，多亏了她父母，我终于有了记录了。

娜塔莉又眯眼看着那份文件。她的老花镜被推到了头上，但我猜她已经忘了。我还没来得及进一步观察，她就说："你说得对，帕特曼夫人确实看见了你们。她说你和格雷格斯小姐将一个很大的心形标志放到了帕特曼家的前院里。而那只是……"她又翻了几页。"……一种学校里的惯例？"

"是的。"我说道，"是情人节舞会的惯例。我的意思是，这要在舞会前几周进行。男生邀请女生都应该要隆重一些，比如穿燕尾服去学校或者在道格拉斯街的天桥上放上一个心形标志之类的。然后在情人节那周，他们还得再放一次标志，或者再正式打扮一次。"

"但是这个标志并不是哪个男生去放在那儿的，它是你和格雷格斯小姐放的。"娜塔莉转过头来，眯着眼睛看着我。

"据说是的。"我答道。

大卫突然笑了起来，像是狗叫一样，娜塔莉露出了一丝转瞬即逝的微笑，但她的目光又回到了文件上。"据说是……"她喃喃自语，又翻过了手中的一页。"那个标志上的内容可不是什么好话。"

"对，不是。"我承认道。最终，大卫拿起他旁边的椅子上的一个箱子，把它搬到了地上，然后指了指这个座位。我坐了下来，有点瘫了下来的感觉。"我们只是……这是布丽尔的主意，你知道的。说真的，艾玛会去勾搭所有人。我只是希望她能够离迪兰远一点。这只是个玩笑。”

娜塔莉又抬起头看着我，这次她似乎确实是感到惊讶了。

“我的意思是，不，就是说，有趣，只是……”我声音越来越小。也许我应该闭嘴。

“好吧。”娜塔莉说道，终于她也坐到了桌上，尽管她不得不将另一个箱子推到一边才能看到我和大卫。“但是这个标志还是很不好的，而且是放在了她家里——这不是在学校。我们应该感到幸运的是，只有帕特曼夫人能够证明这件事，很明显艾玛把它销毁了。网上和学校的传言将会更加难以否认，因为那件事有更多的目击者。而你是受到指责的。”

“多少是吧。”我嘟哝着。

“而帕特曼小姐家里又发生了一件事——”大卫开始说道。

娜塔莉抬了抬手，没让他再说下去。“让我们先集中精力处理情人节发生的这件事吧。”

当娜塔莉的团队了解到情人节的事情时（那是我们五月份第一次见面的时候），我以为她会直接转身走出房间，绝不会接手我的案子。她大部分时候的确很沉着，但在几周之后，我也明白了她那次反应有多么不寻常，当时我们正在梳理着艾玛家人针对我、布丽尔、泰勒、雅各布和迪兰的起诉里的重点。当我们说到布丽尔和我送给艾玛的玫瑰的数目时，娜塔莉的脸色苍白了许多。

“五十朵?”她说道，好像不确定是不是听错了我的话。

我妈妈坐在我旁边，已经彻底沉默，一动不动。在此之前，她都是靠着我坐在客厅的沙发上，把手放在我的背上，小心翼翼地。但是当我看到我的新律师惊讶得张大了嘴时，我意识到妈妈再没有碰我了。她在沙发上移开了一点。这像是在我们之间放了块一百万英里宽的垫子。

“那只是……”在那时我试着解释。这很过分，行了吧？但这并不能说明我们在学校停车场或者其他什么地方打了她。

而现在，特雷莎医生又让我谈这件事。这件事在我脑海中可谓记忆犹新，因为我刚从娜塔莉的办公室出来，我们在那儿已经把情人节那一周的事情复习了一遍。

不知怎的，特雷莎房间又唤起了这段时间以来我的胃常常感受到的那种空洞感。我告诉她，一开始我对送花这事只是有点兴奋，直到我看见了艾玛的储物柜，然后我就有些头脑发热了。

“最开始你感觉还不错？”

“嗯，是的，”我说道，“我觉得这很好玩。收到这么多的玫瑰，你懂吧？看起来会很可笑。”

“你希望让艾玛看起来可笑？”

“是她总是让我看起来像个白痴一样。”我指出。

“她怎么做到的？”

“通过迪兰。”天呐，特雷莎真是顽固。

“嗯。”她说道。

“但是我们没有把花放到她的储物柜里，”我说，“他们被那个心形标志吓坏了，因为帕特曼夫人声称在她家院子里看到了我俩什么的，于是他们开始把什么事情都怪在我们头上。”

艾玛的妈妈没有因为心形标志的事情报警；她告诉了学校。娜塔莉认为这对我们是有利的，因为如果你在自家院子里看见几个小孩，又觉得他们是想做什么坏事或者鬼鬼祟祟的事，为什么要等到第二天才告诉学校呢？

但是，她在那一周里通知学校，那对我和布丽尔而言肯定是最糟糕的时间点。到了星期三，你就真的无法忽略“有人在找艾玛麻烦”这件事了。心形标志、储物柜、玫瑰花——艾玛只怕会因为太高兴而没法帮校长确定谁该为她这个糟糕的情人节负责。

特雷莎看了我一眼。“你说你肯定会接受法庭审判了？”

我点点头。

我在沙发上换了个姿势，拖过针织衫披在身上。

“你肯定很担心。”她说道。

“谁？我吗？没有。”我答道。

特雷莎严肃的表情变成了一个微笑。“你想表现出很有魅力的样子，大可以那么去做，”她说道，我觉得这应该是一句赞美。“但这件事肯定难以置信地会让人倍感紧张，哪怕你一直开着玩笑。”

“好吧，我想有些人就是比别人更能承受压力吧。”我狠狠地说道。特雷莎收起了笑脸，我低头看着自己的双手，我脸上突然一阵发烫。在长久的沉默过后，我听见她又在笔记本上开始写起什么来。也许写的是“毫无悔改之意，真是个可怕的人”。这么说没有人会不同意。甚至连我也是。

06 二月

虽然我也觉得很奇怪，但我们再也没有遇到什么麻烦了——不论是因为Facebook的事还是更衣室的事。舍恩校长那里没有后续通知，也没有谁打电话给我们父母，什么都没发生。一周后，我才意识到这整个都是布丽尔计划好的，为的是让艾玛知道，她要是反抗的话会是什么情形。艾玛没法用Facebook账号的事来找我们麻烦，所以在更衣室的事发生之后她都没有再试过了。其他的人也没有。詹克斯教练没有目睹那件事，其他的女生也都假装她们没有看见。当然，我碰巧听说她们也很讨厌艾玛。在“肥贱人”账号被删除之前，又有很多人加了它的好友。

我开始确保自己能在课间和迪兰见面。我已经记下了他全年的课表，但现在我一点也不会害羞，我可以牵着他的手，路过一间间教室，走到他的储物柜那里。我回去上自己的课的时间越来越晚，但想到在我们路过时艾玛投来的那种嫉妒又失落的眼神，我就觉得这是值得的。到那周周末，我再没有那么担心她了。我脑子里想着的是其他的事情——主要是情人节舞会，还有就是之后迪兰是否还想再和我做爱。他告诉我，他在旅馆订了一个房间，打算在舞会之后办个派对，只有几个人会受邀参加，我觉得这话意味着他会和我做。

实际上，他也是那样邀请我去舞会的。当时，我们正好又在车里接吻，但他必须得在十分钟内赶去训练，所以我知道我们没法进行太久。在还剩下五分钟的时候，他起身坐正，说道："我在凯悦酒店订了个房间。舞会结束后，让布丽尔也带个帅哥来吧。"他直接又吻起我来，我的脑子有点晕晕的，一直想着要穿的长裙，考虑着我是否能穿着它参加舞会后的派对，或者说我是否得费心再准备一套衣服，还有性感内衣，而且妈妈会说什么，而且……而且，你知道这些鬼话意味着什么。

也许这听起来很傻，但我真的还没有从第一次和他做爱的那种感觉中走出来。现在做爱几乎变得更加可怕，就好像我一定会因此怀孕，或者说，要是我们像这样每个月只做一次的话，他一定会不再喜欢我。布丽尔的派对之后，也没有什么好的时机或是地点可以和他做，但是这事终究是会发生的，不是吗？

我不得不去学校接两个弟弟，但妈妈一到家，我就去了布丽尔家。她父母和平常一样出门处理一些资金筹集的事情去了。她总是叫自己"可怜的小富婆"——她有一件无袖上衣，上面印的就是这句亮瞎眼的话——每个人都知道她是在吹牛。有一次，我妈妈说她为布丽尔感到可怜，因为她似乎很孤单，但是在我眼里她似乎从不孤单。而且，我差不多总是陪在她身边。今晚我们坐在她家厨房的吧台上，往自己的健怡可乐里加黑樱桃。

"你们实际上是多久……做一次？"我问道，话一说完就往嘴里塞了三颗樱桃。

布丽尔把一颗樱桃从梗上摘下，放进她那杯泛着泡沫的汽水里。“难道你不会一直想要吗？”她问道。她的声音闪烁着某种嘲讽的语气，好像突然之间她就成了一个比我年长许多、聪明许多的姐姐一样。“我的意思是，这可是迪可[1]啊！你怎么能对他放手呢？”

听到这个新绰号，我翻起了白眼，不过话说回来，我也不知道该如何回答她。于是我耍了个曾经见妈妈对弟弟们用过的花招，我换了个方式问道：“那你和‘潜水哥’在一起时会一直想要吗？”

那是她去年夏天睡过的那个男生。因为某种原因，我们从不叫他的真名。也是个帅哥——基弗，和那个演员一样——但是布丽尔从游泳夏令营回来以后就一直叫他“潜水哥”。他是潜水夏令营的潜水教练，很明显是靠着游泳特长奖学金上的大学。所以这个名字就沦为了夏令营里的绰号，而夏令营结束后我们也是这么称呼他的。

“哦，一直都想啊。”她说道，但是她只盯着自己的汽水，没有正眼看着我。其实她从未过多地谈起过“潜水哥”。他俩的事发生的时候，她还在夏令营，她花了几分钟上网给我发邮件，说她的初夜给了这个英俊又年长的男生。自从她回家以后，她曾若无其事地提到过那件事，听起来她似乎感觉自己很成熟，对此毫不在意。我甚至都不确定她们是不是只做过一次。尽管如此，看到她现在专注地从罐子里取出樱桃的样子，

① 原文为D-Licious，是布丽尔为迪兰取的新绰号，是将Dylan（迪兰）与Delicious（美味的，可口的）两个词糅合在一起而成。——译者注

不知怎的，我也没有再去追问她细节了。

我知道她去年秋天经常和罗勃在一起，但我也相当肯定他们从来没有做过那种事。而现在她也并没有和谁真正在交往。有那么一瞬间，我很想知道，为什么我没有再多了解一点自己闺蜜的情感生活。过去我是什么都知道的——比如一个男生常常喜欢在上课时摸她的手，或者克里斯·西蒙斯在九年级派对上吻过她，而那正好是在她请求蒂凡尼·马丁和她交往之前。在罗勃最开始跟她打情骂俏的时候，我也是在场的——上学期我们一起选了《视觉艺术》这门课——但是现在——

“姐们，你别老是提这事啊。”她说道。她收起手头的工具，把樱桃罐子的盖子拧了回去，然后把它放回了冰箱。我还没有吃够，但布丽尔的妈妈对于食物制定了一些奇怪的规矩，所以我想我们是已经吃完了我们的规定份额。“迪兰是个好男生，他很在乎你。你不会怀孕的。”

“我不会生下有艾滋病的宝宝吧？”我问道。我们开的就是这种愚蠢的玩笑，如果我们不够小心，最糟糕的事情可能就真的会发生在我们身上。通常我们能想到的最糟糕的事情也就是生下了身染重病的婴儿。

“噢，那别乱说了，你肯定会的。”她说道，转过身来，背靠在冰箱门上。“但那病会被治好的，迪兰会去打NFL[①]比赛，然后他不得不娶你，直到永远，因为你给他生了个宝宝，而它的艾滋病被神奇地治好了。”

“听起来不错，”我说道，尽管它听起来肯定很荒谬。

① 美国全国橄榄球联盟。——译者注

“只要你肯带我去参加所有的NFL派对，让我能够和汤姆·布雷迪[1]结婚，那么我就答应帮着照顾你生病的宝宝。”她说道。

“好吧。虽然我也觉得他应该结婚了。”

“管它呢，我可以当他年轻漂亮的第二任妻子。”她回到料理台这边，指了指我的可乐。“你喝完了吗？我们去我的衣柜挑情人节舞会的长裙吧。或者还有个更好的方案，去我妈妈的衣柜挑。”

在楼上，我们在她父母那个占据了整个房间的衣柜里挑了至少有一个小时，但是那些裙子不是看起来太过老气，就是对于学生舞会而言太过梦幻。不管怎么说，布丽尔已经有一条了，严格地讲，我也有了一条。到十点半的时候，我已经收到四条我妈妈发来的“你在哪儿”的短信，所以最后我回家了。

我偶尔也和迪兰发发短信。他的短信并不太长——从来都不长，尤其是在他练球的时候。而且内容总跟他的教练有关，比如“布里格斯快弄死我了”或者只是“已死”，但是随后他会加上一句“你真可爱”或者“晚安好梦”。今晚他发的是“带着你性感的小臀上床睡觉吧”，后面还加了一个“xo”，我微笑着走到洗手间去刷牙。

但我洗漱完毕后，却没有上床睡觉。与此相反，我打开了自己的笔记本电脑，再次进入Facebook浏览起了我主页上的新动态。我去看了看迪兰的页面，看着他的照片不禁哑然失笑。我很确定这些照片我都看过一遍，但是他实在是太帅了，很快我就发现自己来到了他先前的相册，里面是去年的一些照

---

① 美国橄榄球明星。——译者注

片。有很多他跟那个叫凯西的女生的合影，那时他和她还在交往，我将涌起的一股醋意压了下去。我希望他能把这些照片删了，但我知道我不能叫他这么做；那会让自己显得很可悲。凯西去了另一所学校，一所天主教女子学校，所以我从未在现实中见过她。照片中的她看起来真的很开心，她属于那种有着一头靓丽秀发和亲切微笑的女孩——看上去就好像是她正冲着你微笑一样，即使她看着的只是镜头而已。感觉她就是那么想的。

我又往前翻，试图在里面发现有我的照片。我在主页上发过几张，但是迪兰唯一有的是一张合照，而且都是因为别人在图里圈出过他。我没有被谁圈出，尽管我就站在他旁边，踮着脚从雅各布的肩膀后面看过来。那是在一场比赛后拍的，当时男生们才冲完澡，身上还是湿漉漉的。这不是什么情侣照——那只是恰好来到校外的一群人，大家正出发前往凯尔家的派对。

我的手指在电脑触控板上方徘徊。我是否要点击图片，然后标注我的名字？那是否会显得太招摇，让自己看起来像个失败者一样？肯定会的。“莎拉·华顿在泰勒·张的照片里标注了她自己，因为她是个缺乏安全感的蠢货，她需要你们知道，她百分之百地是和迪兰在交往，所以你们都给她退下。”一阵颤抖。我迅速地点回了迪兰的页面。

然后我看到了那张照片。另一张合照，但是人更少。其实只有三个人——迪兰、泰勒，而艾玛站在他们两人中间。他们一起坐在一张长椅上。那是泰勒家后院里的一张长椅。那是在晚上。每个人手里都拿着一只塑料杯。很明显是开了派对——除了杯子以外，他们三个人都有点目光呆滞。这肯定是在不久之前，因为他们都还穿着冬天的外套。其实我看见过艾玛穿那件双排扣短呢大衣。我第一眼看到那件衣服就忍不住妒火中烧，因为它有着那种相当漂亮的浅绿色，和她的头发搭配起来惊艳极了。

她在这张照片里看起来也很惊艳。在这张照片里，迪兰的头倾斜着靠近她的一头秀发，他们隔得那么近，你都说不准他们有没有碰到。泰勒正在笑，但艾玛和迪兰看起来只是很高兴的样子。怡然自得。

我肯定没有参加那个派对。在我继续往下去看照片日期之前，我不得不深吸一口气。又是一张泰勒家的照片，所以他可能是删掉了几张新的。因为这张肯定是那个冬天更早的时候拍的，在迪兰和我12月上旬公开在一起之前。

也许是的。但是照片日期显示的是1月20号。

也就是布丽尔家的派对之后第二天。

布丽尔还不知道我在迪兰页面发现的那张照片，但我感觉她好像知道似的，因为突然之间我们都已将为难艾玛视为一项任务。布丽尔每天都想方设法要对她说些刻薄的话，至少是在体育课上——尽管在更衣室事件之后，艾玛已经不大来上体育课了。

但是布丽尔就像是严冬户外的天气，冷酷无情。她让我们不走平常走的路线，而是从艾玛的储物柜所在的走廊经过。她会在图书馆找到艾玛。她从不会说太多话，但那几乎只会更可怕——只是在你路过的时候轻轻地说一声“骚货”，声音那么小，人们都不确定自己是否听到了什么，简直像是森林里飞出的毒镖。艾玛总是猛地抬起头，她总能知道是我们，但她从没有真正确切地知道。她只是感觉到了恶意的刺痛。

这只是，我也说不清楚，一种业余爱好吧。这些天在学校也没什么好做的。我试图参加春季学期的音乐剧的选拔，但那还要再等上三周。布丽尔以前打篮球，但她今年没打了。我觉得大家都厌倦了，因为布丽尔似乎在召集大家加入到我们反对艾玛的运动中来。艾莉森·斯蒂普和雅各布现在对艾玛连一点点的友好都没有了。

当然艾玛自己也在推波助澜。凯尔邀请了她参加情人节舞会，所以现在她是准备好应付自己的第二百五十六号男友了，谁知道呢。

“她总是阴魂不散。”泰勒抱怨道，那天我们所有人放学后正好在一起吃午饭。室外气温感觉只有两度，我蜷缩在自己臃肿的外套里，看起来肯定像只缩头乌龟，但我一点也不在乎。尽管我也是情不自禁缩起来的。即使现在我们坐在了汉堡王[1]里，我仍然感觉不到温暖。

“好了，各位，我是说，他们在‘约会’。”雅各布说道，用两根薯条比了个打引号的动作。

泰勒笑了，但是布丽尔努了努鼻子。“他们也会吗?”她说道，“我的意思是，凯尔一直在和我发短信。我觉得她只是在缠着他，就像她缠你们一样。”

男生们都假装自己并没有听见这句话；他们突然间似乎都对自己的食物很有兴趣了。我给了布丽尔一个眼色，但我觉得她并没有看到。老实说，我的脸只有一小部分能够让她看到。

“不管怎么说，你们懂的，她就是个恶心的家伙。”布丽尔继续无动于衷地说道，“我只希望凯尔可以足够谨慎，因为，说真的，我们不知道他俩已经进展到哪一步了。”

---

① 美国最大的快餐连锁店，和麦当劳、肯德基并称三巨头。——译者注

现在每个人都笑了。我感到有点困惑——比起说她缠着他们的事，这话对雅各布和泰勒而言不是更有侮辱意味吗？但是我也松了口气，因为刚才的紧张气氛消除了。男孩子们继续回到了棒球的话题，而我也早已经从外套里钻了出来，吃起了炸鸡块。但是布丽尔仍然微微皱着眉头，好像要想明白什么东西。我试着把她的目光吸引过来，但当我最后成功做到的时候，她的眼神像是看穿了我。

迪兰和我一起朝着他的车子往回走，路上他用手搂住了我。“你一直都这么冷吗？”他问道。

“对啊！现在有零下九百亿度啊！”我说道，将胳膊伸进他敞开的外套里，搂着他的腰。“你好温暖啊。”

他只是笑了笑，然后让我坐进了他那辆SUV，我坐在车里仍然不停哆嗦，直到他绕过来坐进驾驶座，然后打开了暖气。“抱歉，”他说，“我本该之前就从里面打开的。”

“没关系。”

他将车倒出停车场，一边扭过头看着后面的情况，这时他又说：“为什么布丽尔对待艾玛时总像个贱人一样？”

我转过头看着他，感到很吃惊。车子冲了出去，他坐正身体开始驾驶，我感到身下的加热座椅升温了，开始让我的大腿下侧感到有点烫了。

“布丽尔才不是贱人。”我反驳道，但是他笑了。

“不，是的哦，她是的，”迪兰说道，“感觉她就是，天生的贱人。天贱①。”

---

① 原文为Original Bitch，The O. B.，此处译文根据中文习惯略作归化处理。——译者注

我的嘴张得大大的，像是等着有什么话要说出来。但我不知道说什么。我不知道该说什么才好。我男朋友真的是在说我闺蜜的坏话吗？

“尽管她是很有个性，”他说，“但我只是觉得你们没有必要对艾玛这么抓狂。她也是个不错的女孩。”

“也许是吧，对你而言。”我低声抱怨道。

“别这样嘛，你明白我什么意思的。”迪兰说道。他在车里伸出手，握住我的手。我本来是把手塞在两腿下面取暖的，但我还是让他握着了。“说真的，你了解艾玛之后，你会发现她这人相当有意思。她真的很好，就像你一样。我觉得你们那样会让人害怕的，你明白吗？”

我不明白。我也不想明白。“一旦你了解了她之后”是什么个意思？迪兰又怎么会知道艾玛很有意思？不只是有意思——是相当有意思。

我往窗外望去，迅速地眨了眨眼睛，以免自己会哭出来。我正牵着迪兰的手，我提醒着自己。我是他的女朋友。他刚刚说了我很好，我很有意思。

就像艾玛一样。

放学后我开车和布丽尔一起去了那座豪华的购物中心，她坐的副驾驶座。

我们是去买舞会用的内衣。这也许很有趣，或者说我觉得它应该很有趣。但是布丽尔讨厌我的车，这我是知道的，因为每次到我开车，她就会抱怨一路，比如现在就是。

“这是什么啊？”布丽尔问道，语气不是太友好，她拿着我的 ipod，点亮了屏幕。正当我准备开口说话时，她又说：

"National[1]是什么啊？这名字真蠢。"

"别这样嘛，他们是我最喜欢的乐队，你应该听听。"我反驳道。最近我感觉自己总是在跟布丽尔唱反调，总是在解释什么。但我的解释又总是很没说服力。

"随你吧。"她说道，把ipod丢回了仪表盘的台子上。"你和你的深刻思想。真是烦人，我希望你别又跟我闹起情绪来。"

我闹情绪的阶段已经过去了，但是我不会说——我也不会指出的是，似乎她才是在闹情绪的那个人。她面色阴沉地向窗外望了一会，然后转过头来，打开了暖气。"天呐，车里简直像冰箱一样。我们该开我那辆车来的。"

我发誓，在我们这群朋友里，我是唯一一个没有开宽敞的SUV的人。布丽尔的"车"是一辆银色的M级奔驰，它也许比我家房子还要贵很多，我们大部分时间也都是坐的那辆车。但我真的很喜欢开车。而且我也真的很想听自己最喜欢的音乐。我的意思是，跟着碧昂斯的歌哼哼是很有趣，但我偶尔也想换自己掌控一把。

"对不起，"我说，"下次开你的车吧。而且反正我们也快到了。"

我们实际上已经把车停进了停车场，我甚至很容易就在靠近大门的位置找到了一个车位；我正好停在了诺德斯特龙百货公司旁边最近的空地上。不知怎的，我们停好车后，我伸出手抓住了布丽尔的手。我们并没有这样腻歪——学校有些女生会在走路时手挽手，或者一直拨弄对方的头发什么的，但我们并不会真正地去触碰对方，除了布丽尔给我修整指甲的时候。但

① The National，一支美国乐队。——译者注

是现在，我双手正握着她那只手，它是冰冷的，我友好地摇了摇。这是我用来帮两个弟弟摆脱坏情绪的做法，我想是本能在起作用。

“嘿，”我开朗地说道，“我们去买些性感的内衣吧！”我咧嘴笑得像个傻瓜，等着她也笑起来。

但是，布丽尔却哭了起来。她的头垂到了胸前，一边颤抖，一边抽泣。

我的心像是停止了跳动。我从未见过这样的情形。布丽尔从来不会轻易落泪。即使是在九年级她父母分开一个月，她觉得他们要离婚的时候，她也没有哭过。她仅擅长夸夸其谈，尽管——她随时都有现成的计划和玩笑，以及任何情况下都可以披上自我保护的华丽盔甲。但是现在她不顾形象地痛哭着，张着嘴，像个玩偶小丑一样脸朝下，鼻涕也已经从鼻子里淌了出来。

我把手伸到后座，抓出一把纸巾，幸好我总会在那儿放上一盒，更幸运的是亚历克斯还没有把它们用完。布丽尔接过那把纸巾，捂住了脸，然后整个人蜷缩了起来，把脸靠在了膝盖上。她颤抖着，我所能做的就是揉着她的背。车子还处于发动状态，所以我将另一只手伸了过去，把暖气调到了最大，希望这能够有点用。她穿着臃肿的白色羽绒服——我搞不懂她的手为什么会那么冷。我也不清楚她隔着厚厚的羽绒是否还能感觉到我的手，但我还是不停地用手在她背上画着圈揉着，只是静静地等着她坐正，然后——我希望——告诉我这到底是怎么回事。

感觉像是过了有一个小时，布丽尔抖擞了下身子，坐正了身体。我惊讶地抽回了手，努力不喘出声来，我看见她满脸都是睫毛膏，就像卡通片里哭得稀里哗啦的女孩一样。她甚至还有点喘不过气。看到她如此烦躁不安，我不由自主地觉得震惊。而且我完全不知道该说什么。

“这太傻了。”布丽尔哭着说道，又抽泣了一阵。“我都不知道自己为什么会对这件事如此上心。”

“对什么?”我终于问了出来。“发生了什么事?”

她低下了头，看着那堆纸巾，突然平静了下来。她颤抖着深深地吸了一口气，说道：“潜水哥。太傻了……夏令营的那个家伙。”

我不知道自己之前一直在期待她说什么，但肯定不是这件事。她和潜水哥又有联系了吗?这又是一件我不知道的事情吗?又是一件她不愿意告诉我的事情吗?但她是那么烦躁不安，我并不是说我生气了——我只是想她接着说下去。我伸出手，调低了暖气——通风口呼呼地吹着，声音太响，而且也太热了——然后把那盒面巾纸放到了仪表盘上。

“他怎么了?”我最终开口问道。

“他并没有……我们并没有……你知道，我是说，他那时有女朋友。不过他好像甚至都不喜欢她，我们一直在一起玩，然后那天夜里，他只是……只是接吻，但他只是……”

她将手在面前挥了挥，像是想指着什么东西。我顺着看过去，但结果只是她臃肿的外套，以及那堆纸巾。

“我以为你们——”我说道，但她拼命摇了摇头。

“不。是他做了。他做了那种事。他就那么做了。就是说，他对我做了。就是说，就——”

然后她拿起那盒纸巾，用它敲打仪表盘，敲打窗户，敲打她的膝盖。她将它扯碎，甩着身子不停地往座椅上撞，发着脾气，怒不可遏。我害怕得无法呼吸或是动弹。我相当肯定的是，接下来她会撞我，或是伤害自己，或是伤害这辆车——然而她又蜷起身子，哭得更伤心了。

这次我伏在了她身上，在车内的狭小空间里尽可能地抱住她。“没事啦，”我说，“会没事的。”但我不知道那是否是真的。我甚至都没搞清楚她刚才告诉我的事情——是潜水哥伤害了她？是他……强暴了她？是……什么啊？像我们这样的女生是不会被强暴的。像布丽尔这样的女生不会惹半点麻烦。像布丽尔这样的女生在情人节会收到那所该死的学校里半数男生送的玫瑰。像布丽尔这样的女生会得到她想要的任何东西。

渐渐地，她的哭泣慢了下来。她仍然蜷着身子，但是我看见她扯了一把面巾纸放脸上用手捂着，突然她就安静了。她的声音从那堆揉皱的纸巾里钻出来，很小声，听不大清楚。“天呐，这真是可悲。”

“不，这并不可悲。”我说道，“我很高兴你告诉了我。”我又说，尽管我还是不清楚她到底告诉了我什么。

“我只是觉得那应该很浪漫的，你懂吗？我觉得那应该像你和迪兰那样。”

我的手仍然放在布丽尔背上，我不得不阻止自己把手缩回来或是移开。我和迪兰是怎样呢？我也觉得应该很浪漫来着。但也许是吧？也许那也只能就那么浪漫了？

我很惊讶地意识到，布丽尔从未这样说过话——她从不会倾诉什么。她从不会卸下心防，从不会感到不安。我感觉和她更加亲近了，但我也感到更加害怕；她会就这样抽出身子吗？一分钟后，她会不会补涂上睫毛膏，假装这一切从未发生过？

我希望她这么做吗？

我坐在那儿，浑身发冷，等待着接下来将会发生的事情。但是结果却没有那么戏剧化。布丽尔摆正了坐姿，漫不经心地微笑了一下，挑着眉毛，做出一副“这不会很可笑吗”的表情。她的眼妆弄花了，但她显露出来的主要神情也只是疲倦和悲伤。“老实说，这并不是什么大不了的事情。”她平静地说，“我想要……你知道的。我想要和他在一起的。我想要那么做的。”

我点点头。她当然是想的。

“我只是……”她声音减弱了，耸了耸肩，望向窗外，看着停车场，好像那儿摆着什么答案一样。

“本来可以更浪漫的。”我说道，试图把她的句子补充完整。

她哼哧一声。“是的。”她说道，声音生硬，带着嘲讽，她的心墙又在竖立起来。“更浪漫。更情投意合。一切都很美好。”

我犹豫着，不知道是否应该现在就开车回家。但是布丽尔拉下副驾驶座的遮阳板，对着镜子补起妆来。“那么你想去哪儿买？维多利亚的秘密[①]？”

“嗯——对，好吧。”我说着，努力不让自己听起来显得惊讶。

她挑起眉毛看着我。“噢，不要露出那种样子嘛。你不会因为我得了经前期综合征[②]就不出车门了吧。”

她打开了她那边的车门，蹭了出去，一股寒气从她的座位那边传来。我轻轻地摇了摇头，试着去适应这个新出现的状

---

① Victoria's Secret，女性内衣品牌。——译者注

② PMS（Pre-Menstrual Syndrome），是成年女性的常见病和多发病。此处是布丽尔调侃自己情绪失常，与在中国调侃女性“更年期”效果类似。——译者注

况。布丽尔被某个人伤害的事情也太……罕见了。而且事实是，她仍然想着这件事，仍然会为这件事哭泣，在整整三个月以后……

有那么一瞬间，我在想这是否是因为我和迪兰，是否是她感到嫉妒了。但布丽尔从来没有嫉妒过我，即使片刻也不曾有过。都是我在嫉妒她，事情就是这样。她才是自信满满的那一个，是她认识所有高四的学生，是她在我用完微薄的零用钱之后会帮着付账。她知道哪儿可以买到奢华的内衣。好吧，我是说，我知道在哪儿可以买到，但是我上次去维多利亚的秘密时只买了一些纯棉的粉色款。布丽尔知道如何丝毫不露尴尬地拿着蕾丝款黑色文胸去收银台。

“嘿！”她叫了一声。她敲着车顶，让我跳了起来。“外面就像块该死的冻原地带！快走吧！”

我猛地熄了火，拔出了钥匙，下了车，然后感受到了吹来的风。它刺激着我的双眼，“呼呼”地猛刮着吹跑了一切，什么都没有剩下，除了两个普通的女孩，她们跑着穿过了灰暗的停车场，臃肿的羽绒服在身后抖着，也许是在嘲笑着我们看起来有多么傻，但它似乎毫不在意。整个世界也没谁在意。

07 八月

星期五，卡尔迈克不知不觉地坐到了我旁边的那张桌子，他挥了挥手中那本《哈姆雷特》，像是在跟我打招呼一样。

“你看完了吗?”我问他。

“当然看完了，”他说，“怎么了？你要看?”

我摇摇头。我后来总算是适应了它的语言，甚至能够稍稍进入情节，这多亏了网络的帮助。但是哈姆雷特总是那么抑郁，所有人物又不断地以可怕的方式死去。然后奥菲利亚在河里淹死了，哈姆雷特说，他过去一直爱着她，虽然当她在世时他视她如空气，我只是……这只是太可怕了。

我从未对卡尔迈克说过这些话——这次我似乎真的能够控制和他在一起时自己的语言了。我只是又摇了摇头，说道：“太悲伤了。”

他冲我挑起了眉毛。然后他又拿起他的书，指着封面印着的“悲剧”一词。

“住嘴。”我说着，伸出手去打了一下他的胳膊。这有点玩闹的意味——或许甚至有点像调情——令我吃惊的是，他往后跳了跳，好像我真的打伤了他一样。但他只是继续玩闹着。或许甚至是在调情。

“我可以带你研读一下，”他说道，“如果你愿意的话。”

就在那时，罗德里格斯先生走了进来，而卡尔迈克又碰巧把书从桌上碰掉，落在我们两张桌子中间的地板上。它落到油毡地板上发出“啪”的一声，那在满教室的纸张摩挲声和书包拉链声中，并不是那么引人注意，但罗德里格斯先生还是吼了起来：“所有人都请把书从桌上收下去，开始给我做笔记！”我朝卡尔迈克翻翻白眼，但他正看着教室前方，一副模范学生的样子。我根本没有引起他的注意。

我试图把注意力集中到《哈姆雷特》的评论上，因为我其实担心着星期一的考试，但我却不停地想起卡尔迈克的话。他是什么意思？我真的很渴望来自男性的注意，我想，或者只是渴望有个朋友。或者只是为了在见娜塔莉和特雷莎之外有点事情可做。

那天化学课没有做实验，我们除此之外只有一堂外语课，我上的法语，而卡尔迈克上的西班牙语。到那天结束的时候，我想我应该坐进车里，在我做出或说出其他任何愚蠢的事情之前离开，但是正当我走到自己那辆本田的尾箱那里时，他又出现了，站在自行车的脚蹬上，慢慢滑行了过来。

“那么我们明天再见吧。”他说。

“那你就真的是在耍我了，明天是星期六。”我说。

他只是点点头，承认了我愚蠢的玩笑，并没有任何嘲笑的意味。“对，那就是为什么我得到你家去见你了。你住在格兰德维尤，对吗？”

我不清楚他是怎么知道的，但我点了点头。

“那么，七点见行吗？”

“你确定？”我说道，然后立刻又说：“因为我真的不了解莎士比亚。真的。我总会把波洛涅斯和克劳迪斯[①]搞混。”

卡尔迈克这段时间里一直在骑着车打转，他低头看着人行道，几乎整张脸都被头发挡住了。但是当我说完这些话时，他停了下来，伸脚踩在地上，抬起头看着我。

“好，那么你真的需要我的帮助。你有设备可以供我们在线看一部莎士比亚的电影吧？或者Netflix[②]点播？”

我点点头。

“太好了。我们就看电影吧，然后我们再想想怎样让你把两个完全不同的角色分清楚，好吗？”

“好吧。”我说道，虽然觉得尴尬，但心里倒也高兴。有人会对我强势，这让我有种奇怪的解脱感——我的意思是，一个强势但不是律师的人。

他又点了点头，然后骑着车走了，我站在原地，看着他离开，不知道他到底为什么要费心做这些事。但是随后我就摆脱了这种想法，钻进了车里。我不能去担心那种事。我必须学会只享受有人陪我说话的感觉就行了。趁着这种感觉还在。

“亚历克斯，你在哪儿？”我在进门时喊道。妈妈还没回家，我看得出来——车库里没有别的车——但是地板上到处散落着男式袜子。老实说，我觉得我弟弟的房间有着某种生产袜子的机器。还有另外一台机器负责把这些袜子弄脏并扔到家里各个地方。两个小男孩不可能在短短几天之内就制造出这么多脏袜子并且还把它们散播得这么广。我和以前一样不擅长数

① 均为《哈姆雷特》中人物。——译者注
② 网飞公司，一家在线影片租赁提供商。——译者注

学，但我知道数量加起来不对。

“汤米?”我喊道，语气不大确定。汤米最近很多时候都在朋友家玩。我感觉是的。他只是从不在家，就好像他是世界上第一个获得解放的12岁未成年人。一方面，这很好——只剩下一个弟弟要吃饭，以及让你因为袜子去吼他。另一方面，我还是挺想他的。因为不管我什么时候看到汤米，他总显得非常的安静。就好像他不在那儿一样，虽然事实上他是在的。

我迟疑了片刻，把书包扔到了楼梯旁边的地板上，想起了我大弟弟。他一直很安静，自从……自从他上次夏令营回来就是这样。也许他并不喜欢那次夏令营?

我听见厨房里传出了笑声，于是我把拖鞋踢到了书包旁边，然后摸索着走回了那里。厨房其实并没有什么门，但你站在走廊最前端也看不见厨房角落里那张小桌，所以当我来到厨房的时候，我对自己看到的东西完全没有准备。或者，更准确地说，应该是我看到的人。

在那张小桌旁边，围着一大桶冰淇淋坐着的，是亚历克斯、汤米和我们的爸爸。

两个男孩子容光焕发，仿佛是在圣诞节的早晨——这种形容很恰当，因为我们的父亲来访的频率也和圣诞老人差不多。爸爸和往常一样穿着西装，衣服有点起皱，感觉乱糟糟的，感觉他是穿着它开了一天的车。也许事实上就是那样。他和他的另一个家庭住在芝加哥，大约有八九个小时的车程。严格地说，芝加哥到这儿开车来很方便的，尤其是在他因工作原因需要在两地之间略做停留的时候——在得梅因或其他什么地方——但是他新生的孩子年纪太小，不知怎的，爸爸似乎从来没来看过这些他从前的孩子。

但是随后他就极其罕见地，带着这些惊喜来了。时间已经隔了很久了，但那家伙肯定很喜欢当那个可以说“嗨，我带了冰淇淋来”的先生。男孩子们喜欢这些，但我自己更明白。或许是因为只有我不是他带冰淇淋来准备讨好的人。

“你妈妈呢?”这是他一上来就对我说的话。汤米和亚历克斯还在挖着那桶有着多种口味夹层的冰淇淋往嘴里送，完全没注意到爸爸，甚至都没有跟我打声招呼。

“嗯。”我说道，没有再往厨房里走进一步。好像我们是两块同极相斥的磁铁——我从生理上对他感到排斥，好像即使我努力靠近也做不到。“现在是星期五下午四点半，那么让我认真猜猜吧，她是在……上班?”

“莎拉，”他说道。声音尖锐、简洁。从中可以听出，我的名字像是一把刀。但是正如我不能走进厨房和他们坐在一起，我也不能离开，他也知道我不会离开。于是他继续说了下去。“没有必要用那种语气。我一路赶来，很累了，在回到车里然后继续开五个小时之前，我只希望能有一分钟的平静。”

我不知道是否该对此做出回应，或者指出我并不想毁掉他那一分钟的平静，或许我只是在这儿充当替代的出气筒。但是亚历克斯一如既往地天真，他跳起来说道：“等等，爸爸，你还不会急着走，对吧？你才刚到这里啊！你得看看我的投球！等到了高中，我会和迪兰一样棒的。”

亚历克斯刚一说完，我就能看出他意识到自己犯了个错误。爸爸脸上阴云笼罩。我觉得自己膝盖都快软下来了。

我们都沉默了一阵。我没有动，爸爸也没看我，他只是看着洗槽，满脸怒气。让我吃惊的是，虽然和我们隔得这么远——地理上，感情上，在所有方面都是——但当亚历克斯说到“迪兰”时，他竟然还是能准确地知道他说的是谁。我爸爸从来没有见过迪兰，从来没有看过他任何一场比赛，从来没有和我谈起过他。我知道他会跟妈妈谈论近来发生的所有事情，我知道我的律师总是试图把我父母请到一起。但是爸爸并不想谈这件事。在他看来，所有这一切都将平息下去，我们都可以“向前看”。那就是他在跟我母亲谈话时对她所说的——“让我们都向前看吧”。说得好像我们并不想一样。

亚历克斯转来转去，不停地看着爸爸的脸和我的脸，想弄明白是发生了什么事，还有更重要的是，接下来会发生什么事。但是汤米这次似乎很懂规矩——他几乎是把脸埋到了碗里，一直舀着冰淇淋吃，甚至都不愿意抬起头透口气。

然后，就像什么都没发生似的，爸爸拍了拍自己的脑袋，往后朝他深爱的小儿子靠了过去，异常欢快地说：“那么，你的手套在哪儿？我们出去吧！”

亚历克斯从椅子上跳了下来，蹦跶着上了楼，好像他一生就指望着这事了。汤米刮着他的碗底，爸爸对他说道：“你确定你在夏令营吃饱了吗？你需要比你弟弟更早地准备好进行点高中的运动。”

汤米把碗推到一边，用手腕抹了抹嘴，仍然什么都没说，只是轻轻耸了耸肩。

“咳，”爸爸继续说道，“我送你去的那个夏令营教你什么了吗？花了一大笔钱的地方，应该是个全明星的汇聚地啊。”

爸爸在说这些话的时候微笑着，好像这是个玩笑，但我却听出了悄悄回到他声音里的那种犀利。我想这些天我并不是唯一一个让我们的父亲失望的人。

汤米仍然低头看着他的勺子，从房间另一端看去，我能够看到他的下颚紧咬着。这是他在努力不哭出来的时候会做的事情——他从来不哭，他是我所见过的最坚强的孩子。

看见弟弟这么脆弱的样子，我打破了加在自己身上的魔咒，我几乎是快步穿过了厨房的门，来到桌边，拿起那些盛甜品的空碗，说出了一堆毫无意义的话，来填满这糟糕的时刻。

“那是个真正的，怎么说呢，全能夏令营。”我说道，声音有点太快、太大声。“你知道的，划船、骑马、远足之类的？汤米真的晒黑了，他说他玩得很开心，对吗，汤汤？他们弄了篝火，什么都体验过了。烤了玉米吃。快结束的时候不是还有才艺表演吗？你不是还凭着什么表演赢了一根绶带吗？”

汤米最终抬起头看着我，平静地说道：“是箭术。但那不是优胜者的绶带，不是真的绶带。”

爸爸哼哧了一声。“这些地方还真在意自己的垃圾自尊。”

“是的，”汤米说，“它相当无趣。”

“那好，明年我会把钱省下来了，”爸爸说，“给你报个橄榄球项目。”

汤米讨厌橄榄球，但我们的爸爸是全世界头号的玉米人队[1]球迷，所以我们俩都不可能会提起这事。

“橄榄球真的会很危险。”我说。我不知道为什么自己要起这个头去争辩——这些话自己就冒出来了，我希望自己能够立刻闭上嘴。当爸爸跟我说话或是说起我的时候，我并不会说什么。但是在涉及弟弟的时候，我就无法保持安静了，即使我本应该安静。这并不是意味着我们是因为见面太多才会有争吵的闲暇。

① Huskers，内布拉斯加大学林肯分校的校橄榄球队，全名为Cornhuskers，是全美大学中非常著名的球队之一。——译者注

但是爸爸的情绪已经又转变了。“你是个强壮的孩子，”他拍着汤米的肩膀对他说道，“你能够坚持下来的。”

汤米看起来并不强壮。他看起来很难过。我站在那儿，手里仍然拿着那些碗，正往洗槽那边走去，这时候亚历克斯跑回了房间，拿着两只棒球手套。

“我找到了一副你的旧手套！”他上气不接下气地告诉爸爸。

“那就好。”爸爸站起身来，脱掉了他那件起皱的西装。他挽起袖子，亚历克斯拉开后门的门闩，打开了门。他看起来像只急不可耐的小狗，而汤米看起来则像是受伤的一只，尽管他也起身走了出去。

他们所有人都走出了厨房，我很好奇自己看起来是什么样子。

像个清洁女工吧，我想。

“他对她真糟糕。”我说道，几乎是在对自己说。梅尔·吉布森冲着海伦娜·博纳姆·卡特大吼大叫——或者说，我觉得是哈姆雷特在冲着奥菲利亚大吼大叫——虽然我其实也只能理解对话的大意，但我也能看出他表现得很残忍。

“他只是要把她推开。”卡尔迈克说。他喝了一口手里的可乐，然后指着屏幕。“他经历着很多事情，不是吗？他爸爸被谋杀了。”

“但她对他的喜欢也是情不自禁啊。”我说。

卡尔迈克并没有回答，我们沉默地坐了一会。卡尔迈克到的时候，我们订了一个比萨。其实，我们跟我妈妈还有两个弟弟说过，然后是订了两个，但他们在楼上把他们那个吃掉了。当我妈妈看到卡尔迈克那一身黑衣服时，她甚至都没有眨一下眼。我不知道她是否看到了文身，但她说：“我挺喜欢你的T恤。”他今天的T恤上印着约翰·列侬。他微笑着说了声“谢谢”，我注意到汤米看着妈妈，显然是想等我们离开之后去问她T恤上的家伙是谁。

我又拿起一块比萨，告诉自己要吃下去，即使感觉在男生面前满嘴东西不大合适。卡尔迈克已经吃了三块了，而这只是我的第二块，但我还是吃了。在迪兰身边，我会吃下的不过是几根薯条，不然我会觉得自己很胖，觉得很不自在。

但这人不是迪兰。这不是约会。即使我花了一个小时把衣柜里的无袖上装都试了一遍。最后我选了一条短裤，还有我最喜欢的那件灰色V领T恤，那件衣服很旧了，下次洗的时候也许都会从缝合处裂开。但是它非常柔软，绝对不会让我看起来像费了多少心思。

卡尔迈克并没有把这看得像是什么约会一样。他的表现让人感觉我们只是朋友，或者至少是学习搭档，我知道对我而言那已经足够了。我还不至于太过寂寞和绝望。

但我仍然寂寞而又绝望。我把自己的盘子放回桌上，用纸巾擦了擦嘴。我无所事事地拨弄了一下头发，希望着自己当时要是没觉得夏天适合把头发留到下巴那么长就好了。我拉了拉T恤，以确保它没有沾上比萨碎屑。

然后，我终于坐回到沙发看起电影来。有一阵我的确感觉很轻松。但是到了人们发现奥菲利亚浮在河里的时候，我在沙发的一角紧紧地缩成了一团，咬着自己的指甲，感觉像是会把吃下去的比萨都吐出来。

卡尔迈克转过头，看着我说：“你还好吧?”

“还好。”我说道，语气比我预想的更有防备意味。“为什么我不好?”

“没有原因,”他轻松地说道,“我只是想到了,你知道的。一直看些和死亡、自杀这类东西有关的内容,这有点难受。”

我看了他一眼,但他仍然看着电视。“对你而言难受吗?”我问道。

“难受啊,当然难受。”

我不知道该说什么。

“我并不真正了解艾玛,”他又温柔地说道,“但要不去想那件事是很难的。她似乎是个好孩子。”

我不想谈论这件事。我跳下了沙发,拿起我的空可乐罐。“你还要喝吗?”我问道,“我还想喝点。”

我没有等他回答,就急匆匆地上了楼。我们是在地下室看的电视,而我两个弟弟正在客厅里玩Wii[①]游戏。我一直试图让妈妈把游戏机控制台搬到楼下。她说现在这样更方便监管男孩子们,她是对的,但是他们一直在旁边闹来闹去也真是够烦人的。这让我没有选择,只能把一个在暑期学校偶然认识的男生请到我家地下室来,这听起来似乎有点绝望。

但是当我走到楼梯上面的时候,四周其实相当安静。妈妈和男孩子们已经吃过饭了,所以我想她是上楼去了她的房间。亚历克斯仍然在客厅玩游戏机,而汤米则在厨房,坐在吧台上玩他的DS游戏机[②]。

“嘿,小伙子,怎么了?”我问他,一边把可乐罐扔进垃圾桶,然后走到了冰箱旁边。我们订比萨的时候买了一堆散装的

① 任天堂在2006年推出的新一代电视游戏机。——译者注

② 即NDS,全称为Nintendo Dual Screen(NDS),是任天堂推出的一款掌上游戏机。——译者注

罐装汽水，因为他们的瓶装汽水卖完了，所以现在还剩下一些罐装的。我拿了两罐，关上了冰箱门，意识到汤米仍然没有说任何话回答我。

我在吧台上靠着他坐下，深吸了一口气，在看他的游戏之前稳定了一下情绪。他玩得并不是太投入，我一眼就能看出他的得分很低。这跟他的情绪倒是很相符，我是这么认为的。

“下周上学了，你觉得兴奋吗？”我平静地问道，“已经上初中了。你已经是个大人了。”

他耸耸肩，注意力仍然集中在那块小小的屏幕上。

“你有挑好的套装了吗？”我问道，试图把他的注意力吸引过来。

“哎呀，烦死了。”他说道。我知道那会让他为难——在两个弟弟看来，挑选衣服是女生做的事情。那对他们来说不够男人。

“好吧，我不提了，”我说，“那么，你和丹尼尔在一个班级吗？”丹尼尔去年是他的好朋友，尽管我突然才清楚地意识到已经有好一阵子没见过他了。我甚至都不知道他们是否还是那么要好——在小学和初中之间，这样的友谊会经历很多变化。汤米今年夏天半数时间都在夏令营里忙碌。

相当肯定了，汤米在听见丹尼尔的名字时畏缩了一下。“是的。”他说道，但他的口气听上去没有丝毫高兴的感觉。

“你们还在一起玩吗？”

又是耸肩。

“那就好，你知道的。”我说道，亮出了我的“大姐姐的智慧”卡片。“我在初中时交了很多新朋友，而留下了几个小学的朋友。就像布丽尔——我们就是在那时成为朋友的。好吧，应该是在八年级的时候。但总归是这样。等你长大些，你会遇到和你更相像的人，和你更加志趣相投的人。”

“布丽尔可不像你。”汤米压低声音说道。我几乎不能确定自己听对没有，但他随即又说了一句：“她就是个贱人。”

“汤米！”我说道，觉得非常震惊。“这可不是什么可以随便说的好话！”

终于他抬起头看着我。“但是的确如此，”他说道，“她让你陷入这一切的麻烦之中。她才是让一切都变得不好的原因。”

我张着嘴，犹豫着，完全不知道说什么。在平时，汤米和亚历克斯是两个可以让我随时交谈的男孩子。但我觉得现在我眼前这个是长大了，已经开始学习怎样跟我作对了，甚至在他正式上七年级以前就开始了。突然间，我想起那天在迪兰车里的情形，当时他说了一样的话。然后我也是不知道该说什么了。我从未觉得布丽尔是贱人。我觉得她很强势。她敢直面他人；她能搞定事情。比如我的人生。

汤米和我看着对方，足足过了一分钟，我想着他刚才说的每句话。最后我问道：“有什么不好了？我的意思是，我知道现在一切都被搞得乱七八糟的，但那是我自己的烂摊子，不是吗？”

他的目光又回到了DS游戏机上，然后把它放到了厨房吧台上，又把手放到了膝盖上。“这也是我的问题。”他说。声音几乎像是在说悄悄话。

我想起昨天和爸爸在一起时的情形，想起汤米是如何不肯正眼看我们任何人。“这跟爸爸有关吗？”我问道，仍然努力想要理解他。

“为什么每个人都不停地问我这个？”他吼了起来，“这跟爸爸无关！天呐！”

“好了，好了！”我伸出手，试图宣布停战，让他先恢复平静。“我只是觉得——我的意思是，见到他你似乎没有那么高兴。”

“就像你那样？”

这倒是真的。但是我都尽量不在两个男孩子面前表露我的真实感受。他也是他们的爸爸，他们不应该去恨他。至少，在他们长大以前不要恨。而且他平时对他们也不错，除了不常来以外。就像昨天，带着冰淇淋来访，然后在妈妈回家以前跟他们玩了几个小时的球。当然，后来他吼了她一阵就离开了。就跟平常一样。但是冰淇淋和追逐游戏——这些都相当不错啊，不是吗？

也许“相当不错”对于汤米来说已经不再足够，正如对我来说也已经不够了。

“夏令营的每个人都知道——你懂的。”汤米说道，“艾玛。我努力想告诉他们，那件事并不是你的错，但是有些人还是会说，你和布丽尔还有其他人，好像是，打了她，实际上你并没有，他们还说你让她……你知道的。这真是悲哀。所以说没有人会相信我。他们说我也是个恶霸。没有人愿意和我说话。”

我感到无法呼吸。我将一只手搭在汤米的肩上，轻轻地揉了揉，但是在心里我感觉自己像是快要死了。

“那……那真的很不公平。”我说道，“你并没有做错什么。你从来没有欺负过谁。”

“你也没有啊！”他坚持这么认为。然后他又不说了，正眼看着我。“对吗？”

在那一瞬间，我的眼泪夺眶而出。它就像地狱一样煎熬着我，它来得太快，让我几近哽咽。我能给汤米的回答只是轻微的耸肩。我把手一直放在他瘦小的肩胛上，承受着他的注视。他棕色的大眼睛直直地看着我，但是即使透过眼泪我也能看到它们的变化。就好像是，前一秒他还相信着我，他还是个孩子——后一秒我看到的就成了一双更加成熟、更加严厉的眼睛。他的眼神跟爸爸如此相似。突然之间，面前好像就是爸爸的眼睛透过汤米的脸在看我一样。

他拿起游戏机，一言不发地从厨房那张高脚凳上下来了。我看着他离开，就在那时我看到卡尔迈克站在门口，他正看着我。我的眼泪现在已经流出来了，我看不清他是怎样的眼神。这也好。我不想知道。

但是当我把头靠在料理台上开始哭起来的时候，我听见卡尔迈克穿过厨房，走过来坐到了我身边。一分钟后，他将一只手放到了我背上，就像我对汤米那样。

这并不会比我对弟弟所做的更起到什么作用。

但它并不是一点意义也没有。它并非没有意义。

08 二月

“看，他就在那儿，正在热身。”我指着说，亚历克斯挺起脖子，好像坐直一些可以更容易地看到室内场地的另一边。

“噢，是的，我看到他了，”汤米说，“所有这些男生你都认识吗？”

“不，并没有。”我说道。亚历克斯仍然不停地扭来扭去，俨然精力过剩。“小伙子，你愿意去贩卖机给我们买些汽水吗？”我问他，希望那可以帮他消耗点用不完的精力。或者说，那至少可以给我们三分钟的休息时间。

“好嘞！”他不停地晃动着，我从钱包取出一张五美元的钞票，递了过去。

我希望汤米跟他一起去，但他的眼睛被场地吸引过去了，而贩卖机又在视线范围内，所以我也能够看着亚历克斯。他跐溜一下就跑开了。

“爸爸喜欢跟我们玩掷球游戏。”汤米说。

我不清楚他想说什么，但是我明白有时候他只是喜欢说起爸爸。即使我并不喜欢。于是我说道：“嗯，我懂。我们车库里都是些棒球手套。我打赌迪兰过不了多久会再来的，要是你还想练习的话？为下次爸爸来看我们的时候做好准备？”

“噢，太棒啦。”汤米说。

我们把注意力转回到迪兰和其他队员身上。这只是一次训练，不是正式比赛，但这样反而更有意思。巨大的室内设施是大学校园里的，我喜欢白色雨棚离我们头顶有一英里远的那种感觉。我给迪兰发了短信说我们要来，主要是这样他才会明白，我不会在练习结束后还赖在那儿，因为我两个弟弟也来了。但我并不介意。我越发感觉自己像个成年人了，带着两个小孩子开车来到大学校园，来看我的大学生男友，看着一群三个月前我还不认识的高四男生，他们现在却不停地向我挥着手。我感觉这就是大学的样子——虽说我很有希望至少能够进入（也负担得起）在林肯那所大一些的大学。要是我留在这里，我敢打赌我妈妈会让我住家里。

“他们只有雪碧了！”亚历克斯嚷着，把一瓶塑料瓶装的饮料递给了我。我家大人不准这两个男孩子喝任何含咖啡因的饮料，所以我觉得这意味着他们没有喝过七喜一类的饮料。“而且我只买到两瓶，还花了两块五！”

“哎哟喂。”我说道。我是在说这个价格，但碰巧他那瓶饮料也打到了我。并没有故意或者多用力，但还是有点疼。我接过饮料，把它递给了汤米，他拧开瓶子，连看都不看我们一眼。“嘿。”我喊道，用胳膊推了推他。

“谢谢。”他很自觉地说道，但仍然没有看我们。我想，他可能多少也感觉自己算成年人了，所以不想被他姐姐打扰。或者他弟弟。

我扫视着露天看台，想知道布丽尔是否会来这里。她说她可能会来，但她不是太喜欢我两个弟弟。这我明白。有时候这会让我觉得恼火，这是当然，但因为布丽尔是独生女，所以说她似乎根本就不会懂。不过这也无妨。她近来经常跟那个叫马库斯的男生待在一起，他也是球队里的，所以我才觉得她有可能会出现。

但我却看到了艾玛。她走了进来，和贝丝一起。呃，我都忘了凯尔也在球队里，所以说我可能还会经常见到她。谁知道呢。

我试图移开视线，但感觉我的脑袋就像是被定住了。她和贝丝用很低的声音说着话，艾玛看起来像是在哭还是怎么的。她看起来总是那个样子——当她没有和某个男生调情或是什么的时候。或者有时候甚至她在调情的时候也是那个样子。她带着那道永恒的瘀青，不停地让自己感到刺痛，总是在受伤。学校里每个人都知道她在看心理医生，我想知道为什么他们还没给她用抗抑郁剂。或者说其实她已经用过一些有效果的了。

贝丝抬起头看到了我，挥了挥手。我并不喜欢她，但我还是轻轻点了点头。艾玛看了过来，我两只眼睛瞪着她，但我不知道她是否看到了。她又穿上了那件漂亮的外套，她的外表散发出来的感觉，我也说不准，真是鲜活。但是同时也很虚幻。就像妈妈带我们去看3D版《海底总动员》时，那些鱼看起来是真的，它们是那么光鲜亮丽——但随后你的手伸出去，就会直接穿过它们。

终于，我没再去看愚蠢的艾玛·帕特曼了，我转过头，面对着赛场。

“你和她们是朋友吗？”亚历克斯问，“她们为什么不过来跟我们坐会呢？”

“可能因为你太怂了。”汤米说道。

“我才不是！”亚历克斯反驳道。

“你看看，怂人一般都这么说。”

“汤米，你怎么会知道那个词？”我问道，既是想告诫他要对亚历克斯友善一些，又是想取笑他说了“怂”这个词。

“每个人都知道啊。”他耸耸肩说道。

我保持着一本正经的样子，又说：“那么，这样叫你弟弟也是不好的。”

“噢耶。”亚历克斯说道，对准瓶口喝起了他那瓶雪碧。他含着瓶子，好像是只小狗之类的，我情不自禁地努了努鼻子。

“但是亚历克斯，你也正经点，没必要表现得那么粗鲁。”

然后汤米打了一个嗝，我摇摇头，心想要是自己在带他们出来前再认真考虑一下就好了。我很肯定艾玛正在看我们——我们在前排，所以说要是不回过头去看的话，我也无法准确知道她和贝丝坐在哪儿。何况我也不会回头去看——但我能感觉到她那双贼眼正看着我们。

突然迪兰慢跑着进场了，一直跑到塑料投手墩那里。他做了几次看起来很专业的伸展动作，然后朝我们这边看过来，挥了挥手。两个男孩子也挥着手回应他，好像他们的人生都指望着它似的。我微笑着抬起了手。但是在最后一刻我想到，要是他实际上是在跟艾玛招手呢？

这真是个疯狂的念头。愚蠢。但它把接下来的整个下午都毁掉了。

“噢，我的天呐，我快要尿出来了！”布丽尔尖叫着，憋得直不起腰。

“嘘，嘘，嘘——”我发着嘘嘘的声音，同时也咯咯地笑了起来。我浑身颤抖，蹑手蹑脚地走着，祈求着不要让我俩双双摔倒在泰勒家和艾玛家之间那条结冰的路上。“加油，”我尽可能轻声地说道，“我们得快点！”

布丽尔停下了脚步，迅速地做了几次深呼吸，咬着嘴唇不让自己笑出来。她拿着那个广告纸板做的巨大红心靠近她的那端，我们刚把它从她车里取出来，她说：“好了，好了。我拿着这边了，你那边拿好了吗?”

我晃了晃那个红心靠我的这端——我拿着那根木棍子，红心被我们用订书针固定在了上面——一片透着亮光的云在夜色里缓缓穿行，在华丽的灯笼形街灯的光芒中闪烁着。我扬起另一只手向布丽尔致敬，这是个错误，因为这我们都咯咯笑了起来。

我们和艾玛家之间只有一户人家的距离了，但是以这种效率的话，我们绝对不会成功的。我们曾在泰勒家研究过这事，去他家真的只是为了跟迪兰、马尔库斯和他一起玩的借口，但结果马尔库斯就是周五要带布丽尔去舞会的人。这是个秘密任务。隐秘而寒冷。我想这也是整个这件事看起来那么可笑的原因，与此同时，它其实也可能会难以置信地愚蠢。比那个假Facebook账号还要愚蠢。

但是布丽尔已经下定了决心。我认为她上周在迈克尔斯商店花了大概五十美元来购买做这个标志的材料。成品看上去相当不错，这我不得不承认。昨天我去了她家，我们花了有两个小时来做这东西。如果我俩是男生，而这又是真正用来邀请女生参加情人节舞会的东西的话，对方肯定会答应，即使舞会只有三天了。

我的意思是，被邀请的女孩会对此印象深刻，直到她真正看清上面的话。我们做了一个闪着光的巨大红心，上面写着："玫瑰是红的，紫罗兰是蓝的，艾玛是个骚货，也是个脏婊子。"

所以……说不上浪漫。但是你必须得靠近才能看清上面的字，即使我们是用了大块的闪光颜料来写这些字。布丽尔说，最精彩的地方在于，艾玛乍一看会把它当成真正的情人节标志，直到她站到它前面。

尽管如此，现在我正看着它，感觉"骚货"这个词还是相当巨大的。它甚至比艾玛的名字更大。对我来说，那才是最精彩的地方。

最终我们控制住了自己的歇斯底里，这才迅速地跑过昏黑安静的街道。我们在帕特曼家宽阔的草坪前又停了下来。艾玛的父母——或者她的继父，好吧——相当有钱，尽管她家院子今晚看起来和其他家的一样可悲，到处都是上次暴风雪过后未融的雪和泥泞的冰碴。另一盏豪华的路灯照亮了砖砌的人行道，它通向她家装饰着立柱的前门，那门上挂着一个很大的玫瑰花环。十足的玛莎·斯图沃特①的感觉。

"我不懂她为什么从来没在这儿办过派对。"我低声说道。

布丽尔猛地往前拉了一下那个心形的标志，着实也让我脚下一阵踉跄。"因为她就是个失败者，是个蠢货，"她骂道，"谁会来参加她的派对？"

她当然是对的。突然我脑中闪过迪兰来这里玩的景象，他和艾玛并肩坐着，靠得很近，像网上那张照片那样微笑着，我也猛地把那个标志朝我这边拉了一下。

---

① Martha Stewart，美国大众家喻户晓的家政皇后，也是事业成功且会做家务的女性典范。——译者注

“就这儿吧，”我说道，“我把它插起来。”

布丽尔完全放开了那个心形标志，咯咯地笑弯了腰。“那是他说的!”她突然嚷出一句。

我将削尖的木棍插进几乎被冻住的院子里，哈哈大笑，突然一道更亮的光亮了起来。

是聚光灯，来自帕特曼家的车库顶上，它扫过了院子，那个标志，然后是我们。

“快跑!”布丽尔尖声叫道，我们跑了起来，回到她停在街对面的SUV里。当然这车是朝着错误的方向停的，所以即使在布丽尔将它启动并踩下油门后，我们还是得从艾玛家的房子前面经过。通过眼角余光，我看到有人站在那个华丽的巨大门廊下，挂着玫瑰花环的门大开着。但是随后我们就沿着街区开走了，我没有回头看。

在我们逃走的时候，那个标志甚至都没有真正插进土里，但是那也好，因为布丽尔和我已经准备好在星期三去做一件史诗般的事情。但结果这件最精彩的——或者说我觉得最糟糕的——事情在星期三发展成了我们压根就没预料到的情形。

有人在艾玛的储物柜门上用口红写下了一个大大的“骚货”。

“太棒了，”我们看到时，布丽尔低声说道，“也许学校里的人并非完全是傻瓜。”

我感到胃里轻轻抽动了一下。这像是个有些吓人的巧合，因为今天正好是学生会给大家送情人节玫瑰的日子。你只要付一美元，就可以给你希望的任何人送去一支玫瑰，如果你有什么话要写的话，他们还会附上一小张便条。

布丽尔和我没有在艾玛的储物柜上写字，但是我们送了她一些玫瑰。

有五十朵。

大部分的花我们都附上了便条，我们的签名中有一些是真正和艾玛交往过的男生，比如凯尔、雅各布和泰勒。更多的签名则是“来自”学校的管理员、紧邻学校的加油站的怪男人这类角色。

这只是个恶作剧。很明显我们只是试图跟艾玛叫下板而已，因为她是个勾引别人男朋友的贱货，但这只是些花而已。尽管如此，储物柜上的字污损了学校公物，感觉还是让事态升级了。我的意思是，虽然在她院子里放标志也算是在公众场合，但是这件事就发生在这儿，每个人都能够看到的地方。突然间，我又感到害怕了——老实说是感到恐惧了——我怕我们会陷入严重的麻烦之中。严格地说，爱姆伍德学校有着严格的反欺凌政策。我们没有人见过这项政策被实施过，但是他们会在集会之类的场合说起它，舍恩校长找我们谈Facebook的事情时说的话又在我耳边响起。要是有人发现所有玫瑰都是我和布丽尔送的，他们肯定会认定我们也是在她储物柜上写字的人。

布丽尔和我径直走过了走廊，好像什么也没看见一样，尽管布丽尔傻笑着。第一道铃声还没有响起。

在那天接下来的时间里，艾玛收到了玫瑰。

每个班级都会有学生会成员在第一时间前来给大家送花。在普通的班级，所有人的花加起来可能也就十几支。但是如果你和艾玛在一个班的话，来送花的学生会成员都是抱着一大把，因为她每次就能收到差不多十支的样子。递送员只会来真正放着桌椅的教室，而不是体育馆之类的地方，所以艾玛的桌子上相当惹眼地堆了很高一堆花。我听见和她一起上第一节课的人说起，突然间她就变得那么受欢迎了，但到了午餐时间，大家都发现那是个天大的玩笑。吃午饭的时候，艾玛甚至都没法从摆着她储物柜的走廊经过。“骚货”那个词肯定是用永固油墨写上去的，因为那些字还留在上面，其他人已经开始在储物柜前面的地板上堆起了他们自己的玫瑰。在周围没有什么老师的时候，他们也会在走廊里拿花朝她挥动。

结果我也就真正看到过她一次，是在走廊里，正好第四节课刚刚下课。她正拿着一大把花准备丢到食堂外面的大垃圾桶里。雅各布和泰勒走在她旁边，我看到雅各布在抱住胸前心脏位置，戏剧性地装出很受伤的样子。我在走廊这边远远听见他叫道：“难道你不再爱我了吗？”然后他和泰勒笑了起来，走掉了。

我听说，在那之后，艾玛那天剩下的时间都是在医务室度过的。我想那就是为什么我没有在历史课上看到她，那是我最后一门课，是除了体育课以外我和她一起上的唯一一门课。

最后一节课的下课铃响起后，布丽尔和我径直穿过走廊，带着几近鄙夷的神情从写着“骚货”的柜子旁边经过。就在那时我们又看到了艾玛。

“我的天，我就知道。”布丽尔低声说道，我们看见她坐在自己柜子前面的地板上，身子缩成一团在哭。梅甘·科利跪蹲在她旁边，手里拿着些面巾纸。“骚货”的字样全被抹花了，很明显是艾玛或者管理员试图用清洁剂之类的把它擦掉。现在它看起来像是恐怖电影里的东西，只是一片乱七八糟的血红色。很明显整扇门都得再上一次漆。

我听见旁边有人哼了一声，转过头看见贝丝翻着白眼，她心照不宣地朝我和布丽尔傻笑着，好像我们突然间就成了三个火枪手。我刚才不是还见她和艾玛一起玩吗？我猜她们已经不再是朋友了，因为贝丝说了一句："真是个可怕的作秀女王啊。"这话刚从她嘴里一说出来，布丽尔就回敬了一句："你也好意思说。"贝丝的脸僵硬了。布丽尔已经转过身，拉着我出了走廊，走进外面黯淡无光的二月午后。

"我们不会告诉你们的家长——暂时还不会。但是我们会非常，非常严肃地处理这件事情。姑娘们，我无法告诉你们我有多么失望。"

舍恩校长倚着她的桌子，努力正眼看着我们，显然是希望可以吓到我们。这对我起了作用——我看着地板，希望自己可以死了。

布丽尔的话，倒还没怎么被吓到。

"我倒希望你愿意打电话通知我父母，"布丽尔平静地说，"我想你也是知道的，我妈妈是律师，而我爸爸投资了许多钱给这所学校。我敢肯定他们都会认为这件事很有意思。我不清楚你是有什么证据可以指控我或是莎拉。"

我斜着瞄了一眼，看见舍恩对布丽尔皱起了眉头。格雷格斯家可能有钱有权又有法律头脑，但爱姆伍德的校长也不是白痴。再加上她也许是知道的，格雷格斯夫人虽然是律师——却只是在保险公司上班。并不是"可以上法庭告你骚扰了她女儿"的那种。尽管格雷格斯家超级有钱倒是真的。

"格雷格斯小姐，"舍恩说道，声音和布丽尔一样平静，"这学期你不是第一次进我办公室了。最近似乎经常听到你的名字，我是不怎么高兴的。帕特曼夫妇也不会高兴的。无论你怎么想，这不是法庭。只要我觉得应该，我就完全有权力给你们处罚。因此，现在我禁止你和华顿小姐参加周五的情人节舞会。”

“什么！”布丽尔大叫道，在椅子上向前一颤，好像被施了电刑。“这太荒谬了！我们什么都没做啊！”

舍恩转过头看向满面愁容的我。我无法像布丽尔那样直视着她撒谎，但是我也认为这样做完全是不公平的。也许迪兰是没有做什么华丽的大红心来邀请我参加舞会，但那并不意味着我们就没有自己的计划——庞大的会后宾馆共度计划——而现在它就要被毁了。本来就满腹郁结的我感到胃里一阵下坠，好像里面给拧成了一团更乱的麻。一直到刚才以前，我都没有意识到人可以难受成这样。

“女士们，”校长严厉地说道，“要是下次再碰到需要找你们谈话的话，请相信我，情况就严重得多了。我不希望到时候会不得已让你们延迟毕业。我不想让你们的父母参与进来。我相信你们能够改正这种害人害己的行为，向我证明你们代表了爱姆伍德引以为荣的包容精神和开放精神。我希望你们能够以身作则。”

说完这番话，舍恩突然从桌后站了起来，用手指着大门。

“我想你们要回去上课了。”她说。

连布丽尔也不知道该说什么了。但是她生气地哼了一声，同时拿起自己的包，推开了椅子。在她摔上校长办公室的大门离去时，我才起身收拾起自己的东西。

“莎拉，”舍恩更加平静地说道，“想想我所说的话。你能做得更好的。”

我又看着地板。我不知道该说什么回答她。于是我一言不发地离开了。

09 九月

“那么，你会选哪一个？”

“选什么？你指的是？”

“你知道的。生存，还是毁灭？问题不是这样问的吗？”

我们刚把试卷交给罗德里格斯先生，卡尔迈克就用这种异常严肃的表情看着我。一秒钟之前我还紧张得冒汗，不确定自己是否很好地答完了最后一道写作题，也丝毫不清楚自己为什么会去在意“会不会在暑期学校挂科”这种事情，而现在，我正看着卡尔迈克的绿眼睛。那双眼睛——不得不说——闪烁着光。

“你是在跟我乱来。”我说道，试图把嘴角的微笑收回去。试图不让自己流露出惊讶，虽然我的确有点惊讶。“你是在装有趣。”

“我也有有趣的时候啊。”他说。

我们相视而笑，好像正享受着这个时刻。我们共同的时刻。

我觉得我们曾有过这样的时刻——那也是最后一次。那是在我们期末考试的时候。卡尔迈克拿起他的书包，站了起来，我感觉胃里一阵下沉。我们周六一起去看过电影，但是在艾玛那件事之后我们其实并没有说过话，而现在，他即将走出教室，骑上自行车离去，而我又会落单。或许我会回头去找迪兰，然后把自己弄得更难受。卡尔迈克身上有种东西让我感觉……不会更难受。

“嘿，那个，你想去喝杯饮料吗?”我突然说道，攥着自己的包，跌跌撞撞地从椅子上站起来，试图在他离开之前追上他。

卡尔迈克转过身来。他伸出一只手把头发往后梳了梳，挑起一边的眉毛，然后我才意识到自己刚才说了什么。“我真不喝饮料，”他一本正经地说道，“那不是我的菜。”

“我不是说真的喝饮料，”我迅速答道，“我是说，你懂吧，咖啡，或者茶，或者冰茶，或者冰咖啡。”

“或者其中一样。”他说道。

“对的。”我说，祈求着自己刚才的语气是正常的。布丽尔会——好吧，其实我心里也明白。布丽尔会不赞成我这样做。但是卡尔迈克又对我露出了微笑，点了点头，我也朝他点点头，我们一起往我的车走去。

我开车的时候，我们没有说话——最近的星巴克和学校只隔了一个路口，所以感觉就像是把车开到另一个停车场——到我们买好饮料坐下时，我意识到自己真的不知道该跟他说什么。我盯着他那件印着“Occupy This”[①]字样的T恤，不明白自己为什么从来不关注新闻；要是在关于哈姆雷特狂躁抑郁人格的理论以外我还能懂点什么的话，也许现在我就能够找到有趣的话题了。

---

① 与美国大众游行中经常出现的“占领XX”的口号相似。——译者注

但我显然不看新闻。有时候我是上了新闻。

“那么——”卡尔迈克说道，终于打破了沉默。他摇了摇自己的大杯冰绿茶，冰块碰撞发出了响声，他叹了口气：“还有几天就要回到真正的学校了。”

“进入高四了。”我说道，声音里没有半点热情。

“你会去学校吗？”他问道，生硬的问题让我很是吃惊。

我当然知道他说的是什么。我低头看着自己那杯拿铁在桌上留下的那圈水印，耸了耸肩。“是的，”我说，“我的意思是，再过一个月的样子，我就得上法庭了。但是现在，是的，我就要上学了。”

我无法抬头看着他，但我能感觉到他在点头。“那挺不好受的。”他说。

“是啊。”我又说道。那的确不好受。我不知道还能说什么。

“人们对你评头论足……我是说，不管发生的是什么，都挺不好受的。”他又说道。

终于我抬起头看着他。他看着我的样子就好像我也许理解不了他的话，好像我也许不会相信他。就好像，从我目光落在他身上那一刻开始，我就没有对他评头论足了—— 一开始是个英俊的多情小生，然后又变得像个可悲的瘦猴。整个那段时间里，我感觉甚至都不了解他。即使现在，我唯一知道的也就是，他是愿意和我说话的那种男生——他会和被指控犯下严重罪行的女孩一起喝咖啡。

随后我意识到他说的也许是九年级的事，当时差不多整整一年大家都叫他“炸弹男孩”。我早已忘了这些事，直到现在才想起来，但是，这当然是说得通的。有人曾说学校有过一次炸弹威胁——结果人们后来发现那事甚至都不是真的，不过卡尔迈克当时很迷重金属摇滚，总是穿着一身黑，于是那个名字就跟着他了。我试图回想起自己是否那样叫过他。我肯定是叫过的。

我向窗户那边望去，隔着几张桌子的地方，我注意到有个女人正盯着我看。至少我觉得她是在盯着我——当我与她目光相遇时，她似乎立刻望向了别处，就好像那一刻之前她一直在盯着我似的。

我转过头看着卡尔迈克，试图转移话题。“那个文身是怎么回事，说说吧?”我问道，指着他的手腕。

他转动胳膊，看着那个表示无限的图案，好像才注意到一样。“哦，对的，”他说道，“嗯，这是个表示无限的标志。”

“我知道，”我说，“但是……你为什么文这个?”我不清楚这是否是太过私人而不能去问的东西。尽管现在已经太迟了。

他耸耸肩。“我曾失去过一个人，”他说道，“我想提醒自己，永远并非总是意味着永远。或者说，你明白的，永远意味着不同的东西。”

我点点头，尽管我并非真的确定自己明白了他是什么意思。“就像是，已经不在了，但是忘不了?”我猜道。

“差不多是吧。”他说道。

“那是——那是和你很亲近的人吗? 我指你失去的人?”

“我祖母，”他说，“她仍然相当年轻，但她一生幸福，你懂吧，一直幸福。但我很想她。”

我又点点头。我爱我的外祖母，我妈妈的妈妈，尽管我没有经常去看她。我告诉卡尔迈克，他很幸运，可以这么了解他的祖母，但我不知道这是否是不该谈论的话题。

他靠在椅背上，对我微笑着，我突然感到一阵热流涌过后颈，好像他的注视是一座火炉。我从桌上拿起自己的饮料，含着吸管仓促地喝完了剩下的饮料，弄得最后几方冰块碰出了声。当吸啜的声音变得非常响亮的时候，卡尔迈克笑了。

“你真奇怪。”他说。

尽管不合时宜，我还是露出了微笑。“你总是那么说，但是实际上，你才奇怪。”我说。

“对，我知道。你记得吗？那也是我能够看出你很奇怪的方式。”

他将椅子往身后推了推，然后把空杯子投进了我们后面的垃圾桶。我站起来跟着他走了出去，感到自己更轻松了。我仍然微笑着，不确定是否找到了能懂自己的人。我的意思是，我们现在已经在开只有我们能懂的愚蠢笑话了，不是吗？也许我并非完全孤单一人。

但就在我们打开店门时，我回头看了看之前盯着我的那个女人——然后又遇上了她的目光。这次她没有再看向别处。是我移开了视线；我转过头，大步走了出去，好像什么也没发生过似的。但是我看到了那种目光。我仍然能够感受到。

恶霸。

“当你回头看这件事时，你是否觉得，也许你和布丽尔有点吓人？艾玛是否可能是害怕你们？”

特雷莎医生透过她的眼镜专注地看着我，于是我不得不闭上眼睛，以防自己翻起白眼。

“呃，什么？”我问道，“我们并没有吓她。”

“你认为不是这样？这就像是二对一，不是吗？”

“那个，我意思是……”我略作停顿，“你的话听起来像是，我们成了克里斯·布朗[1]那类人了。”

她将头偏向一边，不用任何言语就向我提出了问题（至少这一次是）。

“你知道的吧，就是那个歌手？他殴打了蕾哈娜？”

“我知道你说的是谁，”特雷莎说，“我只是不知道那件事和现在有什么联系。”

“不管怎样，我只是想说，”我说道，深深叹了口气，“你知道的，我们并没有殴打艾玛。她的眼睛也没有被打肿什么的。”

“对，”特雷莎表示赞同，“但你们让她感到害怕，不是吗？她不敢去储物柜？不敢坐她自己的车？”

“她那是自己吓自己，”我说道，双手交叉在胸前，“而且又不只是我们俩！学校里每个人都议论过她——他们议论过很多人。”这间房间这次又很冷，而我忘了带自己的针织衫来。

在来这里之前，我开车把卡尔迈克带到了他自行车停着的地方，我对他说下周学校见。但当我又一个人坐在车里的时候，我想起——布丽尔也会在学校。又有人可以和我一起玩了。我觉得人们没法让我俩分开，即使事实上人们认为我们不该说话。而且，要是没有她的话，我又是去学校做什么呢？午餐时我要坐哪儿？卡尔迈克有他自己的朋友。布丽尔绝对会因为我跟“卡尔勒斯”[2]鬼混而杀了我，而卡尔迈克的朋友也许会觉得我是个贱人，就和其他人一样。

① Chris Brown，美国歌手、演员，2009年因殴打歌手蕾哈娜被判处5年缓刑及6个月社区劳动。——译者注

② careless，原意为“粗心的”，此处为主人公想象中认为布丽尔会给卡尔迈克取的绰号。——译者注

特雷莎只是平静地观察着我，过了一阵我才想起自己说了什么。

“你看。”我说道，试图向这个女人——就像给所有成人一样——解释，高中的基本法则可怕得让人心神疲惫。“艾玛开学两周后转到了爱姆伍德，然后还没到寒假就已经和一堆男生睡过觉了，而且常常表现得像个怪人。如果说她不敢去开自己的车，那并不是因为我和布丽尔可能说过的什么话。每个人都在说那样的话。因为她就是那个样子。因为那些话都是真的。”

“你说实际情况是，艾玛是个……骚货？”

我能听出来，大声说出这个词让特雷莎很受伤，但是我顿时感觉轻松了，因为她似乎终于理解了。“是的。”我说。

“因为维持着几起不同的关系？”

我扑哧一声。“几起？是的，她的确维持着几起。就在几个月的时间里。”

“但是那为什么会让你生气？”

“因为其中之一是我男朋友！”天呐，也许她还是没能理解。

“在她……‘勾搭’迪兰之前，你不是已经对她生过气了吗？”

“我早就知道她是个骚货了。”我说道，完全没注意到她生硬地用了年轻人的词。“我不懂你为什么总说我在生气。”

“你现在似乎就很生气。”特雷莎礼貌地说道。

“是的，对，我现在的确是！她彻底毁掉了我的生活！”

“但是她的生命已经结束了。”特雷莎指出。她的声音平静而有节制，但是她看着我，好像我是只显微镜下的虫子。一只试图逃离的虫子。

而我的确在沙发上扭动着，突然感觉很热，而不是很冷，我希望能够离开这里。

“艾玛的生命是因为艾玛而结束的，”我说道，“我没有杀害她。布丽尔也没有，那些男生也没有。也许应该有人去指责她父母让她转学。或者只因为当了没用的父母而受到指责，我也不知道。我只是希望她远离我和我男朋友，而她却不愿意。”

我有点喘不过气，感觉像是刚刚以最快速度绕街区跑了一圈。我无法直视特雷莎，尽管我知道她仍然看着我，但无论我看向何处，眼前浮现的都是艾玛的头发。那一头红发，从车库的天花板垂下。当然我并不在场，我曾竭尽全力想忘记，片刻也不愿想起这件事。现在我感觉自己仿佛置身那间车库，没法不去直视她的头发，就那样垂下，毫无生气，鲜红如血，淹没了她那张脸。

她那张愚蠢可笑而漂亮的脸。艾玛？我思索着。要是我当时在场，要是我当时可以在场——几个月来，这就是我唯一想对她说的话：你是有什么毛病？你到底是在做什么？

我的呼吸现在变得更加急促，我感到有些麻木。一阵呼啸声不知从什么地方钻出，我脑海中冰冷的车库摇晃幻化成了一片柔和的冷云，一片洁白、冰冷的云，我的头应该枕在上面，游离于身体之外。似乎特雷莎就陪在我躺着的沙发旁，用手轻抚着我的后背，好像她一直都在那儿。通过微弱噪音传来的方向，我听见她说，“靠过去”，但她的声音是从很久以前传来。我是说，传了很长的距离。我的意思是，那是一阵遥远的声音……遥远的距离……一阵……我想我的眼睛闭上了。尽管我不是很确定。我唯一知道的就是，我正望着天花板，它突然就出现在视线里了。

我躺在沙发上，但是双脚仍然垂到了地板上。我双手捂着胃。我感觉它们出现得莫名其妙，就像那道天花板，一秒钟之前并不存在。特雷莎正把什么湿漉漉的东西放在我的额头上，非常平静地讲着话。

“别担心，你没事的，你只是晕过去了一阵，现在你很平安。”她念叨着。

搭在我头上的是一块湿毛巾，当我伸手想去扯掉它的时候，我感到手臂沉重乏力。

“你今天吃东西了吗？”特雷莎问道，“我想起我桌上有些曲奇饼干，你待在这儿……”

她走开了，我试图坐起身来，但是身体的其他部分也冰冷乏力，而且沉重。于是我仍旧躺着。我望着涂料的边缘，望着墙与天花板相交的地方。

我从未晕倒过。我是不会晕过去的。我过去一直有点想晕——这正是女孩想经历的那种老套情节。晕厥过去。然后某个男生会接住你。我的意思是，事情如果按那样发展的话更好。现在这样晕掉真是太蠢了。

是该死的暖气，我迷迷糊糊地想到。或许特雷莎刚刚那样说过？

她回来了，我吃了一块非凡农庄[1]的水果曲奇饼干，仍然躺着。我想我的脸上和头发上一定都沾满了饼干碎屑，这饼干吃起来有股灰尘的味道，但我吃得很快。当我吃完的时候，我已经可以坐起来了，我说了一句：“谢谢你。”

“应该的。”特雷莎说道。她坐回自己的椅子上，但她将身子向前，伸到了膝盖上方，也并没有像平时那样拿着本子和

① Pepperidge Farm，一个食品品牌。——译者注

笔。“要不我们今天就到此结束吧？我会让你留在这儿再休息几分钟，行吗？”

我点点头，尽管我并不想留下来。

“我先出去，我打算给你妈妈打个电话。”她说道，一边站起身来。

“不要，”我说道，声音突然大了起来，“别打。”

她低头看着我，我知道她想问我另一个该死的问题。但这一次她只是点点头，说道：“好吧。五分钟之后我来叫你。”

在她关上门的那一刻，我闭上了双眼。一瞬间，艾玛的样子又浮现了出来，红的白的，冷的热的，我感觉自己快要把曲奇饼干吐出来了。

我又睁开眼睛，艾玛消失了。眼前只是那张老旧的木咖啡桌，以及一盒面巾纸。特雷莎那张磨旧的椅子。我的膝盖仍然感到虚弱，这个漫长的夏天我都是在一个个房间里度过，谈论着自己的感受，谈论着一个我几乎不怎么了解、不想活下去的女孩。

她不想再在那个有我的世界里活下去。

而我还活着，在这个糟糕的世界里。跟她的幽灵争斗。

拥有一个真正的好朋友，一个随时随地无话不说的人，也就意味着实际上你不再跟其他人说话。你偶尔也跟其他人说上一两句，但是基本上你有那么一个人就足够了。

后来某天，也许事出有因，也许莫名其妙，你无法再跟那个朋友说话，你突然意识到自己无法再跟其他人说话。就好像成了某种生理上的缺陷。没有人理解你，除了那个人。就好像你说的是另一种语言，而会说这种语言的另一个人已经不在了。

那就是我在劳动节[1]后的那天走进爱姆伍德时的感觉。所有暑假过后的寻常变化——梅拉·斯托茨新剪了一款爆丑的发型，韦恩·哈勒克的身体朝各个方向都长了五英寸，希尔曼小姐戴上了一枚很大的订婚戒指——都让我急不可耐地想去找布丽尔，问她一句："你看到了没?"

但布丽尔已经不在了。我的意思是，在我小心翼翼地走向储物柜时，当然，她已经不再和我一起了。她肯定在这里的某个地方，但我还没有能够看到她——我在停车场搜寻着她的车，当我经过她的储物柜所在的走廊时会停下观望，但却没有她的影子。我觉得他们已经确保我们没有什么共同的课了，但我最终得见她。或者她会找到我。

尽管是卡尔迈克先找了我。

"我的天，我想死这个地方了。"他说道。他靠着我的储物柜旁边的柜子，感觉我俩完全是正常的、最熟悉的老朋友。"你懂我说什么吗?要是生命中有一天不在这里，我就会感觉……不完整。"

我朝他露出了微笑，但我很紧张。要是见到布丽尔，我该怎么办?要是卡尔迈克还站在这里怎么办?我就假装他跟我说话让我很烦躁吗?

因为事实上，我并没有觉得烦躁。有个说话的人让我感到十分解脱，卡尔迈克的话更是让我一点也不觉得烦躁。

第一天我们每节课只上半个小时，只够发书，以及领取

① Labor Day，美国的劳动节，在每年九月第一个周一，为的是纪念1882年的9月4号纽约市工会组织盛大的游行。——译者注

教学大纲和资料。只有半天上课时间，这是我还没有吐的唯一原因。

我们还是必须去办公室登记，因为暑期学校的原因。我们一起去的那儿，一路上我能感觉到人们在背后说着闲话。我不能相信我妈妈竟然不让我转学。娜塔莉说那不是个好主意，说我们应该维持我的清白，总之，方式就是不要流露出负罪感。我也不知道。我猜转学并不总会有用——我的意思是，艾玛就试过许多次了。但现在，走廊里站满了人，灯光开到了最亮，我感觉每个人都在看着我。我感觉自己真的不应该出现在这里。

我看见艾莉森·斯蒂普走了过去，我试图向她招手，或者至少让她看见，但是她正和贝丝说着话（这太诡异了），她们没有理我。或许她们都没有看到我。或许。

"嗨，杰拉德夫人！"卡尔迈克在我们走进办公室时愉快地说道。我斜瞄了他一眼，很是吃惊。

"你好。"校秘书长的语气酸溜溜的，很明显她已经和卡尔迈克很熟了。"你需要出示一下你暑期学校的成绩单和课程表。"这不是个问题，她还没有等我们回答，就坐着椅子滑到一个档案柜那边去了。

卡尔迈克微笑着，感觉像是在这里很自在似的。也许他是很自在。

"布雷登·卡尔迈克和莎拉·华顿。"杰拉德夫人说着，一边将椅子滑回桌前。

我的眉毛挑得更高了，但是卡尔迈克只是摇着头，好像他已经听过那些关于布雷登的笑话了。随后他又微笑地看着校秘书长，说道："我们怎么样？"

“你们通过了。这是你们的课程表。”她将那沓文件扔在桌上，还是没有离开椅子，然后滑到了电脑前。

“恭喜你，布雷登。”我平静地说道。我情不自禁。我肯定是在初中某个时候知道了他的名字，但我完全忘了。

他又摇了摇头，但还是略带微笑。

杰拉德夫人的声音突然传了过来，像是训斥不懂事的新生：“快去上课！”

我们赶紧走出了办公室。

走廊里的人比平时更多，人们凑在一起，大声地说着话，我什么都听不清楚。我扫视了一下他们的脸，但当有人看到我并皱起眉头时，我就会又低下头。我稍稍转向墙边，这样就不会那么引人注意，我问卡尔迈克：“你有没有在什么地方看到布丽尔？”

“没有，你没有听说吗？”

我摇了摇头。我当然什么也没有听说。我没跟任何人说话。

我能感到胃里有个空洞正在形成。我差不多快忘了：每个人仍然说着话。在没有我的情况下。在我背后。

每个人都认识我，或者自以为认识。但同时，我又是不可见的。我曾经在爱姆伍德好歹也是个人物——也许不是最受欢迎的女生，但至少也能听到有人在走廊里谈论我。我是你会在派对上遇到的人。一个至少有着愚蠢的Facebook账号的人。而现在我已经消失了。甚至没有人想看我。

“布丽尔还没有回学校，”卡尔迈克说，“她请了家教还是怎么的。”

我注视着他，惊讶得忘了思考。“那么她不会……”

他只是耸了耸肩。

泰勒、雅各布和迪兰都不在了，因为他们之前就已经是高四了。无论怎样，他们现在都不会在这里的。而此时布丽尔也走了。

于是我成了爱姆伍德唯一一个害死艾玛的凶手。

卡尔迈克陪我一起去了我的年纪教室。我不知道他是否无法意识到自己是和一个被孤立的人在一起，或许他并不在乎。我能听到的，都是我们路过时传来的闲言碎语，还有看着我们的那些奇怪的眼神。我并不孤单，我这样想着。卡尔迈克的身高，他的黑色T恤，黑色牛仔裤以及黑色头发，感觉像是我身边的一道防护墙。

但是我其实是孤单的，我完全孤身一人。

在年纪教室等着我的是巴斯托先生。我径直走向最后一排，坐到了切莉旁边。我觉得她也许会承认认识我，至少作为暑期学校的同学，但我一坐下来，她就把头扭了过去。

然后在教室前面的巴斯托先生站了起来，他冷冷地举起一只手。“欢迎回来，各位。”他平静地说道，整个教室变得更加安静了，大家没有因为再次见到彼此而兴奋地吼叫起来。

“去年我们过得很困难。我知道我们都希望今年能过得顺利些，如果每个人都能做到这一点，那么爱姆伍德就能。”

教室里一个啦啦队队长，埃斯特雷利亚·桑托斯，喊出了一声“喔嗬”，大家都紧张地笑了起来。当然，除了我。

巴斯托先生拿起一张纸，我想他终于要点一次名了，或者是给我们讲讲高年级社团的事情，或者类似的事情。

但是，他却读起了一份像是正式文件的东西。“爱姆伍德中学是建立于兼容并蓄这一长久传统之上，”他念道，“我们致力于为所有学生打造一个教育和自我探索的安全空间。我们对任何形式的欺凌或恐吓现象都实行零容忍政策。”

整个教室彻底安静了下来。巴斯托先生瞥了我们一眼，他看起来有一点点不舒服，但还是继续读了下去。

“去年三月的一系列事件是场令人伤心的悲剧。我们每个人都有责任让爱姆伍德中学的一流名声恢复到应有地位。这一年将是疗伤的一年，我们会制定一些新措施，以引起学生群体的重视，引导他们尊重彼此。”

“我们为失去了我们中的一员，艾玛·帕特曼，而哀悼。在这场可怕的悲剧之后，我们会朝着‘成为更好的集体’这一目标继续前进。教育会带来知识，而知识会带来理解。”

“我们还设立了一条新校规：任何被抓住欺凌或恐吓行为的学生，无论是出现在网上还是其他地方，都将被暂缓毕业。一旦发现此类情况，请向舍恩校长或是你们任何一位称职的老师报告。”巴斯托先生略带讽刺地说道，但他轻轻挥了挥手，好像是要自愿当一名称职的老师。“让我们好好度过这一年吧。”

他快速地读完了最后一行，然后将那张纸扔到桌上，又拿起另一张。“雅尔·阿布拉莫维茨？”他叫道。

雅尔停顿了一阵，才不太确定地答道：“到？”

“克里斯托弗·布莱克？”巴斯托先生继续点名。整个教室缓缓地从刚才那通演说造成的恍惚状态中走了出来，点名继续着。

我看着自己的桌子，但在左边，我能感觉到切莉在瞅我——并不是完全正眼，但已经足够让我感受到她灼人的目光了。在我前面，亚当·莱维特和杰米·黄彼此面对面，然后目光越过肩膀瞅了我一眼。

走廊里的闲言碎语都不算什么。现在我被套住了，每个人都只是等着我说出点什么，这样我就可以因为集体利益而被踢出学校。

我一直以为对我的审判是在四周以后，但很明显它现在就已经开始了。

10 二月

“朋友，你是开玩笑吗?”布丽尔径直走进套房，在中间的地板上转了一个圈，她双臂一扬，皮包扔了出去。“这比愚蠢的体育馆可好多了!”

我跟着她走了进去，我的高跟鞋陷入柔软的酒店地毯。这儿的确不错。迪兰在市区最好的一家酒店订了一间套房，透过巨大的窗户，我能看到一座阳台，俯视着城市闪烁的灯火。这不是时代广场一类的地方，但这很有大人的感觉，这景象让我有些陶醉。我有了不久前在迪兰练球时那次的感觉：好像我是在大学了，好像我有了真正的人生。或者，不管怎么说，我正奔向它。所有一切都在那儿，都在那片灯火辉煌的夜色中。

在我身后，迪兰和马尔库斯正拖着那半桶啤酒。他们一边嘟哝着，一边把它放在了套间的吧台区的旁边，泰勒在那儿打开了几袋塑料杯。

我踩着高跟鞋歪歪扭扭地再往窗子那边走近了一些，好看得更清楚些。布丽尔走到了我旁边，因为刚刚完成她的独角戏表演而气喘吁吁。

“这片市区真叫一个差劲，”她宣布说。我还正觉得它这个样子看起来真漂亮——在夜里，从高处俯视，冬日的空气让一切都变得锐利而闪亮——但是我没有和她争辩。自从舍恩和我们谈过话之后，布丽尔的情绪已经变得特别的脆弱。我知道自己是吓坏了，因为想到父母被叫去谈论我们的“行为”，我觉得布丽尔也是这样。即使她宁愿死也不愿意承认那件事。

“我迫不及待想上大学了，”我说道，觉得这是个安全的话题。我们都计划考到外州去，如果可能的话，最好是同一个地方。布丽尔想去马凯特，但我觉得这只是因为去年高年级有个帅哥去了那里。我想去芝加哥，也许吧。只是我不知道，跟我父亲和他另外的家庭隔那么近，我会是什么感受。

“嗯，”布丽尔说道，用长长的指甲敲着杯子。“你多半也就报考个林肯的学校了吧？也不好说，就等于，好好换个环境吧。”

我不知道她是否存心想伤害我的感情，但这话听着真的很刺耳。并不是说我觉得自己在这件事上会有多少选择，会有什么奖金资助之类的。我不得不申请某个偏远的地方，某个便宜的地方。而且，和我的弟弟们隔得近，也不见得是那么糟糕的事情。无论如何，我想指出的是，布丽尔也不一定能被选为致毕业告别辞的学生[①]——马凯特也许行，但是我俩谁也不会去麻省理工一类的学校——就在此时，我们身后的男生们突然叫了起来。

“哇！哇！快看！”泰勒叫道——用最大的音量，像平常一样。迪兰、马尔库斯和他都端着Solo杯接在啤酒桶的龙头下，

① Valedictorian，通常是班上学习成绩最好的学生。——译者注

试图接住从里面喷涌而出的泡沫。

“太不专业了！”布丽尔吼道，跑到柜台旁边抓起一个杯子。她挤进泰勒和马尔库斯中间，继续说道：“我告诉过你们这些人，应该请个专业人士过来！”

我趁这个空当溜进了套房的主卧间，我猜待会我会和迪兰睡这里。妈妈并不满意我“在舞会后在布丽尔家过夜”——这句谎话差一点就成真了，如果我们只是在距离很近的某个平行宇宙的话——因为毫不令人意外的是，这周她安排了屋内屋外的家务给我们做。但我为“舞会”精心打扮了一番，在迪兰来接我的时候又让她为我俩拍了照片，在我离开的时候，她似乎还是挺高兴我能像正常青少年那样有点夜间活动什么的。

我觉得，要是知道我实际上去了哪儿的话，她肯定不会那么高兴。当我把外套扔在靠近国王级别的大床旁边的椅子上时，我无法将她驱出我的脑海。也许是因为，在这间明显为大人们装修的房间里，我突然又觉得自己像个小孩。妈妈希望我能成为她的副手，能够料理她没有时间去做的那些事。但我也应该享受高中生活，不是吗？我有个不错的男朋友。我有一群有趣的朋友。我有其他的事情要做——我不能一直忧虑着妈妈和她那些愚蠢的家居改善项目。

我听见布丽尔和男生的叫声从客厅传来，意识到自己其实可以到那边去，和他们一起畅饮啤酒，忘掉一切。我踢掉高跟鞋，心里清楚布丽尔和我最终是要放上吵闹的音乐在套房的沙发上蹦蹦跳跳的。那很好玩。真的很棒。

我刚刚才摆脱“我还是个孩子”这种想法，却几乎立刻又感觉自己已经上千岁了。

当派对已经疯得不成样子的时候，我也彻底醉倒了。布丽尔由泰勒和马尔库斯举着做倒立，尽管泰勒不断地将她红色迷你裙拉上去。与她那一套衣服相比，我那件覆有少许蕾丝的黑色裙子似乎就有些寒碜无趣了，但是至少在那下面，我穿着在维多利亚的秘密新买的黑色内衣。还没有人知道这些。迪兰和我正在跳舞（好吧，我在他周围跳来跳去），莫名其妙地大笑，玩得很开心。或者说，至少在他还没有查收手机短信的时候，我们很开心。

“是谁的?”我问道。我醉得不行，已经管不了自己听起来有多无助，或者狐疑，或者差劲，或者烦人。或者都有一点。

“凯尔要来。可能还有另外几个球队的男生。”

房间另一边，布丽尔大声地吼了一声“噢——嗬!”但我不明白为什么。她没有听见迪兰刚刚的话，尽管我敢肯定派对人变多会让她很兴奋。我本来终于开始感到放松了，但会有更多人的想法让我又紧张了起来。

随后，大概过了十分钟，房门开了，成千上万的人进来了。雅各布跟诺埃尔·里斯一起进来——我听说他们和好了，我猜这是真的——跟着罗布的是一个我不大认识的高年级女生，埃利安娜·格林。几个棒球队的男生，就像迪兰所说，身后跟着更多的高年级女生，然后我看到了凯尔。

我知道自己那时已经喝了太多的啤酒，因为接下来的情节完全是缓慢地发生的。就像我是在电影里一样。

一部恐怖电影。

艾玛·帕特曼和凯尔在一起。她来了，她在这里，她在这间突然变得狭小的酒店套房里，她像是黑白世界里一道耀眼的色彩。闪耀的红发，炫目的蓝绸，还有我白热化的愤怒。

布丽尔还在酒桶附近，大声地和诺埃尔讲着话。迪兰和所有男生击着拳，从我这里往房门那边走去，更多的人涌了进来。我周围像是一个气泡，一道看不见的缓冲带。没有人靠近，没有人看我——缓慢进行的噩梦渐渐消退，但我很孤单，完全孤身一人。

终于，我看见泰勒和迪兰走向凯尔和艾玛，他们四人有说有笑，我不得不走开。我强迫自己往诺埃尔和艾莉森·斯蒂普那边走去，他们正在跟布丽尔拍照。他们看起来像是没有我也很好，我不得不从艾莉森和橱柜之间挤进去加入他们。

“嘿，你看到艾玛在这里了吗?”我的声音很大，实际上我并没有打算说起艾玛，但是立刻引起了三个女生的注意。

“哇，那个贱人领会不了暗示。”布丽尔说道，但她的语气比我预想的更温和。

然后我看到，诺埃尔一点也不惊讶，所以也许布丽尔只是试图在学姐面前装酷。诺埃尔耸起一边的肩膀——她也是穿的一件无吊带的连衣裙，是和她暗色头发很搭的深紫色，她看起来对一切都略感厌倦。但是艾莉森说：“好吧，我猜凯尔真的喜欢她。”

布丽尔和诺埃尔对此笑了起来，所以我也笑了。

“我猜他并不介意脏的……我们现在去做什么？五选一？还是十选一?”布丽尔冷笑道。

我想起那天在汉堡王布丽尔羞辱了所有的男生，我看着诺埃尔，想看她对此事有什么反应。我是说，她跟雅各布和好了，五个（或者十个）中的一个。但她只是笑着又喝了很多啤酒。

“那么，这就是你和迪宝相当漂亮的二人天地吧，”布丽尔对我说道，“盛大的浪漫之夜，对吧？”

我又瞄了诺埃尔一眼，但她只是等着我回答。“是的，我猜是这样，”我说道，“尽管现在变得有点野了。”我将手臂一甩指向不断扩大的人群，不小心碰到了一个迪兰的队友的肩膀。“哎哟。”

“已经准备临阵脱逃了，对吧？”布丽尔用手肘碰了碰诺埃尔，又说道：“莎拉是第二次紧张了。”

“我才没——”我开始抗议了。

“哦，绝对是，”诺埃尔的话将我打断，“你要摆脱这种感觉。一旦追求结束了，你就开始追求他，引起他的兴趣。”

我的嘴一直张着，因为之前的话没有说完，现在它仍然因为吃惊而保持着那种样子。布丽尔和诺埃尔同情地看着我，好像她们已经经历过一百次这种场合，已经引起过一百个他的兴趣。好像她们是刚刚从《时尚》杂志二月刊里蹦出来一样。我没有看向艾莉森，因为我不需要——她从入学第一年就和那个叫阿舍的男生在交往了。布丽尔背着艾莉森叫他们“艾莉舍”。

“至少他把你带到了这间不错的套房里，”诺埃尔又说道，举起她的塑料杯，略示致敬。“我不得不提醒雅各布给我买花了。”

布丽尔心照不宣地笑了。我又扫视了一圈房间，想知道我那位优秀又体贴的男朋友现在在哪里。

仍然在跟泰勒和艾玛说话。实际上，站得的确很靠近艾玛。我又转过了头。

布丽尔的眼睛顺着我的目光看去，她说道：“她竟然这样随便。我是说，已经什么都放下了。”

“他实在是太帅气，”诺埃尔说道，很明显她明白布丽尔的意思，即使我不明白。“说真的，姐们，你真是幸运。他也是个不错的男生。”

哦，那就是她的意思。我那优秀、体贴又帅气的男朋友，任何人都想得到他。所以我不应该惊讶于艾玛那么努力地像是要钻进他的裤裆的样子。

“过去吧，傻瓜，”布丽尔说道。她推了我一把，我觉得用的力比她自己预想的还大，将我从她们推向了迪兰所在的那个小群体。我仍然光着脚，所以我并没有真正的摔倒，但我还是跌跌撞撞走了几步，撞到了凯尔的后背。他甚至都没有注意到，依旧和棒球队的几个男生说着话。在我调整好自己，挤过人群走向迪兰的时候，我还是因为尴尬而满脸通红。

我将自己靠在他边上，两眼瞪着艾玛。当看到我时，她睁大了眼睛，随后又收小了一些。像是在发出挑战。

“那么好吧，迪兰，”她说道，好像是我打断了他们正在进行的重要对话一样，“你没来舞会真是太不幸了。很好玩的。”

泰勒笑出了声。“噢，兄弟，你知道我们周五晚上喜欢在体育馆玩玩！气氛太嗨了！”

艾玛朝他使了个眼色，装出受伤的样子。“我帮着弄的装饰，”她的话像是在自我保护。“效果看上去真的不错。”

“对，我知道那看起来的确不错，”我听见自己这样说道。我的嘲讽是如此犀利而突然，让每个人都畏缩了，甚至连我也是。我并不想在迪兰面前表现得像个贱人一样，但我无法忍受这个女的。她以为自己是谁？她害得我们被踢出了舞会，现在又到我们的派对上来？真是个——

“行了！”泰勒宣布道。“谁还要啤酒？我要啤酒。娃娃脸？”他转向艾玛，伸出一只手搭在她身上。“你看起来口渴了！”

泰勒做了他此生唯一一件对我有用的事情，将艾玛领到了房间的另一边，剩下我和迪兰两个人。我望着他们的背影，不明白为什么泰勒可以跟我们其他人一起刻薄艾玛，或是就玫瑰花之类的事情嘲讽她，可又仍然愿意在喝醉时和她鬼混？我正准备问迪兰为什么男生都这么奇怪，他连拉带拖地将我拽到一边，又靠近了些。

“你不用对艾玛那么刻薄。”他说。

“可是——”我结结巴巴，“她——”

“实际上她人相当不错的，”他继续说道，好像我什么都没说过一样。我想我也没说过什么。

“她害得我被踢出了舞会，还有布丽尔。”我终于说了出来。

“那不是她，”迪兰说道，“我听说是她妈妈。不管怎么说，不是你们这些人在她家院子还是什么地方放了一个标志吗？又在学校送她那些玫瑰？”

他一脸严肃地看着我，突然我感觉像是又来到了舍恩的办公室。我并没有料到迪兰知道这一切。我甚至试图不和他谈起艾玛，自从我对她发来那条短信表现得像个可怜的白痴之后从来没有过。我不应该去在乎他是否和她说话。有时候，跟泰勒和雅各布一样，他也会抱怨她，说她是个骚货什么的。但是一旦有哪个男生开始和她交往——比如凯尔——其他人就又开始假装觉得她很不错。

布丽尔是唯一一个明白人，只有她清楚，艾玛是个骚货，她不该跟其他人的男朋友讲话，更别说勾引他们了。我回头看看我刚才和她以及其他女生站在一起的地方，但我没有看到她。不管我做什么，今晚我在这个房间里总是错的那一方。

我仍然不知道能说什么来回应迪兰，他大声地叹了口气，继续说道："我再去接点啤酒，好吗？"

我张开了口，但他已经走了。

随后布丽尔过来了，抓着我的手，将我拖到了卫生间。一切都发生得这么迅速，我无法跟上任何人。她将我们身后的门锁好，嘲笑我一脸震惊的样子。

"你知道这是个派对，对吧？"她问道，转头对着镜子，猛地提起连衣裙上的甜心项链。她不停地蹦着，将她的胸部提得更高，对着镜子撅起了嘴。

我将臀部抵在洗漱台子上，不想看见自己的目光，不想看见自己那件无趣的黑裙子。"我只是不理解为什么艾玛非得来。"我说道，厌恶着自己声音里的愠怒，但又没法忍住。

"天呐，我知道。"布丽尔说道。她往镜子凑近了些，弄着自己的睫毛膏。"她真的需要离开。我真的已经准备好解救自己了。马尔库斯事实上有点蠢。而我不知道。我觉得他挺帅。我只是觉得自己没心情。"她又往后挺直了身子，在镜子前吸气挺起了胸膛，然后又呼出长长的一口气，有点泄气的感觉，叹息着将两臂交叉。她看起来悲伤而忧虑。

我向她伸出手，半途又迟疑了，所以双手像是漂浮在我们之间。"他看起来真的不错，但是你知道，如果你担心着……我是说，并不是你的男人就一定得孤单一人，我完全能够——"

"啊，天呐，闭嘴，莎拉，"她说道，瞬间回到了她的本来面目。"不要跟我讲这些人生的大道理，好吗？"

我将手抽了回来，所以我们现在都站着，双臂交叉，我面对她，却无法直视她的眼睛，无法承受她的目光。

"我并不是说……"我开了口，但无法说完这句话。我不知道“我并不是说”的下文是什么。她把游泳夏令营的事情都告诉我了，但我猜那不应该让任何事情改变。我曾经隐约感觉它改变了一切。但我仍是那个还没弄明白的人。

突然，我对布丽尔感到莫名的愤怒，让我想要尖叫。我是说，我和迪兰做过爱，所以她会对我更好，所以我们终于能有共同之处，所以她会尊敬我。然而结果恰恰相反，她跟我经历完全不一样，我仍然是孤单一人，我仍然找不到人告诉我现在该怎么办。

等等，哦，我的天呐。我和迪兰睡过觉，所以布丽尔会对我好？什么啊？

“亲爱的，别露出那种表情，”布丽尔说道，突然间她将我拖过去抱住。“我很好，不要担心我。只不过是马尔库斯太聪明了，这让人有点负担。”

她抱着我的肩膀，所以我的脸埋进了她的长发里。她的头发今晚非常的柔顺，散发着花香，但我却无法呼吸。也许如果我们之前拥抱过，现在就不会感觉这么尴尬。让我感到解脱的是，她终于放开了，几乎是把我推开的，然后整理了一下自己的裙子。

“别垂头丧气啊，”她说道，“那个贱货到处发春。我肯定每个人都会远离她那副贱相的光环。”

“她的贱气。”我说道，试图附和她的意思。

“嘿嘿，对的，她的婊气[1]。”布丽尔从台子上拿起她的

---

① 原文为whorbit，是whore（妓女）和orbit（轨道）拼成；上文的“贱气”原文为slutmosphere，是slut（骚货）和atmosphere（大气）拼成。这两处都是根据前面的“贱相的光环”（aura of skankitude）演变而来，是布丽尔和莎拉之间玩的文字游戏。——译者注

包，脚步碰在瓷砖上咯吱作响，她猛地拉开了门。亚瑟小子的歌声从小厨房那边飘了进来，也不知是谁在外放着自己精美的ipod。

出了洗手间，我立即意识到两件事：第一，这场派对完全失去了控制。要是酒店没有在一小时之内来清场的话，我们就算是幸运了。我甚至都没有辨认出这里的一群人，如果他们及时离开，让迪兰和我能够有个浪漫的……总之就是那类事情吧，那么我会很震惊的。即使之前我对和他独处感到不安，但现在我却有点悲伤，因为那不会发生，因为这个特别的房间已经被这次派对取代了。

而第二件事就是——我没有看到迪兰。

一大群人直接从舞会那边过来，所以他们仍然穿着那种衣领尖上钉着纽扣的衬衣。我让迪兰戴了一条领带，这样更能让我妈妈相信我们是去舞会，但他一到酒店就将它取了下来。他仍然穿着一件不错的红衬衫，他很高，这样整个晚上都不难找到他。我是说，我们是在一个该死的酒店房间里，一间套房，就是这样，但它并没有那么大。

于是我匆忙走进房间，从那里我能看到整个小厨房……他不在这里。或许在大卧室里……也不在，真恶心，诺埃尔和雅各布正在那张床接吻！呃，好吧，那么，另外一边还有间小一点的卧室……更多的人在接吻，还是恶心。

我匆匆赶回主卧室，捡起我的鞋子，就这样拿着它们，注意着不去看床上的情形，然后跑回套房的主间。想想，想想。我之前不久已经没有喝酒了，但我仍然昏昏沉沉，浑身疲倦，感觉像是我就会永远站在那儿，直到最终——阳台。啊！迪兰不吸烟，但是整晚有许多人去了那里，他一定是跟着其中一个去了。

我急得有点晕头转向，不得不抓住一面窗帘稳住自己，然后一下子将它拉开了。这也让我找到了玻璃门的把手，这扇门很容易就推开了，它根本就没有锁上。

我一走出去，冷气就朝我迎面扑来，我仍然把鞋子拿在手里，所以我的双脚几乎立刻就冻僵了。风吹着我的眼睛，让我甚至还没来得及眨眼就泛出了泪。所以在一开始，我并不能确定自己看见的是什么。

但是我看清了，我正看着它发生。

在阳台的另一端，靠着墙壁，完全忘乎所以，那俩人并不是各自分开的，那俩人是迪兰和艾玛。

我眨了眨眼。一次，两次，但他俩并没有消失。

而且他们并没有停止接吻。

一只鞋子打在了艾玛的背上，我甚至还没来得及说出什么话。

“骚货！你到底是在做些什么?!”

我的叫喊消散在冰冷的空气里，弄得我喘不过气。而且我也没有穿鞋，艾玛转过来看着我，睁大了眼睛，眼神流露出恐惧。但睁大的眼睛没能让她躲过第二只鞋——这一次是打在她肩膀上，说实在的，也只是挂到她一下，但她叫了出来，双手赶紧捂住了脸，好像我还要扔什么东西一样。

“我就知道！”我叫喊着。我转身想冲进套房里，但窗帘挡住了我的路，我不得不拉扯着它——我听见“哐当”一声，我意识到自己用力过猛把一段窗帘架子扯了下来，但无所谓了，我又回到了房间里，我不能再看到艾玛了。我心里一阵冲动想要转身回去，像扯窗帘那样把她的头发扯下来，但我更多的只是想离开这里，离开得越远越好。

一切都模糊了——我边跑边哭，双脚很痛，酒店的过道看着全是一个样，我的天呐，我真的是喝得太多了，为什么我找不到电梯？——然后布丽尔出现了，我穿上了一件外套。我在电梯里了，靠着墙。我出来了，我穿上了一双别人的鞋，它们对我来说太大了。我在冷空气里等着，酒店正大门的灯光照在我身上，让我无处遁形，任何人都可以看清一个女孩的可悲下场，一个哭得泪眼婆娑的泪人儿，一个愚蠢的、不复童贞的、被欺骗的、毫无价值的——

布丽尔的SUV车撞上了路沿，我不得不从道上跳开。我几乎快要失去平衡，但却正好伸手抓住了后车门的把手。然后我坐了进去，坐在温暖的座位上，艾丽·高登那首很蠢的歌仍然在楼上的喇叭里聒噪着，而汽车往回驶离了路沿，然后开进了茫茫夜色。

“抱歉，布丽奇，让我——”布丽尔伸手关掉了收音机按钮，车里充斥着沉默。

沉默无语，直到我又哽咽了一下，听见自己喃喃自语，一遍又一遍：“我就知道。那个骚货。那个骚货。我就知道。”

“嘘，嘘，”布丽尔说道。她伸出手，笨拙地拍着我的头发，但是由于一只手掌控着方向盘，车子突然惊险地朝右边一歪，于是她迅速地抽回了手。

她喝醉了，她不应该开车的，我这样想着。但我无所谓。

“别担心，宝贝，”她说着。“我们会解决这事的。那个贱人连谁打了她都不会知道的。”

真好，我点了点头，或者我的头自己点了点。我只是不停地点着头。真好，真好，真好，不会知道谁打了她。然后她会体验到我现在的感受。

11 九月

“的确好像上次我们已经过了一遍了。你只是告诉了我为何情人节发生的事情是格雷格斯小姐的主意。我们有迈克家的收款凭条，是用她的万事达信用卡付的。不幸的是，那些玫瑰是用现金购买的……”娜塔莉摊开了一本文件，盯着上面一些密密麻麻的文字看了一阵，然后又抬头看着我和我妈妈。“接下来我们过一遍三月的情况，好吗？”

我点点头，注视着桌子对面的娜塔莉，没有注意到母亲在旁边抖着脚。我们正在梳理两周后我不得不说的证词。两周。我们曾上过一次法庭，那时指控刚被提起，但这次我会和艾玛的父母同上法庭。我会走上证人席。我会陈述，回答问题，讲出我的故事版本。娜塔莉说那不会像电视里演的那样，到时只有一堆桌子，而我也不应该说太多话。我只要按她告诉我那样回答问题就行。但是仍然……

我觉得自己快要吐了。

妈妈的感觉明显也没有那么好。她只是烦躁着，并没有看我。她不得不来参加这些会面，因为我们离庭审已经不远了。我知道她并不想来这儿，但是，我的天，我也不想啊。这并不是我选择的。我甚至都没有想出过任何可能会迫使艾玛自杀的恶作剧。

不管怎么说，或许那正是我要去证明的。要证明一切都怪布丽尔。布丽尔也许会证明一切都怪她自己。

当我告诉娜塔莉这有多不公平时，她耸了耸肩。“这是诉讼。你想要赢。”

我猜，无独有偶，我在学校也无法再与布丽尔站在一边。我也许早该清楚，整件事不会只是让她消失一个暑假而已——我早该知道，我再也找不回我的闺蜜了。现在她已经不在了，就和迪兰一样。就和所有人一样。

娜塔莉又复习了一遍那些关于二月所发生的事情的问题，我照我们之前练习那样一一作答。妈妈变得相当安静，我在一边说着话。

然后娜塔莉说：“那么，3月1号那天，你造访了帕特曼小姐的家，对吗？”

“是的，”我说。我感觉妈妈坐直了一些。她之前没有听过这事，我觉得没有。

“和格雷格斯小姐一起？”

“是的，她开的车。”我继续说道，娜塔莉喜欢指出任何让布丽尔看起来更有罪的地方。显然，我这样做时感觉自己彻底成了贱人，但现在太晚了。我的整个人生就指望着布丽尔的有罪的程度。或者无论如何，我就是那样告诉自己的。必须要有人来承受责难。

“好吧。那么为什么你和格雷格斯小姐要造访帕特曼家呢？”

“去……那个。”我清了清嗓子。“我们想告诉艾玛的妈妈，帕特曼夫人，艾玛她……你知道的，正在勾搭，那个，某些……比她大的男生。”

“你想帕特曼夫人知道她十六岁的女儿和达到合法年龄的年轻男子有性关系?”娜塔莉平静地说道。

“是的。我是说，我猜是这样。”我又感到口里干燥。我拿起面前桌上那瓶水，灌了几口下去。溅了些水在我胸口上，溅在没有被我的无袖上衣挡住的地方。水太冷，它灼烧着我。

“你是牵挂着艾玛过得好不好。”娜塔莉说。这并不是在提问。

“肯定的。”我撒谎了。

娜塔莉轻快地点点头，从那一刻起，我觉得我俩说的任何话都不是真的。又过了一个小时，我们终于完成了今天的任务，或者说，我自认为是，直到娜塔莉一脸严肃地看着我妈妈，说道:“我们真的应该重新看看我们关于和解的谈话。”

“我想洗清莎拉的名声。”妈妈说。

“我能理解。”娜塔莉答道，我能从她俩的声音里听出她们已经进行过多少次这样的谈话了。就好像是，比我听到的还要多。

娜塔莉又说道:“等她满十八岁了，我们可以想办法清除她的记录。但是现在——我很担心。这些都是非常严重的起诉，如果还有被告能够撑过庭审，我会相当吃惊的。”

我摇摇头。“我并没有做任何事情。我是说，我们重温过这个，对吧?”我朝妈妈看去。她面无表情，双唇紧闭。她看起来不再那么确信。

娜塔莉身子向后靠在椅背上，她说:“请考虑一下这件事。这是个妥协方案，但一切都可以因此结束。我认为我们能够赢得许多。你可以保住你的人生。”她看了我一会，就好像她还有其他的事情想说一样。

但妈妈从椅子上跳了起来，就好像上面安了弹簧一样，过了好久，我才意识到我们要走了。我很吃惊自己竟然能够及时赶上和她坐同一间电梯下楼。

电梯间里只有我们两个人，但如果有其他人在场，他们甚至都不会觉得我俩是一起的。妈妈仍然穿着她的工作服，我穿着牛仔短裤，但气氛远不止这样。她没有看我。我猜她也心怀恐惧。或许只是被我们刚才重温的细节吓到了。每次我们来到这里，好像她就会听到一些之前没有听说的事情。每次感觉她都会变得更加遥远。

我想对她说点什么——或者，说实话，我是想她能对我说点什么。我是说，我也被吓到了。我们应该和解吗？那意味着我要承认自己有罪。但我并没有罪。难道她不是仍然相信着这一点吗？

“这真是场噩梦。”妈妈说道，但声音听起来像是在喃喃自语。也许我听错了。

但不管怎样，这话都说得对。这的的确确是场噩梦。

周五下午，我十分缓慢地开车经过艾伯森超市，不知道自己是做什么要来市区这一带，而不是去见特雷莎，然后去接弟弟们。这并不是事先计划好的。

但我的车近乎奇迹地调头开到了超市的停车场，我看见迪兰那辆SUV停在最后一排。旁边有个空车位，我并没有多想，就停了过去，锁上了车，但没有取出钥匙，这样我就可以摇下窗户，同时继续听着High Violet[①]。这首歌开头是“当我

① 上文提到的乐团The National的一首歌。——译者注

年少时，悲伤找到我”，当唱到“我不想忘却你”时，我已经伏倒在了方向盘上，我哭了起来。眼泪夺眶而出，我剧烈地喘息，整个身子颤动着，但并没有发出太大的声音。

现在我不必孤单了。我能找到陪伴的人。但我并不需要他们中的任何一个。我想要布丽尔。我想要迪兰。在这半分钟里，我的人生已经找到了实实在在的意义——我有一个闺蜜，有一群朋友，以及一个真正的男朋友。我很漂亮，多少有点，或者至少我知道怎样装扮得漂亮。布丽尔的陪伴让我漂亮，让我有归属感，让我开怀大笑。迪兰的陪伴让我成为一个真正的人——人们可以看到我。我可以去购物中心了，可以去跟一群高年级学长见面并和他们一起玩了。甚至在迪兰和我分手之后，我仍然还有布丽尔，我们很开心。

但也许现在回想起来，没有人真正那样地看到过我，即使是和迪兰在一起。我从未在他的Facebook相册里被圈出过。一分钟前，我还是个爱吃醋的前女友。随后当艾玛的事变得一团糟的时候，我立刻被卷入其中。我是说，在那个时候，多多少少是我惹出的那些事——但艾玛也得受到一定的责备。她并没有必要勾搭我的男友。去年秋天她没有必要和布丽尔的男友打情骂俏，她没有必要跟泰勒、迪兰以及雅各布做朋友，她没有必要一边像个受害者到处装可怜，一边又跟学校每个男生上床。最重要的是，她没有必要自杀。我是说，谁隔一两周没有个自杀的冲动啊？自杀肯定比现在这样轻松，比上中学轻松。肯定比因别人自杀而备受谴责要轻松。

艾玛正好站到了一切的中心。如果说我是不可见的，那么她就是过于显眼了；她就是紫外线。她是场核爆炸，引爆并摧毁了爆炸过程中所有事物，所有其他人。现在我被困在一所仍然笼罩在哀悼中的学校，被困在一个所有人都觉得这个女孩是因我而死的世界里。他们表现得好像希望我也死掉一样，好像艾玛自杀了，所以我也应该那么做——甚至似乎都没人看出那种想法一点道理也没有。

我仍然在哭，但是抽泣已经发展成了正常的眼泪，只是大颗的眼泪止不住地沿着脸颊滑落下来。下一首歌开始了，我转动钥匙，又将引擎发动。在我将车倒出车位的时候，我觉得在后视镜里看到了迪兰，他正从后门出来，穿着他那件很蠢的蓝色店员 Polo 衫和卡其裤。我用力眨了眨眼，想要让视线清楚些，但我没有回头看。相反，我将遮阳板放得更低，偷偷打开了那面小镜子。我仔细地揉擦着眼睛下方的皮肤，以遮掩哭过的痕迹，即使眼泪还不停地流着，我深深地吸了一口气。还有些时间可以打发，这事儿我要留到其他地方去做。

学校里没有人会去第七十二大街的巴诺书店里的星巴克，因为它正好挨着那座很烂的购物中心，那又是一个很少有人去的地方。尽管如此，那家书店还不是那么烂，它离特雷莎的诊所也不远。基本上可以说是个完美的地方。走进去的时候，我想到，也许我应该搬到这里住。

没有人排队，于是我很快就给自己买到了拿铁，即使那个店员小哥看起来像是焦头烂额，恨透了所有人一样。两三个小孩子在各个座位之间追逐嬉戏，他们的妈妈们说着话，占用了所有扶手椅。于是我向咖啡里加了些糖，往里走进了书店营业区，用手抚摸放着“书店推荐”和“返校最佳阅读书单”两张牌子的桌子。我漫无目的地走进一条过道，结果踩到了坐在地板上的某个人。

那是卡尔迈克。

“哦，”我说道，几乎要向后面摔倒。自从开学第一天以来，我们在学校并没有怎么说过话，差不多也是因为我不知道说什么好。

现在我还是不知道说什么，过了一阵，我觉得我应该往相反方向逃走就好，此时卡尔迈克抬起头来，将垂落的头发从脸上甩开。

“嘿，”他轻松地说道。“怎么了？”

我耸耸肩。我觉得也许一直以来我都回避着卡尔迈克，但我不清楚这是为了他好还是为了我好。他的朋友都是些头发凌乱的自行车手，在学校他似乎也经常忙着其他事情——而我们的课程表又正好不同。在学校我也真正习惯了不和任何人正眼相对。那样会更轻松些。

“要坐吗？”他问我，伸手扫了扫他旁边的一块地方，好像他是要提供个丝绸枕头还是什么一样。

去他的。我又耸耸肩，将身坐下盘起了腿，看着他摊开在膝盖上的书。

“这本不错，”他说道。“你读过其他的吗？《行尸走肉》？”

“和电视一样？”我问道。

“比电视精彩多了。”他将书合上，又说道，“我可不想透露什么。”

我微微一笑，喝了口咖啡。

“那么，”他又说，“现在跟着我一起看吗？就像你整个暑假那样？”

“什么？那也太逊了吧——我并不是在跟着你啊！”

他神情十分坦诚，说道：“好吧，无论什么时候我去学校，你都在那儿。”

我翻了个白眼。“那是规矩啊，”我说道，不得不去解释那些再明显不过的事情。“而你从没在过。”

“虽然如此，我还帮你通过了英语考试。”

“是吧，”我也同意。的确是那样。他帮助我感觉正常了那么几周。“你知道，你的莎士比亚。那么说，你在暑期学校是做的什么？”很久以来，我也一直想知道这个问题的答案，但我想把到嘴边的话吞回去。这就像是，当我问起他的文身时——我清楚这种事太隐私了。

但就跟文身的事一样，他似乎并不介意。“我曾试过转学，”他说，“好吧，实际上，我曾试过搬家，但那并不起作用。到我回来的时候，我落后了，这样说，你能懂吧。”

“你去了哪里？”我问道。

“我爸爸家。在卡尼。”

我点点头。我从未去过卡尼，但我知道要几个小时的路程，多少有些偏僻荒凉的感觉。

卡尔迈克低头看着他的书，封面印着一个血腥的家伙。“老生常谈了。”他说道，又抬起头，但现在是盯着书柜了。“糟糕的父亲，从未陪伴过自己，重新取得联系，诸如此类吧。”

“那么你搬去和他住了？”我问他。以前我偶尔想过搬去和爸爸一起生活。最开始，在他有新的孩子和生活以前，我脑中曾有过的完美幻想——我们住在芝加哥一间不错的公寓里，我们一起做事情。我会学着喜欢上棒球或者钓鱼一类的事情。我会成为那种假小子类型的女孩，有个很酷的爸爸教她如何修理汽车。

很明显，那是个十分愚蠢的想法。

卡尔迈克点点头，最后终于看向了我。“他仍然是个糟糕的爸爸，所以没法合得来，”他说道，“我想，并不是什么美好的故事吧。”

我摇摇头。“不，我非常明白你的意思，”我说道。“我也有过类似的经历。”

“他是住在拖车里吗?”卡尔迈克问道。我觉得他是在开玩笑，但我只是微微一笑，我并没有大笑起来。

“不，他和他新建立的家庭生活在一起。”我说。

卡尔迈克又点点头。

我想问他点别的事——我想停留在这一刻，停留在能有个人真正地说说话的这一分钟。但我很清楚太迟了，当我迅速地查看手机时——“该死，我得走了。”

“哦，好吧，真是抱歉。”他说道，一边看着我仓促地站起身来。

“天呐，别这么说，是我打扰了你，”我说，“现在你可以读你的吸血鬼故事了，只是我得——我约好了事情。”

“吸血鬼?”卡尔迈克捂着胸口，好像是我一枪打中了他的心脏。“被你打败了!”他往后倒在地板上，仍然捂着胸口，在那里滚来滚去，装出痛苦不堪的样子。

“对不起，是僵尸!”我说道，笑了起来。“冷静些！我知道讲的是僵尸!”

“哦哦哦。”卡尔迈克叫着。

“别这样啊，快起来!”我说。“我真的得走了。”

“别管我了……”他喘息着，好像那是他临终的喘息。“我……没……事……”

我摇摇头，即使他并没有看我。“好吧，”我说，“再见。”

我转过身，匆匆跑出书店。在我身后我听见最后一声受伤的喊叫：“吸血鬼！”

我肯定看起来像个白痴，一个人一边跑一边笑。

“我真的不想谈那个周末的事情。”

“我能理解，莎拉。但那总会被提起的，对吗？在你的庭审上？”

“我想是吧。”

“所以你和律师谈过了吧？”

“嗯嗯。”

“但你们谈过你当时的感受吗？”

“我当时的感受？”

“是的，你当时的感受。你当时是怎样的感受？”

“在那个周末？或者说，现在？”

特雷莎大大地摊开两只手，好像是说，随你挑吧。

“我感觉太糟糕了。”

“你说现在？”

“一直。对，现在也是。”

“那在那个周末呢？”

我很快地眨了眨眼，强迫自己将眼泪挤了回去，我似乎没法完全忍住。“好吧，那个周六……”我深深地叹了口气。“那天晚上很棒。我感觉很开心，行了吧？我不明白有什么大不了。我不明白那对艾玛来说有什么大不了。我是说，她才对我做过同样的事情！就在三周以前！那么我有转过身就自杀吗？没有啊。”

"你觉得事情就是那样吗?"

现在我两手一甩，再次被特雷莎没完没了的问答弄得精疲力竭，当然，这些问答从未包含任何答案。"那很重要吗?很明显，其他所有人都认为事情就是那个样子，或者说，认为我不会因此而接受审判!"

她只是看着我，眼睛若有所思地眯了起来。如果我没有那么了解她的话，我会说她是想给我一个拥抱。但是人们并不拥抱我。我感觉几个月里没有人拥抱过我——我的弟弟们不算。或者说几年里，也许吧。接吻也算是拥抱过吗?可能不算吧。尤其是，如果你是和迪兰接吻的话，因为他会手忙脚乱，所以并没有发生什么实际的拥抱。

在我脑海深处，卡尔迈克的影子又隐隐地一闪而过——我在厨房里哭，他伸手搂着我。我将这幅画面驱出了脑海。

而特雷莎并没有拥抱我。她和我只是相互注视着对方。我曾经无法正眼看她，无论是因为厌烦还是尴尬。现在我也因为太疲倦而无法感到厌烦或是尴尬……或是任何情绪了。

"好的。"我说，我颤抖着深深吸了口气。这一天已经不能更糟了，但我想它最终不会比那个周末更糟。"是周六，对吗?那只是一起玩，你懂的，甚至都不是什么真正的派对。当时我知道迪兰会去，我认为艾玛也会去。"

"所以你当时是希望见到她喽?"

"是的，多少有点，"我说，这让我自己都吃了一惊。看见艾玛和迪兰在一起，这已经变成一块你不断想去揭开的疤——这让我胃里绞痛，但我并没有再做什么。再加上，熬过一个没有迪兰陪伴的周末简直是折磨。看到他和新交的女友在一起也是一种折磨，但至少我是在外面度过周六的晚上了，仍然和一群很酷的人在一起玩。我记得自己曾认为，迪兰会看到我穿着那件新买的无袖上衣，会觉得我看起来很酷，觉得很轻松，觉得比那个人见人恨的骚货艾玛好相处多了。

我觉得事情应该就是这个样子。

在某种程度上，那个周末就是整个故事的缩影。每个人都做过的那些可怕的事情，都足以将他们送进监狱或是少管所一类的地方了。我是说，也许实际上还不至于，但那的确很糟糕。

但最终艾玛才是那个一锤定音的人。她会一直是那个样子了，那张登在报纸上的漂亮的学生面孔。我们也永远都是将她推下悬崖的禽兽。

我能和特雷莎、娜塔莉或者我妈妈说话——好吧，我能试着去做——但没有人能真正理解，没有人会听我的。没有人理解，但艾玛越过悬崖边的时候，她是怎样把我们所有人都跟着一起拖了下去。

12 二月

艾玛和迪兰。迪兰和艾玛。就是那样。

那一天在学校的大部分时间里，他俩都在一起。但另一方面，布丽尔和我正想方设法要让艾玛的生活变得水深火热。

布丽尔似乎清楚地知道该做什么。即使天气寒冷，周一早上我们还是在学校外面等着艾玛。当她终于出现经过眼前时，我本想冲上前去，但布丽尔拉住了我。我等着她会对艾玛说些什么，但她没有，她只是等着。等艾玛一走过去，布丽尔看也不看就放开了我，跟着她走进了教学楼。我过了一会才追上她，但随后我明白了我们要做什么——布丽尔急速前进，我们包抄过去，这样我们可以从另一头走向艾玛的储物柜。等艾玛到达的时候，布丽尔和我就可以站在她储物柜旁边，说着话，再正常不过的样子。我正好通过眼角余光看到那头红发以及那件浅绿色外套，艾玛一下停住了脚步。然后布丽尔正眼看向她，狠狠瞪着。艾玛和她对视了有一分钟，面无表情，镇定得让我吃惊。随后她转身就走掉了。

布丽尔看着她走掉，说道："天呐，这也太容易了吧。"

"你没开玩笑吧?"我问她。我心里五味杂陈，七上八下。

我是如此的兴奋、生气而又困惑，要是走廊没那么多人的话，我准会一路跑过去。“简直是完美。你是怎么做到的？”

她朝我翻了翻白眼，将自己推离储物柜。“说真的，”她的声音越过肩膀向我传来，此时她又将我甩在了身后，正往她的年级教室走去，而我则跌跌撞撞想追上她。“你能找点有挑战的事吗？”

午餐时，我们和凯尔还有雅各布坐在一块儿，大声地谈论着艾玛是个多么失败的人，尽管她和梅甘·科利就隔了一张桌子。

“我听说她同时在和迪兰还有泰勒交往，”布丽尔讲道，“就像是他俩共有的一样。”

“姐们，那太恶心了吧。”雅各布说道，也是最大的声音。

艾玛和梅甘相互看了一眼，然后从桌边站了起来，端起了她们几乎还未动过的餐盘。在她们离开餐厅的时候，布丽尔和我击掌庆祝。

跟迪兰约会并没有帮到艾玛，即使我们不在——整个学校都知道了情人节派对那天的真相，现在每个人都觉得她恶心。周末还没结束，就已经有人在Facebook上骂迪兰“男妓”了。我是说，他所有的好朋友都跟艾玛勾搭过。迄今为止，泰勒是唯一一个仍然愿意跟他俩说话的人，但是到周一结束之前，布丽尔所说的他俩共享艾玛的事情，已经成为大家最热衷的话题。

整个周末我都在跟布丽尔絮叨艾玛是怎样的一个骚货，布丽尔给艾玛的Facebook动态的评论都是一句“骚货说什么”。我们很明显没有加她的好友，但是她会在其他地方被圈出，要在其他人的页面里找到她是相当容易的。

但我仍然无法对失去迪兰这件事释怀。在夜里，孤身一人时，我还是得承认，事实上他肯定喜欢她。我不是环球小姐，但我也不是社会边缘人——不是绝望的转校生，也不是跟他所有朋友交往的骚货。我和他睡过，只有他。然后我跟着他，就像个……狂热粉丝。像只小狗。

但是他想要她。

而我们想要她受折磨。

“你看到艾玛今天穿的什么了吗？那是什么？”周二上体育课之前，布丽尔在更衣间大声地说道。和往常一样，我们完全注意到了艾玛就站在两英尺开外。那就是我们这么做的原因。

“哦，天呐，我知道，”我实际上是在吼着回答她。“你觉得她知道吗？也许应该有人告诉她一声。”

艾玛，穿着毛衣和牛仔裤，并没有什么不得了的，她冲出了更衣间。

“天呐，她不会又恶心了吧？是不是？”布丽尔冷笑道。

“我听说她这周每天都去医务室。”贝丝插了一句，迫不及待想通过行动加入我们。

让我吃惊的是，布丽尔这次并没有无视她。“她有着这样一副温柔的灵魂。”她对贝丝说道。

“对，绝对是。”贝丝说。她的嘲讽太过夸张，但不管怎样，我们三个还是笑了起来。

“或许她怀孕了。”我说道。我不知道是什么让我想到了这个，但是既然我都说出口了，我们也都意识到这完全可能是真的。

其他几个女生也看向我们这边，其中一个叫帕克的说道：“哇，那她要怎样才能弄明白孩子的父亲是谁？”

我感觉恶心而又满足，两种感觉同时涌上。就像之前那个晚上，我一口气吃掉了所有剩下的情人节糖果——那很恶心，但我还是会在嘴里都没吃完的情况下就剥开下一颗。就好像是我想要那种恶心的感觉——过度摄入才是意义所在。

在体育课上打排球的时候，我每次都重重地击打皮球，网那边另外半场的女生们纷纷往边上闪开。每个人都知道我现在情绪不好；他们都知道我受到了欺骗，被甩了。我是说，没有正式的分手仪式——周五那天对着迪兰和艾玛大吼大叫，然后和布丽尔一起离开，那样差不多就算是分手了。现在我感觉自己好像是想谋杀那个排球以及球场上所有人。但是，叫喊、哭闹以及将球重重扣在体育馆地板上——都还不够。

“接下来做什么?”最后一节课后我问布丽尔。今天早上是她开车送的我，同样她也得顺路送我回家。迪兰正在球队训练，所以我知道艾玛是一个人。

布丽尔看着我。有一阵我感觉她烦躁了，或许她不再对这事感兴趣了——也许这算不上挑战。我害怕她会退出。

所以在她回答我的问题之前，我抢先说道：“也许我们应该在她回家时跟着她?”

某种像是骄傲的东西在布丽尔眼中闪过。“是的，就那么干，”她点着头说道，“我们走吧。”

我跟着她上了她的奔驰车，坐进了副驾驶座，因为紧张得兴奋，从坐垫上轻轻弹了起来。布丽尔急速地开出了停车位，直向着那群往公交车站走去的新生，但是她没有往出口处开去，而是调头开向了停在后面一排的学生的私车。

“这是——”我喊了出来，但随即我就明白她要做什么了。

艾玛正往她的奥迪车走去，此时她也看见了我们。布丽尔将她的SUV车停下来，正好摆在艾玛的车旁边，将她堵住。今天比周末冷多了，当时布丽尔还是摇下车窗，很随意地将胳膊摆在外面。

“哦，嘿，骚货!”她挥着手朝艾玛喊道。如果你听不清她说的什么字眼，你会认为她是在跟一个朋友说话。“车子不错。我猜在你‘继父’眼里，你真的很漂亮。”

艾玛惊呆在原地，仍然站在她的车子前端边上，甚至都还没走到驾驶座那边。她仍然看着我和布丽尔，好像不知道接下来会发生什么。

其他几个人也正看着我们，我看见几个我们班上的男生在笑着。我略微转过头，看到梅甘·科利正朝另一个方向走去。我猜这次她并不想去担起“作为艾玛唯一的朋友的责任”。

“怎么了?”我大声地说道，靠在仪表盘上，这样可以看得清楚一点。“难道今天没有谁的男朋友想送你一程[①]吗?”

布丽尔的笑声短促而尖利。

这阵笑声似乎让艾玛从恍惚中惊醒过来。很平静地，好像我们什么都没说过一样，她继续绕过车头走到了车门那里，用电子钥匙开了门。然后她正眼看着我们，下巴稍稍扬起，说道:“老实说，我觉得那是你们自己的问题。但是至少你们还有彼此，对吗? 让‘我们’做好基友吧[②]。”

① 原文为give you a ride，有双关意味，既可以理解为“开车送你”，也可以理解为“让你骑他”(暗指女上式性交体位)。——译者注

② 原文为Lez be friends，有双关意味，谐音Let's be friends（让我们做朋友吧），但是艾玛将Let's替换成了发音相近的Lez(lesbian，女同性恋)，意在嘲讽莎拉和布丽尔有同性恋嫌疑。——译者注

“啊，你个小贱——”布丽尔咒骂着，同时解开安全带，打开车门，但是正在这时，我看到了詹森老师，学校的咨询顾问老师，正往这边走来。就因为这个艾玛觉得可以用那种语气和我们说话。

我拉住布丽尔的胳膊，说：“我们得走了。”

她看着我，好像是我疯了一样，但我指了指那名老师，他现在正看着我们，她狠狠地将门拉上，将车子挂上了档。

“你最好小心点！”她对艾玛喊道，然后我们开走了。

“为什么你们就不能不去管她？”

“谁？”

“少来了，你知道我说的谁。”

“我不知道你在说什么。”

“别这样，你和布丽尔实在是——”迪兰停下不说了，他的头偏向另一边，嘴闭得严严实实的。他的下半句话没有说出口。

“我们怎么了？”我问他，“实在是什么？”我努力让自己的声音低一些，因为我们正在图书馆一个角落里，现在是自习课，任何地方只要有一点点声音，希尔曼就能听见。但是是迪兰先开始的；他来到我旁边，然后和我说起话来。我知道他会骂我和布丽尔是贱人。这是如此不公平，而我却难以看清。

“不管怎样，也别把艾玛牵扯进来。”

“是你把她牵扯进来的，”我狠狠地说道，“有她在的地方我一点都不想靠近，但是你——”我举起手来。现在我成了那个说不完一句话的人了。

迪兰的脸上露出某种神情。我觉得也许是后悔。他伸手抚摸着我的肩膀，说道："莎拉，我并不是有意想伤害你。"

这也太老套了，跟老掉牙的电影场景如出一辙，我甚至都不知道该首先做什么。眼泪夺眶而出，刺痛着我。所有和这有关的一切都刺痛着我。他不值得看到我流泪。他不值得我原谅。

他显然更不值得要我事到如今还希望他吻我。但那就是我所希望的。我希望他伸出双臂抱着我，将我靠在"地球科学"那个分类的书架上，忘记这一切曾发生过。

但是我却十分可悲地说了一句："你不再爱我了吗？"

他的手缩回到了他身边，他又扭过头去。男生都讨厌这种问题，我很清楚。布丽尔曾无数次地告诉我这一点，我知道我本应该闭嘴就好的，但我忍不住。如果他能够回答这个问题，也许我就不用再每晚无法入睡一直想着它。也许我胃里郁结的那团东西也好稍稍松一些。

"你只是……我不知道，莎拉，你有喜欢过我吗？好像你也并没有怎么陪伴过我。"

我不知道如何回答这句话。我真想尖叫或者哭喊一下什么的，说点什么，只要能让他说下去。但我不知道如何回答。我实实在在地屏住了呼吸，希望他还会说点什么。

迪兰不停地换着支撑的腿，好像他现在是真的想跑掉，但是终于他又说道："我是说，你总是和布丽尔在一块。你并没有真的需要过我。"

"我需要的是你不会背叛我。"还没来得及认真考虑一下，这几个字就蹦了出来，充满了怒气和恨意。

那种后悔的神情——或者其他什么的——又回到了他脸上。"我懂，"他说道，"这件事是我对不起你。"

我们再次都陷入了沉默。我不知道我们应该说什么。我多希望他会说他想念我，说想要我回到他身边，但很明显那样的事并不会发生。很明显他期待着我接受他的道歉，相信他，并且理解他。

我一点也不能理解。我也不想。

迪兰退后一步，又说道："我想说的就是这些了，行了吧？我很抱歉。现在你真的该别去打扰艾玛了。她只是……她真的很敏感。你们这些人太刻薄了。"他抬起手，看起来像是还要说点什么，但随后只是轻轻摇了摇头。最后他只是说："她并没有做错什么。"

然后他走开了，而我一直站在那儿。

"我一直陪着他的啊。"

"嗯，是的。你随时都围着他转。他是个蠢货。"布丽尔的声音充满了同情，但她的眼睛却一直看着她在女洗手间的镜子里的样子。

我们在这儿已经待了至少半个小时了，即使现在她应该去上语言艺术课，而我应该去上法语课。我把和迪兰的对话统统告诉了她，除了他觉得我花了太多时间和她在一起的事。很明显，他和艾玛都是那么认为的，所以他们可能正在谈论我。或者说，一定在谈。这让我感觉自己像是被剥光了衣服，所有人都看着我，嘲笑着，而我却不能采取任何行动制止他们。

所以我没有提那些话。但我告诉了她一些其他的事情，当然，现在——现在已经晚了一百年了——我想到的是在图书馆本该对迪兰说的一些话。

“他的每一场比赛我都去看了。”我说，尽管这些事布丽尔肯定是知道的。“我给了他我的初——”

还没等我说出那个词，布丽尔就举起手说道：“停下。别说了，好吗？我们能搞定这件事的。”她终于转身背对着镜子，将身体提到盥洗台上坐着。布丽尔总是会坐到台子上，不知为何，她又从来不会像我一样让裤子沾到水。她迅速地将头发往斜后方梳起，然后盘成一个完美的高髻，而我只是站在一旁，等着听她有什么计划。

我从未如此需要过布丽尔的计划。

“迪兰只是一时糊涂，”她这样说道，“更重要的是，艾玛·帕特曼也糊涂了。她似乎觉得她的确属于这所学校，和我们、我们的朋友、我们的男朋友属于一个群体。但是她在这一点上搞错了。”

“我知道，但是我们应该做什么才好？”我忍不住哭诉道。

“天呐，莎拉，你不会这么傻吧。那个女的已经被，我看看，四个学校踢出来过了，不是吗？”

“实际上，我以为她只是转校，就像两个——”

“注意细节。好吧，就当是转校吧。好的，这个很贱的贱人只是又把屁股挪了个窝而已。”

我点点头，终于明白了她的意思。

“我们的思维一直太窄了，”布丽尔说道，从台子上跳了下来，正好洗手间门外的课间铃声响了起来。“很明显这个女的还没搞明白那些花的含义。”

布丽尔说这些话的时候冷笑着，过了一阵我想要和她争辩一句——送那些花是她的主意，但她的话听上去感觉是，送那些花显得很逊，也没起什么作用，而我应该为此受到责备。但是也许那就是我的主意呢？或许我应该想个更好的主意出来，在那时就和她争辩一番？这并不是说我之前曾说服过她不去做什么事。

我们抓起窗台上的包离开洗手间，正好遇到一群高年级学生进来。其中一个是诺埃尔，她和布丽尔击“臀”相庆打了个招呼，好像这是她俩重复过一百万次的老规矩了。我眨了眨眼，为那种举动惊讶，也为被堵在嗓子里的那种嫉妒所刺痛的感觉而惊讶。

“嘿，靓女，”布丽尔随意地叫道。我们正要走出洗手间大门，她穿着高跟鞋转过身去，指着诺埃尔。“你那个男朋友多大了？”

“什么？”诺埃尔问道。她的朋友都在镜子那边，而她正在包里翻着什么东西，根本没有看我们。

“我是说，他满十八岁了吗？”布丽尔问道，“他的生日就在十二月，对吧？那时他正好满十八岁吧？”

诺埃尔抬起头来，没有再看包里，她努了努鼻子。“这什么啊？专门问奇怪问题的日子吗？”

“就是这件事，”布丽尔说道，漫不经心地挥着手。“我想我记起了他的生日派对上发生的一些事，但不是很确定。”

诺埃尔看起来像是还有问题想问布丽尔，但是随后她脸上的疑惑就消除了，她耸了耸肩。“对，他是满十八岁了。实际上，他在放假时带我去了一个酒吧。”

“小坏蛋。”布丽尔说道。她用手做出带着讽刺意味的手枪造型——诺埃尔也比出这个造型回敬她——最后转向我，推着我出了洗手间。

“你们刚才到底在说什么?”我问道，此时我俩一起走进了课间走廊里各个班级混杂的人群。“你们是朋友?”

“切,”布丽尔不屑道,“这只是个研究。你会明白的。”

那个下午，我们尾随着迪兰的车来到了麦当劳。这像是在执行什么诱捕行动——布丽尔保持着安全的距离，我们在她的车里等待着，直到他俩进了店里，点好了东西，一切就绪。然后我们也走了进去，好像一切都是巧合。但是我们径直走过柜台来到了他俩的桌前。

“对你来说，他不会有点太年轻了吗?”布丽尔问艾玛。

她的目光从面前那包炸薯条和上面的番茄酱上面往上看来。她的眼睛有着那种柔弱而哀伤的神情，只要有男生在身边，那种神情就会出现。为什么这些个男生里就没人看出她只是在利用他们?

“我的天，布丽尔，我们别再纠结这件事了行吗。”迪兰针锋相对地看着我，好像在说:“我们已经谈过这事了。”但我只是瞪了回去。这不是在学校图书馆了。我们被允许留在这儿，这里是个自由国度，艾玛应该知道我们会说我们想说的任何话。

“我不知道你们在说什么。”艾玛说着，深深地叹了口气。她的头发被往后胡乱地挽成一个髻，她穿着一件宽松的渔夫毛衣，只涂了一点点睫毛膏。她看上去很惊艳。我看上去是自己最好看的样子——自从分手后，我每天上学都是穿着最显身材的牛仔裤，最新的毛衣，最悉心的打扮——但我看起来肯定不轻松。这就是我对迪兰做错了的地方吗?爱得太过用心?

布丽尔没有看她，而是注视着迪兰。“你最好小心点，”她说，“你的生日不是快到了吗？不想被逮捕吗？”

迪兰的脸因困惑而皱了起来。“说真的，你们在说什么啊？你们就不能像其他人一样安安静静吃东西吗？莎拉，你就不能管管她吗？”

“你刚才说什么？”我脱口而出，布丽尔同时来了一句：“哦，你最好是在开玩笑！”

迪兰举起他的双手，好像是请求停战，或许只是保护自己的脸不会被他觉得我们会做的事情伤害。但就在此时，我看到艾玛拿起了她的汽水，试图靠含着吸管的动作来隐藏微笑。

“你最好管管那边吧。”我狠狠地回敬道，朝艾玛挺起下巴。

“要是你都卑微成那样了，”布丽尔又说道，“振作点，莎拉。如果我们在这里再多站一会，我们会得性病的。”

“你们这些人真是太可悲了，你知道——”迪兰仍说个不停，而布丽尔抓住我的胳膊，我们重重地踩着地板，从他们的桌前走开了。

当然，我们还是没有买任何吃的，就在我们这样戏剧性地离场时，布丽尔还大声地说着：“我们去吃‘得来速’[①]，亲爱的。我知道只有这样，我们的食物才不会受到感染。”

对迪兰吼了一阵后，我感到体内升起一股力量，令人惊异的是，我真的饿了。在我们回头坐进布丽尔的车里时，我甚至在微笑——这是迄今为止第一次我和迪兰在一起而没有感到

① drive-through，指点餐到买单不必下车的餐饮服务，在国土广袤或汽车产业发达的国家非常普及。——译者注

胃痉挛。我的意思是，过去的纠结都是因为好事。是因为兴奋而纠结。但是自从情人节以来，胃里就是一团郁结的怨气。每次我看到他或者艾玛，或者更糟的是，看到他俩一起，我就想吐。

但是现在我饿了。我正挨着饿。我要微笑着，把所有东西都点一份最大号的。

13 九月

“华顿老师不和我们一起吗?”

“你见他来了吗？不，他不来。”

“对不起，茱莉亚。我不是那个意思——我只是想起莎拉说过他会到市区来。”娜塔莉将桌上的一些文件移开，脸上清楚地写着不爽。她一直说个不停——过去一周，从没停过——说我的父母都在场的话将会有帮助，说他们是肯定得来参加庭审的。很明显，我爸爸对那种事感到非常兴奋。

“我说他也许会，”我立即澄清道，努力用眼角余光看着妈妈。“但他做不到。”

娜塔莉冷冷地看着我俩，深深地吸了口气。“好吧，我得到一个消息，”她说道，我感到胃里一阵冰凉。“针对迪兰·豪威的起诉将被撤销。”

“什么!”妈妈叫了出来。“怎么——”

娜塔莉抬起一只手，打断了她。“证据不足。但他仍然同意指证你们其他人。”

“我的天呐，”妈妈说，“那是什么意思?”

“那很不利，”娜塔莉说，“我觉得我们需要再次严肃地考虑考虑弄一份针对起诉的认罪协议的事情。”

我不能相信会发生这种事。我不得不清清嗓子说道：“但是我是无罪的。我之前以为我们说的是我不——”

“我知道我们上次说过的话，”娜塔莉打断了我，但她的声音很轻。“尽管，老实说，这真的是个棘手的案子。牵涉到太多至关重要的东西——你的整个未来，莎拉。我知道现在还难以说清……但我的建议一直以来都是这样，你也知道的，现在我更加觉得你必须采取这一行动。我们可以请求更轻的指控，那样你就能够回归你正常的人生。如果他们同意的话，在你十八岁生日以后，你的这桩记录甚至也可以得到消除。”

妈妈用手梳着头发，身子靠向椅背，这样一来，我要是不转过头，就无法看到她的脸。她曾经觉得整件事就是无稽之谈，我也懂——她曾经认为帕特曼一家都疯了才会指责是我造成了艾玛的死。但我感觉，看过这份证词以后，她的看法已经有所改变。我相当肯定，她不再觉得我清白无辜了，即使她还没有当着我的面说什么。

“我认为，如果我们同意当庭供认[①]跟踪和恐吓的指控，也许还要加上一份袭击的罪名，那么我们所面临的也就只有十二个月的缓刑[②]期限。”娜塔莉说道。

“缓刑期限？”妈妈问道。我不知道她是否是想知道那个词

① Allocute，指在宣判之前对自己所犯罪行进行供认，有时会包含一些自我辩护的成分并造成改判。——译者注

② Probation，暂缓量刑，也称为缓量刑，是指对触犯刑律，经法定程序确认已构成犯罪、应受刑罚处罚的行为人，先行宣告定罪，暂不予以量刑，由特定的考察机构在一定的考验期限内对罪犯进行考察，并根据罪犯在考验期间内的表现，依法决定是否适用具体刑罚的一种制度。——译者注

的含义，还是她觉得那样的惩罚太过严厉。或者说还不够。

“莎拉将会每个月接受一次法庭官员的检查登记，如果她犯了什么罪的话——无论他们是否会将现如今对她的指控罪名对号入座——她都将被送往少管所服刑。”

“但是还有几个月我就满十八岁了。”我不假思索地说道。当然，我们都是作为未成年人被起诉——除了泰勒——但是大家都在长大。迪兰的生日是在六月，所以现在他实际上已经是个大人了。我知道他的父母请了个不错的律师，但是在他生日那天，我忙得没有办法给他打电话，我不停地想，要是他真得去坐牢的话，该会有什么事情发生。就像泰勒可能也得去一样。这太疯狂。这不公平。我不喜欢泰勒，但是你想想，监狱？如果我会有缓刑期限，直到我成年以后——

我摇摇头，但却没法停下飞转的思绪。

“没关系，”娜塔莉说，“你是作为未成年人被起诉的。”

“我知道，但是——”

“只有当指控被提起，诉讼宣称罪行属实，这才会有关系。”她向我说明。好吧，我觉得这些东西她之前都应该告诉过我。我不知道。我一点也记不准这些东西。

妈妈仍然靠在椅背上面。“这会留在莎拉的终身记录上吗？”

我终于扭头看向她，怒气冲冲。“你在说些什么啊？你想我告诉他们我有罪吗？我并没有杀害她！我并没有做错什么——每个人都恨她，每个人都对她很刻薄，一直都是！即使他们没有那样，也是她在和大家勾勾搭搭！她才是那个有问题的人！”

妈妈摇了摇头。“莎拉，有些事情你的确做错了。你做了许多错事，你还不明白吗？没有人指控你谋杀。”

我从椅子上跳了起来，重重地撞到了桌子上，几乎快把它撞翻。“我就知道！整个夏天你把我一个人送到这个地方，你让我感觉你甚至一点也不能被这事烦心，一直以来你都觉得我有罪！”

“我可没有说过那样的话，亲爱的，快坐下——”她伸出一只手，但我推开了。

“不！滚！”我吼道。我血气上涌，快要无法呼吸。我想抓起整张桌子，将它扔到房间另一边，或者砸穿墙壁，或者只要——我只是——我想要更多的空气，这里没有空气，我喘着气，流着汗，我可以马上就杀了她。我的喉咙紧缩着，眼睛发痛。

但是我没有哭。

我要离开，我冲出大门，穿过走廊。我颤抖着，但我进了电梯，我出来了，我的汗越出越多，因为现在正值九月最不爽的那几天，热得像是七月，热气让人在外面也无法呼吸，但至少我能走动走动，至少简陋的办公区公园里有条人行道，至少那儿有个加油站，我带着手机，我要翻出他的电话号码，我要给他打电话，我要让他来接我，因为我和妈妈一起来的这里，而我绝不可能再和那个女人坐同一辆车回去了。

卡尔迈克没有问任何问题。当他在这家德士古[①]的遮阳棚下找到我时，他似乎有些吃惊，但他还是很镇定，伸手给我打开了他爸爸的卡车副驾驶座的车门。

我爬进驾驶室，我知道我应该立刻表示歉意，尤其是因为他不得不去借这辆卡车。但我疲惫得一个字也说不出。我看见

---

① Texaco，财富500强公司之一，总部所在地美国，主要经营油。此处的加油站就隶属于这家公司。——译者注

他每隔几秒就会瞟我一眼。我一直两眼看着前方，希望他看不见它们有多红。

我不知道卡尔迈克和我混在一起是做什么。他在学校仍然会和我说话，即使其他人不会。有时我们会在周末喝喝咖啡，尽管他是让我去市区的个体店铺，他说星巴克太过商业化了。我们的午餐时段不同，但我更愿意在车上吃。我想要吃东西的那些天，就是那个样子。他是个朋友。他是个我配不上的朋友，他是唯一一个我能联系的朋友。

但是在这之后，我发誓，我再也不会要求他做其他任何事了。他是个好男孩。他用不着这样做。没有人用得着。也许甚至我也用不着。

终于他打开了收音机，搜索着信号，直到发现了一个乡村音乐电台。我觉得他是想要让我笑笑，就像在说，“哈哈哈，你不听乡村音乐，这是不是很蠢”。但出来的是一首悲伤的歌，一点也不好笑。歌词唱的是无法忘记某个人，但是又无法离开，我只希望自己不要对号入座。

那首歌逐渐展开，我感到一阵恶心的感觉攫住了我。我不得不说点什么，我要说点什么。这一次，我能听见即将从我口中说出的话，它让我感到恶心。

“你为什么——我是说，你为什么和我一起玩？”我问卡尔迈克。这句话的最后几个音说得粗重刺耳，我不得不硬生生地打住了。

“为什么？”卡尔迈克说，调低了收音机音量。“我为什么不？”

我只是朝他看去，一条眉毛挑得高高的。好吧，两条眉毛都挑着。我没有布丽尔那种只挑起一边眉毛的技能。

但无论如何，他都相当清楚为什么。

“所有这些……”他在空中挥动着一只手，好像是在清扫什么，一瞬间我又想起了布丽尔，想起她经常做那个动作。曾经经常做。之后我就再也不知道了。但是不管怎样，卡尔迈克的动作不一样——他做的话，感觉不是在擦除什么东西，而更像是在把它聚拢。

他深深地吸了口气，然后又过了难熬的一分钟，其间他望向窗外，看着外面的公路，但随后他又开口了。“我知道大家都会说些什么，”他说道，“但是有时候大家所说的并不是故事的全部。”

“不是，”我平静地说道，“并不是。”

“中学入学那一年，大家都从一个编造的故事认定我是个恐怖分子，而你从来没有叫过我‘炸弹男孩’。”他说道。

我抬起头看着他，很是吃惊。“我没有吗？”我说。我觉得我叫过的——这看起来绝对像是布丽尔和我会做的事情。但是也许在九年级那时我们……不一样吧。

“你不记得了吗？好吧，我记得的，”卡尔迈克说道，“然后我在暑期学校看到了你，和你弟弟们一起，而现在我们都出来一起玩了，我也不知道怎么的。你对我并不刻薄。而且，你很奇怪。”他露出了微笑，但我无法回应。

“他们想要我进行辩诉交易[①]，”我终于还是告诉了他，“写

---

① 指在法院开庭审理之前，作为控诉方的检察官和代表被告人的辩护律师进行协商，以检察官撤销指控、降格指控或者要求法官从轻判处刑罚为条件，来换取被告人的有罪答辩，进而双方达成均可接受的协议。通俗的说，辩诉交易就是在检察官与被告人之间进行的一种“认罪讨价还价”行为。通过这样一种制度，检察官、法官可以用最少的司法资源处理更多的刑事案件提高办案效率同时罪犯也得到了较之原罪行减轻了一定程度的刑事制裁，从而对双方都有利，形成一种双赢的局面。——译者注

一份声明给艾玛的父母，然后当庭宣读。”

他点点头。“那听起来像是个不错的计划，”他说道，“你肯定觉得解脱了吧。”

这种想法让我震惊不已，我一下子靠回在椅背上。“为什么我会感到解脱？”我几乎是吼出了这句话。

卡尔迈克迟疑了一下。“因为……好吧，因为现在你只能说你有多么抱歉。对吧？而且不用……不用接受庭审，也不用被迫处理……呃，不管那之后发生什么……”我们在一个红灯前停下，他转过头看着我，脸上写满了关切和困惑。

“我什么都没有做啊。”我说道，声音很低但恶狠狠的，他退缩了。这很正常。和其他人一样，他退缩了，害怕我了。害怕着我的怒火。但我的确是生气了——我抓狂了。他一点也不明白。没有人能够明白哪怕些许。

但是一秒钟以后，他把手伸到我这边的安全带附近，想要握住我的手。现在轮到我把手拿开了，但他仍然保持着那个姿势，正眼看了我一阵，直到红灯变绿，他又启动卡车向前开去。

“我知道你也不想她自杀，莎拉，但是你们这些人的确很刻薄，不是吗？你和布丽尔，你们俩都很靓，你们处于顶端，你懂吧，整个中学食物链的顶端。艾玛无力和整个体系抗衡。她的遭遇难道不会让你感觉难过吗？”

我的呼吸太过急促，我感觉有些头晕。我浑身发热，恶心的感觉袭来，我只是不得不离开这里。感觉就像是在特雷莎那儿的情形再次重现，就像是我的大脑飘了起来想要脱离我的身体。我甚至不明白他在说些什么——我？在高中的顶端？我依靠着的是一个该死的男生，几次派对，以及布丽尔的威望。我是个无名小卒！他说的是布丽尔。好吧，也许布丽尔对艾玛是太刻薄了点。好吧，也许我俩都刻薄。但是我只是在保护自己啊！我只是努力想让——让一切维持原样。

终于，终于那辆卡车开进了我家所在的街区。虽然我们离我家还有两个路口，我解开了安全带，拿起了我的包。

卡尔迈克再次伸出了手。我摇了摇头，转向车窗。当他缓缓开进我家的车道时，我猛地拉开了车门，跳了出去。

我的双脚重重落在过道路面，亚历克斯已经出来了，正沿着台阶跑下来迎接我们。汤米被准许今天当家——显然他已经足够大了，不会是那个两个小时就能把房子烧掉的小毛孩—— 一瞬间，我感到恐慌，担心有什么不对。随后我想起来，是有些东西—— 一切——都彻底错了，只是这和这两个男孩无关。

“妈妈一直试图联系你！”亚历克斯喊道，我甚至还没来得及关上身后卡车的车门。“你还好吗？她都不知道你去了哪儿！”

我的喉头紧缩，但我摇了摇头。“不，”我说，“我还好，小伙子，没什么。”

在前门那里我看到了汤米，一个阴沉不快的身影站在午后的阳光下。我们倒是很配，我想着。但是我们没有在一起。他转过身，一言不发地摔上了门。

卡尔迈克下了卡车，走了过来，跟亚历克斯打着招呼，仍然在试图吸引我的目光。我只希望自己能够跟着汤米进屋就好，但我最后还是重拾起我的尊严和风度，对他说：“谢谢你开车送我。我真的很抱歉打电话找你帮忙。”

“哪里的事，我很高兴你打了这个电话，”他说道，声音里没有太多的感情。他在想什么，他会拯救这一切？我的人生？我的人生已经一塌糊涂，我甚至都记不起它之前是什么样子了。

亚历克斯看着我们，好像我俩是个谜题，而他正试图解开它。我把手搭在他肩上，说：“来吧，我们进屋去吧。”他和我走在一起，但是他转身挥手跟卡尔迈克告别。我没有那么做。我早早就转过了身，努力不让亚历克斯看出这一切有多糟糕。

但是我的转身完全不够快速利落，因为我仍然看到了卡尔迈克那张脸——那副神情写着背叛，失望。还有厌恶。那种神情似乎是在说，她一点也不懂。

他是对的。我真的不懂，一点也不。

回到我的房间里，我打开笔记本电脑，做了好几个月都没做过的事——在Google上搜索艾玛·帕特曼的信息。

迪兰的名字直接就出现了。很明显，被撤销的起诉正是各大报纸的兴趣所在。有许多近期的文章都和即将到来的审判有关，泰勒的名字也被提到了。布丽尔、雅各布和我的名字还没有出现，我们仍然只是“未成年人”，但是娜塔莉说，在出庭受审时，我们将不再享有这种匿名的状态。她说有时候你可以通过交易让你的名字不被媒体提及，但是艾玛的父母不会同意我们任何一个人那么做。话又说回来，那样又有什么用呢？每个人都已经知道我是谁了。

所有的文章都谈到了艾玛，当然是把她说得像个圣徒一样。或者把她说得都好像不是个真实存在的人了。我匆匆浏览，眼前出现的是诸如“长达数月的欺凌”、“与数名受欢迎的高年级男生发生关系”、“身体攻击”和“可依法惩处”这样的措辞。

“艾玛是名新生，她试图跟几名恶毒的低年级女生交朋友，而不是成为她们的敌人，”起诉人在一份声明中这样说道。

艾玛只差一个月就能过她的十七岁生日了，此时她却在她父母的车库里上吊，结束了她的生命。

我不知道那件事。我是说生日的事。我知道是在车库里。大家几乎在事情发生后就立刻知道了，或者假装他们知道了。对于她是如何上吊的，学校的人有着不同的说法。我努力让自己不要去想象那幅画面，尽管很明显有时候我会情不自禁，就好像那天在特雷莎那儿的情形一样。

之前很长一段时间，报纸都没有披露这些细节。妈妈说，他们也许并不想给我们其他人任何自杀的指导。但很明显的是，既然有这么煞有介事的一起诉讼，那么整个故事也就浮出了水面。

突然之间，我透过眼角余光看到了什么，我几乎立刻跳下了床。是汤米，他一动不动、一声不响地站在我房间的门口。我感觉自己像是在做比现在更糟的事情时被逮了个正着一样。感觉就像是，我的电脑开着，屏幕上满是艾玛的名字，我的弟弟能够看到我给艾玛买了那些玫瑰，把那个标志放在她家院子里，把我的鞋子砸向她和迪兰。或者就像是，他知道了其他一切发生之前那个周末发生的事情——那个周末简直太棒，直到整个世界在我四周分崩离析。

“嘿，小家伙，怎么了？你不会敲门了吗？”我的声音很轻，或者至少我试图说得很轻。汤米这些天来根本不会进我的房间，所以我并没有真的因为他没敲门而生气。我很高兴看到他。

但这种感觉并不是相互的。他紧皱的眉头没有松开，说道："门没关。"

"哦，好吧，你想进来吗？"

"妈妈说你回来了就请你自便了。她去买东西了。"

天呐，我都完全忘记妈妈了，还有我坐卡尔迈克的车回家的事。在娜塔莉办公室里的冲突仍然在我脑子里突突地跳动，就像一根颤动着的弦，但它也只是其他一切的背景噪音。这几天发生的一切都只是一波一波的噪音而已——失去朋友和迪兰的痛苦，被埋在我的家庭承受过程里，被埋在了学校，被埋在了律师那里，被埋在了……甚至连我也不清楚。我感觉自己像是从很深很暗的井底在仰视我的弟弟。尽管他就站在那儿，只有几步的距离，但是感觉我几乎无法真正地看到他。我不知道他是否也正身处他自己的井底，仰头看着我。

"进来吧。"我说着，拍了拍床单。我关上笔记本电脑，把它塞到了枕头下面。

汤米耸耸肩，走进了房间里，但他漫不经心地朝书桌走了过去。靠我书桌上方的墙上仍是那块巨大的软木板，但是上面再也没有贴着我和迪兰或是布丽尔的合照了。之前我已经把它们取下来了，最近我开始往上面挂上一些混音 CD。有些是我打算给卡尔迈克的，但我总是在退缩，不知道他是否会觉得我是个蠢女孩。不过无论怎样，我想我现在都只能强迫自己脱离这一切。这几天不停有人从我的生活中飞离。

我弟弟坐到了我书桌前的椅子上，不停地旋转着。那曾是我最喜欢做的事，我有一阵子没有看人这么做过了。尽管当他看到我正盯着看时，他就停下了。

"妈妈说一切很快就结束。"他低沉地说道。

"她是那样说的吗？"我问他。这肯定是真的，但我不明白他这么说用意何在。

“她说你们会达成和解的。”

这个词太过成人化，但是随后，我想汤米只用这一秒就能变得更像个大人。他的声音现在更加浑厚了，老天可以看到，他已经比我预想的更像个阴郁少年了。

然而我还是情不自禁地皱起眉头。“我也觉得她会那么说，”我说，“我的意思是，那正是妈妈和律师所期望的结果。”

“但你不想，”他说道，这算不上是个问题。

“我并不觉得……”我没有说完，曲起双腿，将下巴放在膝盖上。一直以来，我都想方设法避免和两个男孩子说起这些事，以至于现在我甚至都不知道从何说起了。当然，现在我知道汤米一直都听着关于这一切的零言碎语，甚至在夏令营里也是。但我仍然努力地在回避这个话题，试图保护他和亚历克斯。

就跟对其他事情的处理一样，我很明显在这一件事上也做得很糟糕。

我稍稍清了清嗓子。“我并不觉得自己做错了什么。”我说，声音听起来很轻，毫无底气。这些话我已经说过成千上万次了，但是因为某种原因，让我对汤米说这些的话，我会觉得羞于启齿。我感觉耻辱，就是这样。当我说下去的时候，我都没法看他。“他们想要我在法庭上道歉。说我……说我和发生的这件事……有关系。但我并没有啊。或者说，我的意思是，每个人都参与了……”我低下头，没法说完这句话。

“我懂的。”汤米说道。他听起来也像是那个意思。成年的汤米，曾经总是站在我一边，不论是跟妈妈对着干的时候，或者是在家庭游戏之夜，现在他也会说出这样的话。“但是我们要怎么办?”他问我。“我是说——我不想你进监狱。”

他的声音在说最后一个词的时候崩溃了，我终于抬起了头。他正努力忍住不哭出来——他正盯着我那块很蠢的几近空白的软木板，咬着嘴唇。

“他们不会送我去监狱的，”我说，“他们不会。可能会是——我是说，你知道那些青少年收容所吧？最坏的可能也就是去那样的地方。”

他双眼紧闭，肩膀抖了一下，只有一下，我急忙又说道：“但是那不会发生的。”

我下床走到了他那边。我在椅子后面迟疑了一下，心里清楚，如果我试图抱他，他也许会把我推开。于是我跪倒在地板上，这样我就可以往上看着他的脸。他的眼睛仍然闭着，但是呼吸平稳，我并没有看到他有一滴眼泪。

“那不会发生的，汤米，”我又说道，“妈妈说得对，律师说得对，我会去签那份辩诉协议之类的东西，我们会达成和解。真正发生过什么并不要紧——我是说，那也重要，但是以后就不会了。我不想让你担心，好吗?”

他深深地呼吸了一下，然后睁开眼睛，俯视着我。

“我会道歉的，”我告诉他，“会没事的。很快就会结束的。”

在极短暂的一瞬间，我觉得我也许是对的。汤米点点头，甚至露出了些许的微笑。他说了声“好吧”。我们都站了起来，我提议带他和亚历克斯去吃冰淇淋。

但是当他离开我的房间去找他的弟弟时，我想起来了。

这绝对不会结束的。现在——既然我明白自己只有放弃抵抗，没有任何选择，那么我就只能祈求好运，希望结局不会变得太过不堪——现在甚至都没有人会在乎我如何讲述这件事。

14 三月

“你们这些女孩现在应该离开了。”帕特曼夫人眼神冰冷。布丽尔的话刚说完，她的整个脸就变了颜色。很明显，她立刻就认出了我们，但也许她觉得我们过来是想道歉之类的。

“我们只是觉得你应该知道，”我想说，但是这些话堵在了喉咙。我们身后天空是阴冷的铅灰色，我穿在芭蕾平底鞋里的脚开始变得冰凉。

和这个女人面对面说话真是可怕。我恨死了她的女儿，所以我能够体会，那也让我恨上了帕特曼夫人。但她是成年人，我理应惧怕她。而我的确也是。布丽尔觉得成年人很愚蠢，但我认为他们能够让你陷入困境。

但我猜帕特曼夫人不会做任何事来让她女儿摆脱困境。这也是我们现在会站在这儿的原因。我们早早就离开了学校，因为今天开教师大会，我们碰巧知道艾玛正好也和迪兰一起出去了。

“我真正的想法就是，你们应该别再去招惹我女儿了。”帕特曼夫人说道。她的左手紧紧地抓着前门，尽可能地让它关着，这样布丽尔和我就不得不待在门前走廊上瑟瑟发抖了。

“在你们收到那条短信之前，我不知道我曾经有多少次因为你俩而不得不给学校打电话。”

“帕特曼夫人，”布丽尔说道，我能听见那种她最擅长的家长训话式语气传了过来。那种似乎会让所有人昏昏欲睡的声音，那种很轻易就会成为耳边风的声音。“我们是犯过几次错，但现在我们真的很担心艾玛。她才刚刚转来我们学校，就已经有了这么多男朋友，而他们又都比她大得多，比如雅各布，现在又是迪兰，他就快满十八岁了……”

那种充满魔力的声音似乎对艾玛的妈妈不大起作用。帕特曼夫人转身闪进了屋里，就好像是有人推她进去的，然后她当着我们的面摔上了门。

“有妄想症的贱人。”布丽尔低声嘟哝道，声音恢复了正常。她转身离开，脚步重重地踏在门廊的台阶上，留下我站在原地像个被冻住了的白痴一样。真的是冻住了——外面的气温真的可能只有四度——也真的特别白痴，在这场对话中我说过的唯一一句话在我冻住的脑袋中不停回响。

我们觉得你应该知道。我们就是那样想的吗？我猜那也许是真的。我的意思是，我觉得真的可能身陷困境，惹上了麻烦。

而现在帕特曼夫人知道了。

布丽尔开车和我去了购物中心，有好一阵我们并没有谈起什么重要的事情。我们在丝芙兰专柜看了香水，在安妮阿姨[1]买了个椒盐卷饼分着吃。在就餐区，有一阵我几乎快忘了艾玛的事，就在这时我看见凯尔、雅各布和诺埃尔正朝我们走来。

“嗨，两个贱人，”诺埃尔说道，莞尔一笑。她靠着布丽尔

① Auntie Annie，一家主要卖面点小吃的品牌连锁店。——译者注

坐下。雅各布坐到了她对面，凯尔从我们邻桌搬来一张椅子，将椅背转到前面，像个牛仔一样骑坐上去。“在干什么呢?”

“你懂的啊，密谋夺取世界，和平常一样。”布丽尔说道。

诺埃尔笑了起来，我能够看出她之前听过这个玩笑。我坐在椅子上烦躁不安，突然极度谨慎地注意起了坐我旁边的雅各布。满了十八岁的雅各布。我们和他是朋友，至少在某种程度是。如果他发现我们造访过艾玛的家，将会怎样?他会发现这事吗?

一瞬间我突然想到，也许雅各布实际上并没有睡过艾玛。我的意思是，这只是有可能，对吧?就像我小时候看到电影里情侣接吻然后整个荧幕暗下来的场景时，会认为那两个人此后也就只是一直吻着而已。我现在知道了情况通常不是那样——通常他们会做爱——但也许有时候他们也不会，对吧?要是我们错怪了雅各布怎么办?或者要是错怪了艾玛——

“姐们，你爸妈什么时候会再次出门不在家?”凯尔问布丽尔，我立刻又回到了这场对话之中。

“哥们，”她答道，“这次轮到在你家了。为什么每次都要我来组织派对?”

“别说了，我家的房子是最不好的。”他说道，懒洋洋地趴在椅背上。尽管他似乎并没有因为有“最不好”的房子而感到困扰。然后他转过头看着我说：“你呢?只有你妈妈，对吧?”

“呃，是的。”我说。这几周里我经常和迪兰约会，和那些高年级男生出去玩，但我跟他们在一起仍然感到十分尴尬。如此地尴尬。“但还有我两个弟弟。你知道的，他们一直都在家。”

雅各布笑了。“得把这几个宝贝弟弟送去拉斯维加斯之类的地方长长见识啊。”

布丽尔也笑了，我也露出了微笑，但是我没能明白笑点在哪里。或许我明白了，只是这并不好笑。至少这给了我机会看一眼雅各布的脸。虽然他已经看向了别处，那是美食区的某个人。我顺着他的目光看去，看到了艾利什·奥艾利什——也就是谢默斯——他和一个我不认识的女孩走在一起。

“哇哦，那个人渣也有女朋友了？”雅各布冷笑道。

布丽尔也看了过去，说道：“呃，看看夏令营都招的些什么人啊。”

那个女孩也没有那么糟糕——她有着一头那种看起来永远不正常的灰褐色头发，她的黑外套看起来又旧又皱，但她多少还是有些可爱之处——而谢默斯看上去比我之前见到的他开心得多。

但是雅各布已经从椅子上站了起来，大步走上去跟在他俩身后。他将两只手分别搭在两人的肩上，这一举动把两个人都吓了一跳。他们三个都还没有停下脚步，但我们能够听见雅各布大声吼道：“小朋友！这个靓妞是谁啊？”

布丽尔和诺埃尔大笑起来，然后转过身子对坐着，开始比起各自的美甲成果。但我没法让目光从雅各布、谢默斯和那个女孩身上移开。雅各布仍然跟着他们在走，像是他俩的好朋友一样，他的头在两人中间转来转去。谢默斯和他的女朋友看起来很恐惧。他们停下来，试图摆脱他的魔爪，但只有那个女孩挣脱了。雅各布紧紧扣着谢默斯的肩膀，轻轻地晃了他一下，他刻薄的笑声一路传回到我们的桌子这边。那个女孩看起来像是想要逃走，但她应该怎么做呢？

我感觉像是在看一场电影一样。而且它来得正是时候——我正为去了帕特曼夫人那里而有些负疚，所以即使我曾无数次见过雅各布表现得像个人渣一样，今天的情况我也会觉得它有什么含义的。我的意思是，我想让艾玛陷入困境，或者至少是想让她离开爱姆伍德中学，永远不再回来。但一直以来我多少觉得雅各布实际上是个很不错的男生，除了有些过于大男子主义之外。我猜他背叛过诺埃尔，和艾玛勾搭过……好吧，这样说来，也许我并没有觉得他有哪里不错。

而现在他正把谢默斯的头往下拉，用凶狠又带侮辱性的方式揉搓着他的头发。那个女孩往后退了一步，一瞬间我感觉她肯定会迅速逃走。要是我的话就会。但她留了下来。

终于，雅各布推开谢默斯，朝我们走了回来，一脸拽样，好像什么都没发生过一样。谢默斯站在那里，梳理着他的头发，和他女朋友并没有眼神交流。

雅各布回到我们这桌人中间，我不知道是否有人会说点什么。我瞥了布丽尔一眼，但她仍然拨弄着她的吸管。雅各布已经和凯尔说起了什么事情。终于诺埃尔对布丽尔翻了个白眼，说道："男生就这样。"

"完全正确。"布丽尔说。

我又看了看雅各布，不知为何，有那么一瞬间，他在我眼里看起来很像汤米。我眨眨眼，这种感觉消失了——但我仍然感到恶心。我真的是无法再待在这儿了。

"布丽，我得走了。"我说。她对我翻了个白眼，我早就知道她会这样，但是同时她也开始穿外套。

"好吧，如果你们几个不行的话，周五可以到我家去玩。"雅各布说着，终于扭头朝我俩和诺埃尔这边看了过来。

"好主意，"诺埃尔对他说。我说不清她是不是在讽刺他。

"太棒了，"布丽尔说道，"回头短信通知我。"她对诺埃尔说，诺埃尔随即漫不经心地亮出了一个V字手势。

我们从另一边走了出来，这样我们就不用路过谢默斯身边，我很高兴我们调转了方向，这样我们甚至看不到他在美食区另一端的样子。

尽管如此，我还是感到胃里的抽痛愈发厉害。"你认为雅各布会被逮捕吗？"我问布丽尔。"我是说，比如艾玛的妈妈叫了警察什么的话？"

"我的天，不会啊，"她说，"或者即使他被逮捕了，他父母也会想法救他出来的。"我觉得她的声音里有种极度的忧虑，但她仍然快步疾行，我也肯定不了。"管他呢，反正男生都不是好东西。"她补充道。

我无法赞同这个观点。

布丽尔和我顺路去了我两个弟弟的学校接他们回家，然后她在爱姆伍德中学的停车场把我们都放了下来。整个停车场差不多快空了，除了几辆留校训练的运动员的车，迪兰的车也在那儿。我不知道他和艾玛在这不受约束的半天里是在哪儿度过的。我依稀记起我们曾在购物中心看到他俩，但我猜经过麦当劳的事情之后，他们可能也学会低调了。很好。

汤米和亚历克斯在后座上相互扭打着，因为我今天没有让他们任何一个坐到前排来。我甚至无法听到他们的声音，因为我脑中的忧虑正咆哮个不停，当我把车停到家门口时，这种咆哮声变得更加响亮——现在连五点都还没到，但是妈妈已经在家了，感觉这不是什么好兆头。

我甚至无法解释为什么我仍然坐在车里，两个男孩和他们那堆东西像是闹嚷着穿过车库窜进家里的一群袋獾。我仍然在车道外面——车库只开得进妈妈的车——注视着家里的灯光。本来这个家看上去应该显得温暖而诱人才对啊。但现在它看起来就像是地狱的入口。我进里面去是要做什么？就干坐着，而迪兰也不会打电话给我？给布丽尔发短信，听听不久前在购物中心看到诺埃尔之后她又说了些什么好笑的东西？好像也不是那么糟糕，她们的名字十分押韵，她们实际上快变成了一个人。似乎最近在谈起艾玛的时候，我只有跟布丽尔才会真的说上几句。

在艾玛家门廊里的情形一遍又一遍地在我脑中回放。帕特曼夫人锐利的眼神，她抵在门上的锐利的指甲。布丽尔挺身而出维护我——维护迪兰，维护凯尔，维护我们所有人，试图对这个女人说出一切可以让她带她女儿离开的话，这样她就可以与我们互不侵犯了——但是在这个过程中，基本上也算是告诉了她要让雅各布被逮捕，也许甚至迪兰也会，在他生日之后。然后我想起了雅各布和谢默斯，或者雅各布和艾玛，或者艾玛和迪兰，我又回到了一切开始的起点。

我相当憎恨艾玛·帕特曼。我希望她从未被生出来。

燃起的怒火让我来了劲，我拔下汽车钥匙，冲进家里，但是刚刚摔上背后的车库大门，我就意识到我最初的直觉——把车开出车道，然后加速开走——是正确的。

“为什么今天我接到了瓦莱丽·帕特曼的电话？”妈妈问道。她的声音和帕特曼夫人的声音一样可怕。可怕得多。

“我不知道。”我说。我把包扔在厨房餐桌上。两个男孩跑进了里屋，很明显，看到妈妈提早到家，甚至已经换下工作服开始做晚饭，他们并没有感到有什么担心的。我并没有观察得那么细致。在我去厨房冰箱取矿泉水时，我都没有正眼看她，就好像并没什么不对的，就好像这是再寻常不过的一天。

“你不知道，嗯?”她重复了一遍我的话。

好吧，太好了。很明显她知道了，这又是一次“给我说实话，不然有麻烦”的状况。这甚至都算不上状况，因为但凡有父母的人都能学会怎样应对这种严酷的形势——甚至连亚历克斯也没有失败过一次。

我拿出一瓶水，慢慢地转向她，一边摔上身后的冰箱门。“你说什么?”我说道，甚至都没有装出“这是个严肃的问题”的样子。

“你是不是经常恐吓她女儿？有些事情是不是我应该知道的?”

到现在这个地步，她可能的确应该知道了，但是如果她不知道，我也不打算哪壶不开提哪壶。“我不知道，”我说，“但她女儿是个贱人，她没有告诉你这一点吗?”

“莎拉，那太荒——”

我已经拧下了矿泉水瓶的盖子，现在我把它扔向了房间对面，这一举动暂时性地震住了我俩，让我们都陷入了沉默。但是过了一会儿我立刻嚷了起来：“单纯的完美小姐艾玛·帕特曼现在正在和迪兰交往。所以如果她想要抱怨我，那好吧。那样就完美了。”

妈妈看着我，好像我是在胡言乱语，但又像是为我感到难过，或者至少是为惹到了我而难过。她喜欢迪兰，这我知道，实际上我并没有告诉过她我们分手的原因。这又是一件她到现在才知道的事情，但是谁管它呢。

“她妈妈说你们一直在找艾玛的麻烦，”她平静地说道，几乎是在耳语，“有好一阵了？”

我只是瞪着她，双唇紧闭。如果她无法认识到艾玛才是让我麻烦的那个人的话，更别说她让半个学校都感到麻烦的事了，我就真的没法解释了。

妈妈继续沉默了一分钟，似乎才意识到我不会再说什么了。她叹了口气。“听着，也许只是别理她就好。我知道你不是刻薄的人，但是他们明显是以错误的方式在理解这事。我为迪兰感到难过。我知道这感觉像是到了世界末日，但是我向你保证，不是的。”她伸手来拉我的手，但我躲开了，退到了她能够到的范围之外。她让手垂了下来。“他总会毕业的，对吧？”她又说道。“所以也许这甚至是最好的办法了。远距离关系维持起来也很辛苦，尤其你们又太年轻——”

她仍然说个不停，但我却离开了厨房。我无法和她交谈。很明显，我已经和我自己的妈妈之间的关系已经有了不可跨越的距离。要是能够像字面上那样距离遥远的话，一切都会更好。

“所以我猜你还需要一个计划来让‘人渣’小姐离开你男朋友。”

“什么？你什么意思？”

“我没有告诉你吗？她和雅各布之间什么也没发生过。或者，要说的话，那只是他要缠着她。”布丽尔把头扭向一边，把头发甩到另外一边的肩膀上。有几缕头发没有甩过去，但她不能用手指拨过去，因为美甲师正在给她指甲上涂一些抗菌的东西。“诺埃尔相信他的话，你知道吧，谁管它呢。”

“但我以为——这么说，等等，他们没有做过爱？”我压低了声音，感到一阵尴尬，准备好了面对布丽尔对这个绝对白痴问题的反应。

她只是耸耸肩。“也许除此之外的事情都做过了，”她说，“诺埃尔说艾玛打电话给雅各布的时候惊慌不已，所以我猜可能那个样子起了作用。谁知道呢，也许他们还是会把艾玛赶出学校。你会得到命运眷顾的。”美甲师现正把昂贵的乳液在布丽尔两只手上涂抹开，而布丽尔则漫不经心地看着她的手。“但是，当然，雅各布的父母是争强好胜的人，所以也许他们会让这事平息下去。还记得他们的邻居准备要修的那个池子吗？”

我轻轻摇了摇头，试图跟上她。让艾玛因为勾搭雅各布而陷入麻烦，这并不是我的主意。那都是布丽尔想的点子——尽管如此，我想说，我还是希望它能够奏效。但的确是她想出了整个方案。而现在她又装出一副没什么大不了的样子。

“池子？”我唯一能够说出来的就是这个词。我自己的美甲师比布丽尔的快些，她已经开始用亮黄色的油涂我的指甲了。我注视着那些彩色涂料，感觉每块指甲正在被点亮，一个接一个。就像蜡烛那样。

“你知道吧，罗尼·戴维森的父母？他们想要在自己院子里修个水池的事？就是雅各布一家的邻居？怎么说呢，那是在雅各布的几个妹妹还非常小的时候，很明显的是，当时两家之间的栅栏太低了，雅各布一家说那个池子，嗯，是个容易造成溺水事故的安全隐患。所以戴维森他们没能建成。”

我仍然不明白她是在讲些什么，但我又怕扫了她的兴致，所以我像明白了似的点了点头。

虽然，在我撒谎的时候，她总是能够分辨出来的，但她对我翻了翻白眼。“那么我要说的重点就是，哪怕雅各布是把她肚子搞大了还是怎么的，他的父母都会迅速地将一切平息下去。这就像是他们的业余爱好。”

我又点点头。实际上我感觉好些了，因为了解到了不会被逮捕。“艾玛父母还是应该把艾玛转到另外的学校去，”我说道，“全是女生的学校。”

“我就知道，你看吧？尽管她也可能会和每个老师睡觉。”

“完全有可能。”

“说起来，今晚你打算穿什么？”布丽尔说道，又甩了甩她的头发。

我的指甲弄好了，但我还是坐在她旁边的椅子上，给她讲着我为了雅各布家的派对而挑选的无袖上衣和牛仔裤。那并不是什么真正的派对，所以我想尽量让着装不要有太过刻意的感觉。但是迪兰可能也会去，所以我想打扮得比艾玛好看些。

我并没有说那些，但布丽尔还是能明白。当我们的指甲晾干以后，她付了钱，然后我们去了Forever 21[①]找合适的短裙。到我们离开购物中心的时候，我已经有了一件浅绿色亮片的上衣，一手亮黄色的指甲，以及挂在嘴角的一丝微笑。布丽尔和我从未一起共度这么久的时间，就只是我们两个人，从来没有。很幸运的是没有诺埃尔和高年级男生跟着。

我多希望我们能一直在外面玩耍，直到派对的时间来临，但我已经身陷于家里的麻烦事了。妈妈希望我及时回家带亚历克斯去练习，当我告诉她我没法及时回去时，她挂了我的电话。很明显，她会因为帕特曼夫人的事而生气好一阵子。当布

① 最受美国青少年欢迎的大众时尚品牌，目前已是全球性店。——译者注

丽尔停车把我放下时，我在门外站了一会，不知道是否有办法溜进我的车里。但我听见了屋里大吼大叫的声音，我想我应该进去，以确保两个男孩子没有因为妈妈生我的气而受到惩罚。而且，我也需要向她要汽油费。这是载两个男孩子外出的油钱，但我今晚之前就需要这笔钱。

我走进房门，吼叫的声音变得更加大声。“为你女儿花几百美金坐飞机来这儿不算太多!”妈妈大声吼道。然后停顿了一下。“我也要工作，道格，不要跟我说那些有的没的。她是我们的女儿。很明显有问——”又停顿了一下。

太好了。她又跟爸爸打电话了。

我在那里又站了一会，仍然拿着包，穿着外套。妈妈在厨房里，但她看不到我在这儿。我低头看着自己新做的指甲，不知道它们看上去怎么可以这么的喜庆。

“在周三下午，”妈妈对着电话说到，“我会提早下班，然后——”停顿。我猜他一直在不停打断她。“对，她会到场，她——”

我抬起头。周三下午？她？那是……

“我很担心，行了吧？”我听见妈妈的声音从吼叫降级为一种疲倦的恳求语气，我的喉咙紧缩了起来。“我只是觉得担心。我只是觉得你应该出场。你可以留下来过夜。校长真的希望我们俩都到场，另外那个女孩的父母也肯定会——”

又是一阵停顿，我的脑子转个飞快，努力思索着发生了什么事。我的父母，两人一起，将在我的学校以某种形式和人见面？我也不得不去，听起来是这样。是和……谁？不是艾玛的父母？如果我爸爸真的在上班期间会来，我肯定会有很大的麻烦。不是吗？他们还会有其他事情可谈吗？

我抖下了外套，把衣服和包都扔在主楼梯上，然后跑到地下室。汤米和亚历克斯懒散地躺在组合式沙发上，在黑暗中看着电视里放的一部电影。只用一眼，我就知道了那不是他们应该看的东西——即使我没有瞥见屏幕，也没有看到枪，我是从他们心虚地坐起来的举动里看出来的，汤米拿着遥控器，好像正准备换台。

“无所谓啦，”我说道，对他挥挥手，“我不会告诉妈妈。我觉得自己都焦头烂额的，所以如果你们也有麻烦，可能倒会轻松些。”

亚历克斯睁大了眼睛。“你是看了什么？”他问道。

我居然笑了，这让我很吃惊。然后我走过去抚摸了一下他的头发（他不怎么喜欢这样的举动），挤进了两个男孩中间。“别担心，小亚，”我告诉他。我转向汤米，对他说：“你们看的什么？不是有卡戴珊[1]的节目播出吗？”

“呃。”两个男孩子立刻哼了一声。我们也不被准许看这类节目，即使它们并不暴力。虽然我也会偷偷地看。妈妈有一大堆看电视方面的规矩，它们适用于在地下室配电视、在孩子房间里配电脑的人。尽管我觉得我们怎么说还是严格遵守了其中的很多条。

“那有点无聊。”汤米说道，将遥控器对着电视。两个戴着面具的人正在抢劫银行。“他们是冲浪选手，但他们也抢银

---

① Kardashian，指卡戴珊三姐妹，考特尼·卡戴珊、金·卡戴珊和科勒·卡戴珊，三人不仅长得如花似玉，更是吸金无数。2005年考特尼因参演一部真人秀系列节目一举成名，随后她又参演了卡戴珊家族的系列真人秀节目“与卡戴珊同行”。2009年，考特尼和妹妹科勒共同出演了她们自己的真人秀节目“考特尼和科勒玩转迈阿密”。——译者注

行？而且他们穿着专门的服装，就像蝙蝠侠电影中的‘小丑’[1]那样？”

“喂喂，你们也不应该看这种电影！”我说道，从他手里抓过遥控器，按下了上面的短信按钮。

“我知道，”汤米怯懦地说道，“邓肯有那部片子。我们在他家看过了。”

“嗯，”我喃喃说着，“我一直不喜欢那个孩子……哦，对了，我听说过这部电影。《惊爆点》。这部片子应该很有趣。”

“是吗？”亚历克斯不大相信地问道，“我觉得它一点也不有趣……”

“不是有趣，我是说，它应该是拍得很烂的，这才有趣。就是说，你是在嘲笑电影本身，而不是被它逗笑。”

“那太贱了，”亚历克斯说。

“每个人都这样啊，”汤米告诉他，用他那更加充满智慧的哥哥的声音。

“不，并非每个人都这样，”我立刻说道。但当我们转头看电视，我思考着。并非每个人都这样。但差不多也就是这样了。

① The Joker，蝙蝠侠系列的漫画、电影作品中的反派角色。——译者注

15 九月

“知道律师给我们安排了不同的时间吗?”

我顺着声音看过去，很是吃惊。布丽尔正和她父母一起走向电梯间。我一个人在这里等着。格雷格斯夫人的表情让我认识到，我缺少大人的监护。她双唇紧闭，一副不满意的神情。但是话说回来，即使是之前布丽尔和我得到允许可以出去玩的时候，她也是那个样子。

“布丽。”她妈妈警告似的叫道她。

布丽尔翻了个白眼，甚至都没有转过身去回应她妈妈。“在停车场那天之后，我觉得我会再遇到你的。”她说。

我的眼睛看向布丽尔的父母，但是他们早就瞪着我们这边了。我不知道她们的眼神是什么意思。我应该悄悄地和她见面吗？我不知道。我想也许那样才合理吧。

“嗯，是的，”我说，“真奇怪。我们，你懂的——呃……”我无法完整说出一句话，但是布丽尔点着头，好像我说完了。和今年夏天相比，她似乎将自己的棱角磨得平滑多了。

叮。电梯门哗的一声在我们面前打开了，我们一前一后走了进去。

"你妈妈呢?"布丽尔问。她父母仍然不和我们说话,但她爸爸从我身旁伸过手,按下了十楼的按钮。我等了一下,然后按下了八楼。

"她得工作。"我说。格雷格斯夫人哼了一声,也许是出于不屑,也许只是因为不得已弄出了声音。我一直盯着电梯的按钮,感觉站在布丽尔身边既害羞又尴尬。"你怎么,呃——你是,在家上课?"

"哦,是的,那太逊了。"布丽尔不假思索地说道。

"布丽。"她爸爸说道,声音像是一阵低沉的咆哮。我不知道她父母是否整天都在她周围用恐吓的语气责骂她。这让我害怕了——我默数着秒数,直到我们到了娜塔莉的事务所,我能够远离他们为止。

"无所谓了,我觉得比爱姆伍德中学要好,"布丽尔又说道,"但是,那同样是个监狱——"

"行了,你够了。"格雷格斯夫人又开口了,但就在那时,我们到了八楼,我仓促地走出了电梯门。

"待会儿见,"布丽尔对我说,"你懂的,商讨辩诉协议的时候。"

我惊讶地转过头,在电梯门又在身后关上的时候看见她正微微地朝我招手。

所以我们都接受了辩诉协议,我猜是这样。每个人都知道其他人将会遇到什么事,除了我。和平时一样。我的意思是,布丽尔总是知道所有人的所有事。至少,有些事情并没有改变。

娜塔莉的秘书一让我进办公室,我就立刻嚷了起来:"布丽尔也要接受认罪协议?那么,你等等,就不会再有什么审判了吗？到底是发生了什么事？”

娜塔莉看着文件，甚至都没有抬头看我。“你好，莎拉，”她说，“请坐。”

我四下看看。有张椅子只有一个文件箱，所以我把那个箱子搬开，甩身坐了上去。

“到底是怎么回事？”我说道，仍然试图让她注意。“布丽尔的律师在楼上，你知道吧。她说我会因为和解的事情和她见面？我们是要同时进行吗？”

娜塔莉正在写着什么东西，但她点点头。“对的，就等于是，如果我们要上法庭，就会是那样。会有人给你们读针对你们的指控，然后当庭供认，然后递交你们的声明。这是可选择项，但我仍然强烈建议——”她终于抬起头来看着我，然后停下了。“你妈妈呢？”

我叹了口气。“为什么总是要问她在哪儿？”

“我的天，”娜塔莉嘀咕着，“好吧，我觉得这个方案不错，进行起来会很快。”她摘下自己的老花镜，稍稍眯起眼睛看着我。“你不是一定得提交认罪声明。但我觉得那样好些。这将决定是谁来判决你，而且我看缓刑期限不会超过一年，所以你绝对不会知道。这是桩容易煽情的案子。判决者是位母亲。你不会愿意去冒这个险的。”

我点点头。她上次已经告诉过我这一切了。我相当肯定的是，妈妈也知道，因为她们至少经常打电话。

“当我们回头清除你的记录时，这也会有帮助的。那么，你有没有写点什么？”

“没有。”

她停顿了一下。“但是你会写吧？”

轮到我沉默了。我仍然不愿意做这事。感觉很虚假，而且也没什么意义。最坏的情况已经出现了吗？我能够说什么让我们任何人的情况好转的话？

但我想起了我的弟弟，以及那天我对汤米说过的话。我想起又开始打电话的那些记者。那些记者差不多肯定会来旁听，他们的文章最终会和《可怜女生艾玛·帕特曼惨遭同学虐待！忍无可忍终究踏上不归路！》这样的文章一起在网上出现。至少我得说点什么。至少我说过的某些话会有人听，甚至也许会被记录下来。

“对，我想会的。”

“很好。写好应该先给我读一下，你懂吧。”

“真的吗？”我问她，“为什么？”

她不由得轻声笑了笑。“因为，莎拉，我是你的律师，记得吧？”

我叹了口气。“好吧。”

“非常好。这个周末给我行吗？你用电子邮件发给我就行。现在，我很抱歉把你叫到这儿来，我一直觉得你妈妈也会来，我们可以处理掉一些事情……不过也罢，我会和她保持联系的。”

她继续看起她的文件，和平常一样忘了戴上眼镜，坐在她旁边的桌子上。我犹豫了一阵，最终意识到这意味着今天就结束了。基本上我这一路赶来，就是为了撞见布丽尔和她父母，以及听了一通关于我的声明的讲话。

管他呢。无论如何，我觉得自己今天是不会再做任何事情了。

“给，为什么你不试着现在就写点什么？我们可以谈谈接下来的事情。”

“没事，我在家里做就行了。”

“不，不麻烦的，我有一整沓笔记本……啊哈！那去写吧。用这个。”

特雷莎递给我一个拍纸本[①]和一支钢笔。她微笑着，但我只是盯着她看了一会儿，心里希望着这一切没有发生。我知道自己不得不做这事，但是现在就得做吗？在这里？

那个笔记本摊开在我膝盖上，钢笔握在我的左手里，还没有取下笔帽。我喜欢像这样停滞的感觉，就好像我成了一个玩偶，而有人希望我摆出做作业的样子。

“现在。你觉得你想说的是什么呢？”特雷莎问道。

我看着她。

“你没有什么要说的吗？”

“接着‘我希望艾玛没有自杀’这句话往下说？”

“很好！那是个不错的开头。”特雷莎微笑着，双手扫向我和那个笔记本，好像她能够让我苏醒，让整个故事变得又鲜活起来。

“但是，我是想说——没有人希望谁去自杀。这不是，不是什么重大的发现。”

特雷莎把头偏向一边。她今天穿着一件有些村姑气息的连衣裙，但是它有着如此惹眼的橘黄色。我感觉自己快被亮瞎了眼，只能斜目而视。

“你认为艾玛的父母是觉得你想让她自杀吗？”

我没有说话。我的嘴张开，然后又闭上，没有任何话说得

---

① Legal pad，纸的一边用胶粘住，便于一页一页撕下来的本子。——译者注

出口。

通常，特雷莎都只是等着我回应，但今天她往前凑了凑，继续说道：“我能看出来，对你而言，事情也许看上去就是那个样子。正如也许看上去同样很明显的是，你并没有打算促成她去做这么一件事。这封信给了你一个机会去澄清所有这些感觉，莎拉。”

我低头看着手里的钢笔，眨着眼睛。特雷莎裙子的橘黄色还残留在眼前，这让我热泪上涌。

“你可以打一堆这样的草稿，一百份——你可以告诉他们你有多气愤，艾玛的所作所为有多让你受伤。”

我让笔掉向膝盖，落在笔记本上。“不，我不能。”我说道。声音柔和却愠怒。

“你当然能。为什么不能？”

“那不是——那不是重点，你说呢？那会让法官憎恶我的。还有其他人。我的意思是，他们已经很恨我了，我觉得是这样，但我应该……就像娜塔莉所说，这也许会促成轻判之类的……”我的话拖着，突然不确定自己一开始是想说什么。

“好吧，我觉得每个人都会认为自杀是件很悲剧的事情。”特雷莎说。

“对，但那是对他们而言，”我说道，愤怒的浪潮又让我开口说话了。“没有人在乎我——或者布丽尔，或者那些男生。”

“他们不在乎吗？”

卡尔迈克的脸在我脑海中闪过——他凌乱的头发，他黑色的T恤，在他爸爸的卡车里向我这边靠过来。还有他说过的话——他说的什么？说的我终于可以说我有多抱歉了吗？

“我只是不明白为什么我是该道歉的人？”我不假思索地

说，“不是我毁掉了大家的人生！是艾玛，完全是她一个人造成的。她害死了她自己！”

特雷莎的目光没有移开。她平静地看着我，好像我是地平线上的一个固定点。我和她对视无法超过一秒钟，最终我只得看向别处，看着我膝上的白纸。沉默持续了好一阵子。

“尽管如此，我们都会犯错，对吗？”

我不知道说什么回应她，所以我只是耸了耸肩。

“相信我，我们都做过让我们事后希望可以挽回的事情。如果有什么你希望能够挽回的事情——”她又伸手朝纸和笔比画了几下——“这是一个很好的表达机会。不要用沉默来表达你的后悔。”

我低下头，看着自己用双手取下钢笔笔帽，将膝盖上的笔记本摆正。我口干舌燥，胃一阵绞痛，我的人生完了，我的心也碎了。

我开始动笔写。

每天早上，大概有三十秒的时间，有时更久，我会忘记一切。或者说我还未曾想起。我只是依稀醒来，我的大脑只是听着，我猜——不知道是否该起床了，不知道是否还是星期六。

然后我会听到嗡嗡声，一直萦绕耳边的慌乱的低吟。在确实很糟糕的日子里，我在听到后甚至都不记得是从什么时候开始的（它并不会一下子出现），因为这嗡嗡声感觉很像是某种兴奋感。有时候它像是我曾经在将要和迪兰约会的日子里所拥有的那种感觉。如果我醒来，而天色还很早，我能够实实在在地感觉到快乐，因为我的整个身体都会觉得，现在是冬天了，是时候选套漂亮的衣服了，因为我有了男朋友，有了要做的事情，也许我们会——

不。

它又赶着回来了。

到了我冲完澡的时候，那种嗡嗡声差不多总会变成响亮的警报。从醒来到离开家，我会给自己预留二十分钟的时间，正好够我把头发挽成髻，涂上点睫毛膏，拿起一块馅饼，然后把我的包扔在车子的后座，而两个男孩子也从屋里出来了。恐慌催促着我前行，或许我是想努力跑在它前面。不管是怎样，我都没有停下。如果我停下一秒钟，我就会反胃。然后我甚至再也动弹不了。

今天我带的是草莓烤面包，上面还包着铝箔纸，被我叼在嘴里，我湿漉漉的头发仍然搭在肩上，把我的T恤都打湿了。当然我穿的是那件灰色T恤，现在上面肯定有很多斑点。我选这件是因为它毫不起眼，就跟我这些天穿的衣服一样——穿上它们有些东西就能被忘掉。我把包放在车子旁边的车道上，匆忙地把头发挽起，揉了揉肩膀，希望这件T恤在到学校之前能够干。

“我要坐前排！”亚历克斯喊着，和往常一样，拿着他那份不成样子的早餐，跌跌撞撞地从屋子里出来。

和往常一样——这段时间，这个学年——汤米悠闲地走在他后面，说了声“无所谓”。他现在对前排座位满不在乎。

在我们开车去亚历克斯学校的十五分钟里，他一直在座位上上下弹着。他一直谈论着今天的课程安排，是一个和美洲政府有关的项目，我记得在六年级老师布置过同样的任务。

我们先把亚历克斯送到了学校，该去汤米所在的初中了。亚历克斯下了车，关上车门，我瞥了一眼后视镜。“你不想坐到前排来吗？”我问汤米。我们仍然悠闲地停在人来人往的悦山大道，我的手放在变速器上，以防有什么意外情况出现。“我一直感觉自己像个跟着你的私人司机一样。”我告诉他。

“不。”他说道，我叹了口气。“你的语气听起来像妈妈。”他又低声说道。

“什么？我听不清你说的话。”我大声地说，试图让这一切变成一个玩笑。“不要担心，先生，只需一会儿，我们就能到达你的目的地了。”我的英国口音学得很烂，我俩谁也没有被逗笑。

去他的初中只用了五分钟，然后汤米下了车，在学校前面的矮墙那里遇到了他的新朋友利亚姆。我停下来向他们招手，但他们没有回头看我。利亚姆又穿着一件超级大号的T恤，下面搭的是松垮的牛仔裤和很大的运动鞋。汤米学校的其他人都相当传统，他们不被允许戴棒球帽一类的东西，但是利亚姆戴着一顶，那是鲜亮的芝加哥白袜队[1]的球帽，我相当肯定，他只是想让自己看起来威风。我看着他们慢吞吞地走进楼里，他俩像是一对不良少年，努力地不让妈妈担心。

但是当我把车倒回车道，慢慢开向爱姆伍德中学的时候，另外一方的焦虑，那种“大恐惧”，在这个时候像潮水袭岸般奔涌而来冲刷着我。如果在以前遇到迪兰让我焦虑的时候，那么只要是我最终见到他的那一刻，那种讨厌的嗡嗡声变成了激动的喜悦。就像在一台旧收音机上从电流声中调出了音乐。但现在我身陷困境。只有电流声。

我从爱姆伍德中学的学生停车场走到我的储物柜，一路上甚至都没有人看我一眼。电流声充斥着我的大脑，我的胃冷热

① 棒球队名，美联元老球队和传统强队之一。——译者注

交织，绷得很紧。我从走廊经过时看见了卡尔迈克，但我不知道他是否看见了我。

一个不恨我的人，而我拒绝了他。我想起哈姆雷特如何虐待奥菲利亚，然后她死了，离开了，就像艾玛，就像我的人生中曾经有过的每个人。我看见贝丝正和梅甘·科利说着话，我不得不咬紧嘴唇。我就要吐出来了。我们回到学校已经快三周了，但日子并没有好过一点。下周——实际上，还有六天——我就要出庭受审。我会看见雅各布和布丽尔。我会说我骚扰了艾玛·帕特曼。我会承认指控。

我会道歉。

卡尔迈克现在正朝我走来，但只是因为他需要到走廊这端的教室来。但不管怎么说，他来了，离我只有几英尺，我走上前，好像他的法兰绒衬衣散发着一种磁力。

“嗨，卡尔迈克，”我说。透过眼角余光，我看见梅甘的脑袋突然朝这边晃动，但我现在无法去担心那些。

卡尔迈克与我眼神撞在了一起，但他没有微笑。他看起来就和暑假刚开始的时候一样，好像我是个陌生人。

“我只是——”有人撞到了我，往年纪教室里冲去。我不知道这是否是有意的，但这让我没再说下去。这事真的让我把嘴闭上了，也好，因为这也让我在说出什么蠢话之前多了点思考的时间。我甚至不知道自己要说什么，但当我稳住呼吸时，我终于急促地说了一句：“我真的很抱歉。”

“为什么？”卡尔迈克说。语气并不算冷，但是也并不热情。不冷不热吧。

“因为——你知道的，星期六的那些事。因为让你开车送了我。我——我真的很感激。”

"好吧。"

"好的，你……"我沉默了一阵。我还能说什么？"我想补偿你。我想……嗯，我们去喝杯咖啡好吗？或者我可以——"又有人撞到了我的肩膀，这次我相当肯定这是故意的了。我往墙边走了点，试图保护自己，但是离卡尔迈克很近，这样的距离可以让他知道我在努力往墙靠，让他没有转身走开。

"听着，莎拉，这不是什么大不了的事。你那时候需要有人送。我不需要什么咖啡。"然后他的确是准备着要离开了，我伸出手，抓住他的手腕，就是有文身的那只手的。

"别这样，"我说道。我听起来很可悲，但我没法停下来。"我没有其他人了。我不是故意要刻薄的，我只是——我只是感到恐惧——"

他礼貌地弯了弯手臂，于是我的手放开了。"我明白，"他说，"但我来这里不是为了让你把一切看开的。我还有自己的事情。"

我抬头看着他的眼睛，我只想死。当然他有自己的事情，我也知道。我会不知道吗？我是说，没有人的事情有我的事情这样糟糕……或许会有的。

他又等了一会，但我想不到说什么。我甚至不知道我是想求他为我做什么，真的，除了让他不要丢下我，让他在我已经如此孤单的时候不要抛弃我。

"我得走了。"他说，然后就离开了。之前是我错了——他并不是准备去教室。他是要走出大门。

最后一道铃声响起，我仍然站在走廊里，眼看着卡尔迈克的背影穿过学校一层一层的玻璃门时变得越来越小，在拐角处转身朝自行车停放处走去。我不知道他要去哪儿。我不是特别了解他。我是如此需要他。但他并不需要我。

我不得不跑到巴斯托的教室，在铃声结束前悄悄溜到自己座位上，但是一旦坐下，我就无法顺畅呼吸。我不知道我还能继续这样多久，一直都丝毫不能放松，不能呼吸，不能心情舒畅。

“他们花了很久的时间。”我听见埃斯特雷利亚·桑托斯说道。

她正在跟克丽丝·布莱克说着话，但不知怎的，我觉得是和我有关。

“大家都知道他什么都没做，”克丽丝说，“他们只不过是毫无理由地把他整个人生给搞糟了。”

“我听说，他是到春天就要去上大学的，”埃斯特雷利亚说，这时候我明白了——迪兰。他们听说迪兰的事了。

“对，但是棒球……”克丽丝摇摇头，“整个这件事就很蠢。我是想说，她是他的女朋友啊。”

“我知道。他肯定伤心得不得了。”埃斯特雷利亚也摇摇头，她的辫子嗖嗖作响，上下抖动。

我在座位上坐得更低了。

“他一直是那么体贴。他不像他们。”埃斯特雷利亚又说道。她往背后瞄了一眼，我低下头。我双手紧紧捂住胃，试图让它平静下来。我想起被我忘在车里的早餐，上面还裹着铝箔纸，也许现在它已经融化在仪表盘上面了。我甚至都吐不出来什么东西。

终于巴斯托老师走进了教室，穿着涤纶衬衣，胳膊下夹着一沓试卷，嘴里说着“安静点，各位”。但我没再抬起头来。也许如果我一直不动，我最终就可以彻底消失。

16 三月

“你看起来很漂亮，行了吧？天呐，莎拉，每次我们出去我对你说了！你就不能歇会吗？只是——我的天，不要再这样啦！”

“什么？”我放下头发，我正试图将它们胡乱地在头上挽成一个髻来着，我看着布丽尔。她正在开车，眼睛看着前方灰暗的路，她伸出右手在我面前神经质地挥舞着。我将它拍开，叫道：“什么？什么呀？”

“就是这个！”她叫着回应道，“就是你把头发弄来弄去！你总是试图那样做，看起来总是很糟糕！”

在后座，诺埃尔笑了起来，我无法管住自己声音里烦躁的防卫性语气，我说：“我并没有总是试图那样做。我只是——我只是想要把头发挽起来一会，我——”

“哦，没救了，”布丽尔坚持自己的观点。她在奚落我，这我明白，但她也是通过指出我有多差劲来在诺埃尔面前炫耀。但我忍不住了——我紧张得快疯了。每次我知道自己将要见到迪兰的时候，尤其是布丽尔也会在场的时候，我就会紧张。上学就像是登台表演一样——我想要让他看到我，但我手心出汗，口干舌燥，这很吓人。我不知道。有时候对着他或者艾玛吼叫一下，就像在麦当劳那样吼叫，会让我感觉更好。但是到我再次见到他的时候，我就像是——一团满怀恐慌的行尸走肉。

布丽尔曾经能理解，我觉得是，但她现在已经不会在意了。她和诺埃尔谈论着雅各布或者是他表兄弟之类的人今晚准备抽的烟。布丽尔一直希望我能跟她一起抽烟，但我从没有抽过。所以现在我觉得紧张，并且感觉彻底成了个电灯泡。绝对是。

雅各布住在一片比较老的城区，那里的房子不怎么好，但是树木高大。我们不得不把车停在街道上，但似乎就如雅各布所说——只来了几个人——我立刻就注意到了迪兰那辆SUV。我们一走进屋里，我第一个看到的就是他。我从未来过这里，你会觉得吸引我的是火炉上方挂着的雅各布和他姐姐的巨幅照片——他们照片里摆出的样子很囧，那是在一家低等的照相馆照的，那时雅各布还留着一头贾斯汀·比伯式的发型——但我只看到了迪兰，他坐在沙发上，正和凯尔说话，手里拿着一杯啤酒。

他抬起头，看到了我，然后露出了微笑。那种微笑像是在说："嗨，最近好吗?"很轻松的微笑。

"呦，疯狂乐园。"布丽尔在我身后说道，戳了戳我的背。"你打算让我们进屋吗?"

我挡在了门道里，我这才意识到，我像个傻瓜一样赶紧让了路。

雅各布走到诺埃尔身边，吻了吻她。然后他看着我们，说："外套放我房间里，行吧?"看到他成了整个派对的主人，感觉很奇怪。他脸上带着的是一种不再稚嫩的优雅神态。

"来吧，我带你们去。"诺埃尔说道，我们跟着她走进一条狭窄的走廊，两边墙上都是家庭照。

"这实在是太囧了。"布丽尔说，笑着指着另一张焦点模糊的照片。

"你还真别说，"诺埃尔说，"他妈妈想雇个人来拍我们的毕业舞会。"

"啊！不是吧！"布丽尔尖叫道。

"我是想对她说，'找个苹果手机吧，女士。'"诺埃尔又说道，打开了走廊尽头的一扇房门。

果然不出意料，雅各布的房间贴满了购物中心卖的那种性感女郎的海报。有一张是已经很老的帕梅拉·安德森《护滩使者》[1]海报，还有几张蕾哈娜的，然后我就基本上不得不盯着地板，因为墙上只不过是一场美胸盛宴。我等着布丽尔会就这些海报说点什么，但我觉得她并没有觉得惊讶。或许她觉得取笑雅各布的个性装饰会伤害诺埃尔。

我突然记起，迪兰的房间只贴了几张校园足球的海报，他家其他房间都被他妈妈装饰得很有品位。这间房感觉像是从来没有任何母亲进入过，或者说从来不应该让她们进入。

我们把外套放在床上——至少这床是收拾过的，上面铺着绿湾包装工队[2]主题的床单——诺埃尔继续说道："你们想留在

① Baywatch，美国剧集，于1989年在美国NBC电视台开播，讲述的是美国洛杉矶海滩护卫队的故事，其标志性镜头就是美丽的海滩以及在海边慢跑的俊男美女。——译者注

② Green Bay Packers，美国橄榄球队。——译者注

这里抽会儿烟吗？我们可以把窗户打开，很不错的。”

布丽尔朝我看来，好像是我们并没有经常说起过这个话题一样。“你想么？”她问我。

我讨厌自己又不得不拒绝，但我也很高兴她问了——我还是感觉自己落单了，但是这也比她直接无视我要好受那么一点点。我开始摇起头来，诺埃尔又说：“这是好东西，十分的柔和。”

“我不用了，谢谢。”我说道。

雅各布和另一个我不认识的男生从我后面走进房间，我能够感受到，现在我应该出去了，于是我就出去了。我刚一出门，另外那个男生正好在我身后把门关上了，我听见他们都在笑。不是笑我，这我知道。或者说我相当肯定。

布丽尔并不明白我为什么不吸烟，有时候我自己都不明白。和他们一起留在那个房间的想法不知怎的总会让我吓得不行。就好像是，在这间我不熟悉的房间里，和一群我并不真正认识的人——即使是有布丽尔在那里，只是感觉恐惧又孤独。就像是被赶进了一片森林，被遗弃在了那里。在深夜。布丽尔说，那比处方麻药之类的东西好多了，那些东西是真正的退学生才会吸食的。但是不管怎么说，对我来说也太过疯狂了。

我注视着走廊里的一张照片，一张修饰过的雅各布的照片，照片里他可能只有五六岁，是跟一个玩具消防车合照的。我现在唯一的选择就是回到屋子前厅去，迪兰、凯尔还有诺埃尔的朋友艾米在那里玩。我仍然和凯尔并没有特别熟，我想也只能和艾米说上两句话。我再也不懂迪兰了。

至少艾玛不在这里。我深深地吸了口气，强迫自己在豪华的地毯上迈出了脚步。

当我走回客厅时，我首先看到的就是迪兰的脸，他对我微笑着。我感觉整颗心都在膨胀，好像它正在被填满，只是因为那个微笑——又是冲着我，在这么久之后。我几乎无法抗拒。

他很明显有些醉了，但我并不介意。当他拍拍身边的沙发坐垫（这是个表示“嗨，坐这儿来”的通用举动）的时候，我轻轻地走过去，坐了下来。这样做危险而又性感；我的确危险而又性感。再也不介意那个一秒钟之前还不愿抽烟的那个我了——现在这个莎拉从凯尔手里接过了一罐啤酒，并对艾米露出了微笑。

“你们真可爱。”艾米含糊不清地说着，也朝我和迪兰微笑着。我认为她也许是在嘲讽我们，但我也说不准。我觉得我也不会去纠结这个。

“迪兰和什么都很搭。”我鼓起勇气说话了，并且我觉得说得很漂亮。好像从我的嘴里说出来的是布丽尔的话。“他就有这么一张百里挑一的脸。”

“啊，这是什么意思啊？”他问我，语带嘲讽。“我的脸有什么不对劲儿吗？”

“我正要说，呆子。”我说道，调皮地戳了戳他的胳膊。“你的脸没有什么不对劲。那是张很不错的脸。”

我直视着他的眼睛，像个白痴一样傻笑着。在我们之前还在交往的时候，我对他也从未这样直白过——我从没有说过这样的话，这样公开地打情骂俏。不知怎的，我感觉现在自己做得到了，正因为他现在不是我男朋友了。正因为他现在交往的是一个愚蠢的骚货、一个被大家嘲笑的女孩。我是在帮他。我是在拯救他。他可以和我在一起的。现在还为时未晚。

“特克斯去那儿了？”凯尔问艾米。我认为他说的是我在雅各布的房间里看到的那个男生，艾米的回应证实了我的想法。她只是将两根手指伸到嘴边，做出抽烟的样子，凯尔说：“哦，对啊。”

“艾玛呢？”我问迪兰，但是声音很轻，这样另外两人就不会听到了。我保持着面无表情的样子，或者说我努力保持着——但只是为了以防万一，我拿起啤酒罐，喝了一大口。啤酒冰凉，味道很冲，我立刻感觉到一阵暖意一路蔓延到膝盖那里。啤酒和迪兰的微笑，在沙发上紧靠着我的他的身体……危险的组合。

他皱起眉头，轻轻地摇了摇头。“她……我不知道。她说她被禁足了还是怎么的。”

我迟疑了一下，不知道她被禁足是否是因为我和布丽尔的所作所为，是否因为我们对她妈妈所说的话。我随即一震，意识到迪兰也许已经知道一切了——艾玛的父母难道没有打电话给雅各布的父母吗？但是为什么他仍然会邀请我们来玩？天哪，布丽尔并没有向我解释任何事情。我不得不假装没事。

“难道你不相信她吗？”我问道，喝了一大口啤酒。

“当然，我觉得我信的。但她不会告诉我为什么。”

我深有同感地点了点头，解脱感像潮水般涌遍全身，甚至比啤酒发出的嗡嗡声还要迅速。

迪兰的眉头皱得更紧了。“少来了，你根本不会关心我和艾玛，”他说，“你恨她。”

不知怎的，他的话直接击穿了我。如果我要成功地使自己看起来像条受伤的小狗，那我就不能靠近——但我的眼里突然涌出了泪水，我不得不先清了清嗓子，然后才能说出：“她偷走了我的男朋友。”

迪兰一言不发地看了我一阵。他看着我，好像他之前从没有真正看过我一样，但他随即又转头看着手中的啤酒，他端起喝了一大口。他站起身来，我觉得他是准备走开，但当他迈出脚步，他又转过身对我伸出一只手。

“你想离开这个地方吗?”

该死的！我这辈子除此之外再也没有期待过其他什么了。

我和迪兰坐在他车子的后座，感觉又回到了从前，仿佛这是理所当然的。现在感觉也比从前更棒了，因为我没有感到害怕。我了解他，我信任他。他需要我。

我成了那个主动的人——我脱掉了衬衣，当他开始解我的牛仔裤时，我并没有感到酥软无力。我们甚至没有将车开出雅各布家附近的这条街，对此我并不在意。另外几栋房子距离很远，加上又有这么多的树，感觉四周都是森林，相当隐秘。我极度地渴望着这样的环境——我比之前任何时候都更想靠近他。从前，我不知道——我觉得我只是想交个男朋友，或者想要他喜欢我。但现在我已经体会到了拥有他又失去他是什么感觉，我就不能放手。我不会放手的。

但是迪兰把我推开了。我横躺在后座，他支起身子，俯视着我。

“这不是——我并不觉得我们——”

“没事的，”我慌乱地说，“我没事。”

他的脸上闪过一种表情，我真的搞不懂。我也不想知道——如果那是在犹豫，我也不想去听。

我又把他拉向我这边，我们不停地亲吻着。然后，在我生命中是第二次，我又和这个完美得不行的男生做爱了。他很完美，也喜欢我。他并没有真正地离开过。他回来了。我们又回到了从前。

结束的时候，他并没有立刻移开，我用胳膊搂着他。他仍然穿着毛衣，但我并不介意。这样感觉很美好，很温暖。然后我们都坐了起来，各自重新整理起来。我想笑。我好像有一百年都没有感觉这么好过了。

但是当我看向迪兰的时候，他低着头。然后他说："我很抱歉。我只是觉得……我也不知道。"

我张嘴想说点什么，但我又卡住了。怎么回事？他想要听什么？

"这……这没事。"我终于说出话了，尽管我甚至都不知道自己想表达什么意思。为什么他要道歉？

他摇摇头。"艾玛真的是个很不错的人。"他告诉我。念出她名字的声音感觉像是直指要害的重击，但我沉默地坐着，等着他继续说下去。"只是太难了……她之前一直过得很辛苦。并不只是在爱姆伍德中学和你们相处这点事。"

我想要指出的是，在情人节之前，迪兰本人并不会处处维护艾玛，但我觉得他不像雅各布或是泰勒那样刻薄。说实话他并没有做过什么。

我清了清嗓子。如果我们必须得谈论这个话题，那么好吧。很明显，他会和她分手。这样也许我还能够为艾玛·帕特曼稍稍感到抱歉，也就这次而已。

"我听说她在看心理医生。"我说。

"是的，她看了。但事情并不是那样。"他又说道，现在他看着我，眼神恳求着我理解他，尽管很明显我理解不了。"在她之前的学校，真的太难了，他父母觉得转学来爱姆伍德中学会有帮助。或者是她妈妈那么觉得，我是想说——我也不知道，似乎她继父是个彻底的混蛋。”

我忍不住哼了一声。“对，好吧，如果有什么继父能在哪天给我买辆奥迪的话，我倒是愿意找一个。”我说。我真的愿意。我不明白爱姆伍德中学半数的孩子是如何四处招摇、装出饱受折磨的样子的。自从去年那次世界第一糟糕的圣诞节节后来访以后，我甚至都没有再见过我亲生的爸爸。他给两个男孩子带来了一些运动装备，然后递给我一张未拆封的泰勒·斯威夫特的CD。我当时只是盯着它，甚至无法解释这该是多么敷衍的一件“礼物”。

迪兰用手梳了梳头发，我不知道自己现在是不是在把事情搞砸。艾玛是个爱闹情绪的麻烦鬼——我容易相处，不会找什么麻烦。我是个乖乖女，是他的理想类型。

我在座位上往他那边挪了挪，将头依偎在他的肩上。“很抱歉，让你得去应付这一切。”我说着，伸手去拉他的手。“但我很高兴现在情况好多了。”

他的整个身体在我下面绷紧了起来，他的肩膀从我的脸颊下面缩开了。“呃，莎拉，这——”

我往后靠回去，对他微笑着，让他看到我有多高兴。在我胃里某个地方，我能够感到有什么不好的东西快要降临，就像是当你最早意识到你要吐出来的时候，呕吐开始之前闪过的那种恶心感。但我没有管它。我很好。这样很好。

“这是个错误。”他说道，声音很低。“我真的很抱歉。”

他的声音是那样柔和而低沉，但却在我脑海中回响着，好像他是在尖叫一样。恶心的感觉又涌了上来。

"你是——"我开口说道，随后又停下了。我的声音刺耳，太多东西哽在喉咙里——呕吐物和眼泪，就像是一整堆巨大的、令人痛苦的肿瘤——余下的话我一个字也说不出了。我一次次地吞了回去，而他没有正眼看我。等我能再次开口说话的时候，我的声音只是短促的尖音，因为我没法呼吸，但我还是语带沙哑地说道："你说什么？"

"我真的很抱歉。"他仍然压低了声音。他很悲伤。但他还是说了。"这样的事不能再发生了。我很抱歉。"

我动弹不得。我的手和脚以及五脏六腑也都失去了知觉——我不是僵住了，因为那样总还能感觉到点什么，还能感觉到踏实。我现在感觉沉重又虚弱。我失语了。我再也不会好了。

"嘿，对了，你需要我开车送你回家吗？让我带你回家吧。"迪兰在他的口袋里摸索了一阵，最后把手往额头上一拍，说道："啊，很明显我的钥匙在车里啊！"他发出了一阵像是在笑的声音，然后看向我，但我仍然一动不动。我感觉自己被羞辱得眼睛都没法眨一下，更别说是看他或者去笑他的车钥匙。

"那么……好吧，"他含糊其辞地说着，"那你就……你可以就待在那儿，如果你愿意的话。我要……呃……我只是……"他没有试图再解释什么，他只是离开后座，换到了前座。当车门打开的时候，大股大股的冷空气钻进了车里，突然间空气闻起来有种潮湿的泥土味，那种早春的气息告诉着你，冰雪开始融化了，总有一天太阳会再出来。

也许会吧，对其他哪个女孩来说会的。也许是对没有被一个不爱她不需要她的男孩出于礼节而开车送她回家的女孩而言。不闹情绪的女孩对谁而言都不够刺激。对于努力想要做个好朋友、做个好女朋友的女孩，只能说她还不够好。

我想阳光会洒落在艾玛漂亮的头发上，她那如此艰难的人生又会变得快乐。迪兰会让它变得快乐。

但我是坐在后座的那个女孩，躲在暗处，泪流满面，没来由地哭着，也无处哭诉。

17 九月

“我想让你开始每周做一个晚上的晚饭。”

“什么？为什么？我还有一大堆事情要做！而且我也不懂怎么——”

“就一个晚上，莎拉。别这样嘛。而且你也懂怎么做饭，你一直都帮着我弄蘑菇鸡肉的。或者你可以帮我从盒子里弄点辣酱，或者芝士通心粉。”

“多么有营养。”

妈妈停下了手中正在案板上切着的洋葱，用菜刀指着我。“我说真的。你一回家，就钻进自己房间消失了。我们看不到你。我们理解，你很困扰，因为所有……这一切。”她挥着菜刀画着圈，随后似乎又意识到了自己正用一件武器指着自己唯一的女儿，就小心地把它放在了台子上。

“我有很多事情要做。”我固执地说道。

“下周这事就会彻底结束，”她说，“我们就能够回归平常了。但是你得帮我们回归平常。”

“要说平常的话，我之前并不做饭。”

“汤米！”妈妈扭头喊道，并没有理我。“够了！快叫你弟弟下来吃饭！”

“为什么他们不用做饭？”我问道。现在我只是在发牢骚，我也知道，但我就是停不下来。我只是打算钻进我的房间消失掉，就像她所说的那样，我发誓，要是我再不立即从这厨房离开的话，我会发疯的。

“他们要的。他们会做。那是计划的一部分。”妈妈说道，她将切碎的洋葱放进一只烧热并放了黄油的平底锅里，然后那些碎末开始冒着热气，发出吱吱声。“汤米！我听不见你说什么。”

咚！咚！咚！“来了，来了。”我们听见汤米这样说着。我们没看见他人，但我们听见他的脚步声持续传来，从地下室楼梯那里，穿过房间前厅，一直跑到二楼。

“天呐，这楼梯跟他是有什么仇？”妈妈说。她脸上露出微笑，一瞬间我不知道为什么那看起来很奇怪。随后我意识到——她再也没有微笑了。从没有。

“我只是想——”我说着，正准备离开，但她拦住了我。

“你去收拾下餐桌。餐厅那边。”

我一声叹息。“对，就是这样。”我说道。回归平常。天晓得那是什么意思。

我坐在床上，看着从特雷莎办公室带回的笔记本，正在这时响起了急速的敲门声，然后我的门就被强行推开了。

“他妈——”我正准备骂人，以为是我哪个弟弟。但结果我却看到了妈妈。

“我能进来吗？”她在门边徘徊着问道。她换上了睡衣、瑜伽裤以及玉米人队的毛衣。她头发高高挽起，戴着眼镜，这总让她看起来更年轻。她以前常常会在每晚这个时间进我房间来，只是为了谈谈心，只是为了在每一天结束之前共度一点点的“女孩时间”。显然，那样的事情不会再发生了。显然，这次肯定是为了其他的事——我想说的是，谁还有时间过什么“女孩时间”啊？反正我们是没有的。那个害死了艾玛·帕特曼的女孩和她妈妈是没有的。

“行，可以。”我说。我把笔记本推到背后，塞进一个枕头下面，然后把一本课本拉近了些，假装我是在学习……嗯，欧洲历史。我觉得这本书我甚至都没有翻开过第二次。实际上，当我随手翻到一页时，它发出噼噼啪啪的声响，这明显是新书才会有的声音让我有些汗颜。正好翻到的是中间部分，那一章讲的是犹太大屠杀。一张吓人的黑白照片，三个枯瘦如柴的男人用巨大的眼睛注视着我。我又把书合上了。

妈妈来到了我的书桌旁，看着我的那块软木板，就像汤米那天一样。“那是卡尔迈克为你做的吗？”她指着一张CD问道。当然她说的是用马克笔写着“卡尔迈克棒极了”的那张。那应该是个玩笑，那时候我觉得我们是可以相互开开玩笑的那种朋友。或者什么朋友都不是。

“不。”我说道，希望她能够放下它。很幸运的是，她只是点了点头。

“听着。”她说道，终于转过身，朝我床边又走了几步。她迟疑了一下，因为整个床上都是我的书和双肩包。我伸出一只手，把英语书和科学书都推下了床。我见她翻翻白眼，但还是坐到了羽绒被上我帮她清理出的那块地方，然后继续说道：“娜塔莉和我谈过你在写的那份声明了。”

我并没有回答或者点头什么的。我知道这一切，或者说最终能猜到。

“她说你会让她先看？”

“对，我觉得必须这么做。她是律师，她说的话有道理。”

“肯定的，”妈妈说，“你觉得——我是想说，如果我也看一次，你会介意吗？”

我眨眨眼。她——什么啊？“为什么？”我问道，惊讶得不知往下说什么。

她轻轻耸了耸肩，只耸一边肩膀的样子和亚历克斯一模一样。这是种诡异的、偶然出现的家族特征。看过《僵尸启示录》之后，我坚信通过耸肩的方式能够判断自己和谁有亲缘关系。

“这半年里我一直在琢磨……我只想知道你怎么样，”她平静地说道，“你都没和我说话。”

我能看到她的眼睛里泛着泪光，我深深吸了一口气，准备说……我不知道说什么，但我需要说点什么，不是吗？但她伸手过来，迅速地抓过我的手，握在她那只柔软的、摸过护手霜的手中，那只手戴着一只卷曲的标准纯银戒指，而不是婚戒。

“你不是必须得和我说话，莎拉。你成长得太快，我懂。我知道你在这个家以外也有生活。我知道情况……很复杂。”她盯着我们的手，而我也盯着。我们的手指的形状如此相似，同时又如此不同。我的指甲涂着斑驳的灰色，而她的指甲涂着难以察觉的粉色，那是在家自己弄的美甲妆。我的手腕戴着一圈橡皮筋，那是从一本已经散架的学校活页本上取下来的，而她的手上仍然戴着那块小巧的金银嵌色手表。那块表是她的妈妈作为高中毕业礼物送给她的。我觉得我应该得到它的。我已经完全忘了这事了。当我还很年幼的时候，我觉得自己在最终得到那块表的那天会高兴得不得了。我觉得我会真正像个大人。漂亮而自信。有着一双妈妈那样的手。

“我觉得告诉我也许会轻松些，你知道的，你有什么感受，如果是写出来的话，就这样。”她又抬起头来，微笑着，眼泪已经不见了。“我还记得在十七八岁的时候我曾经有多讨厌和我妈妈说话。她什么也不懂。”妈妈笑了，我发觉自己也微笑着。外婆相当的酷，尽管在几年前她搬去新墨西哥州以后，我们并没有怎么见过她了。显然，妈妈再也不用面对和她交谈的问题了——现在她们一周大约打三个小时的电话——但我一直喜欢听这样的故事。

但我觉得今晚并不适合讲故事。妈妈放开了我的手，往后坐直了身子，看了一眼地板上我的那些书。她一边拾起它们一边说：“不管怎么说，如果你想给我看，我会很乐意读读。但是，当星期二你去宣读的时候，我肯定也会到场。”

她把书堆在我的床边，站起身来准备离开。我还是一言不发。我的手还残留着她握过的余温。我并没有意识到，整个夏天，整个这一年，我对她说过的话少得是多么可怜——我一直觉得她才是不和我说话的人。但是也许情况正好相反？也许一直以来是我把情况弄反了，搞混了？

她现在走到了我房间的门边，但她停了下来，回头看着我，好像她能够听见我的想法一样。“你知道的，宝贝——你知道我爱你，对吗？”

我点点头，依然沉默无语。

“我为你所做的感到骄傲。我不是——我并不喜欢发生的这些事，你懂的。我并不喜欢在娜塔莉办公室里听到的一切。我记得高中的样子，我知道那里有多残酷。我知道布丽尔。她个性很强。她很会活跃气氛。我知道你是如何被拖进这一切——”

我把话咽了回去。这些话妈妈之前都说过，尽管自从九年级以后就没再怎么说了。有一阵子，她非常希望我不要和布丽尔一起玩，但是大约一年之后，我觉得她最终放弃了。那个时候，只要她不再去数落布丽尔对我的“影响”，我就高兴得不得了了。

但我不记得她还说过她接下来要说的话。

“我是站在你这一边的。我是你的妈妈，我会一直站在你这边。你那种想要自杀——想要做艾玛做过的那种事的想法……我只是不知道（如果那样）我要怎样才能继续活下去。我只是——我只是非常庆幸不是你。”

我感到一阵麻木，但她正专注地看着我，我点了点头。

“我很高兴你同意了这么做，在法庭上说话。因为不管这事对我们来说有沉重，我也无法想象对他们而言是怎样地更加糟糕。我觉得如果我是艾玛的妈妈的话，那对我而言会很重要。”

她双唇紧闭，嘴巴微微撇向一边，好像是不知道是否要说点别的。但她没有再说。她只是微笑着，带着些许哀伤，然后静静地拉上了我的房门。

我坐在原地，笔记本的一角在枕头下面硌到了我的后背。我等待着。

一夜之间，学校里每个人都猜到了下周会发生什么事。他们甚至突然间都知道了“当庭供认”这个词，好像它是个考点似的。他们许多人都公开地表明了自己在这个话题上的看法。简单地说就是“令人不快”。更啰唆一点的说法是，“你应该进监狱度过你的余生”，大多数人似乎都更偏向于这个说法。

到吃午饭的时候，我还没有看见卡尔迈克，尽管我一直在到处找他。我担心他今天一天都不来了，但是当我走出后门去车里吃我的三明治的时候——我有整整一年没有踏进过这个食堂了——我终于看到了他，还有他的自行车。我深深吸了口气，朝他走了过去。

“嗨，我又来了。”我说道，没有注意到自己实际上听着像个白痴一样。“我们可以谈谈吗？”

他看上去像是正准备把自行车的锁从档位上取下来，但他站了起来，扭头看着我，双手插在牛仔裤的裤袋里。“当然可以。”他说。

“之前我表现得很不对。”我说道。我轻轻地把肩膀往后退了退，试图让自己显得高些，勇敢些。更加自信。“我真的很抱歉。”

“没事。”他说道。他看着我，好像并没有真正明白什么，或者至少是还没有确定。

“也许这个周末你可以让我带你去吃个饭。”我继续说道。“我意思是，如果你觉得还不错的话。我只是——我不知道下个周末我会在哪里。所以这个周末就好，如果你可以的话。”

他缓慢地点了点头，脸色缓和一些了。

“我并不是有意说那些话让你感到抱歉的。”

“没事。”他又说道。

“但是如果你真的是因为感到抱歉而答应我，跟我出去，那也可以。”

终于，他奇迹般地露出了微笑。我感到如此高兴而又解脱，所以立刻也对着他微笑起来。我几乎快要大声地笑出来，但我忍住了。

卡尔迈克往前走了一步，拉近了我俩之间的距离，他抚摸着我，羽毛一样轻柔，在我的鼻子上。只是指尖的触碰，只有一小会儿，但那却让我头脑晕眩，心跳加速。“谢谢你这么做。”他说道，把手放回了裤袋里。

“不用谢。”我低声说道。我们仍然站得很靠近，我还沉浸在他的手那样抚摸我的脸庞所带来的晕眩感中，就好像是闭上眼睛但还是能够感觉到有人在你旁边。我突然记起学过的生物学里讲过，在某种情况下，生存本能会让你做出一些应激反应。我记得不是很清楚了——那是另一门我和布丽尔一起上的科学课，所以我基本上能够想起的就是，那天以后，每当我闭上眼睛，她就会把一支铅笔举到我的额前，或者在我面前挥手，然后等我被吓得弹开时，歇斯底里地笑起来。

布丽尔就是那个样子。我觉得，没有人会懂的——哪怕她的确喜欢你，她还是会嘲讽你的。如果她喜欢你，情况尤甚。那么，如果有人对她或是她朋友很刻薄的话，她就会转而嘲讽你。当然，说的话可能更加不好听。有时候会相当难听。但是——和卡尔迈克站在这里，随着时间的流逝，莫名其妙的，我突然明白了这一点——那是她的生存本能。那就是她应对的方式。

没有她，我就无法应对。因为我的本能就快消失。都是因为艾玛·帕特曼，我永远没法再次隐形了，无论我多么努力地尝试。和布丽尔在一起，我本可以成为一个登上学年年刊的女孩，一个受欢迎的女孩，一个自信的女孩。艾玛把我变成了一个刻薄的女孩。

对吗？她没有吗？或许布丽尔也有责任？

单靠自己一个人，我是不会变得这么刻薄的，我会吗？

我眨了眨眼，眼神再次聚焦到面前卡尔迈克的脸上。他又退后了几步，说："对，我这个周末在的。也许我应该带你出去。更符合传统些。"

"你似乎并不会那么恪守传统的。"我向他指出。

他又耸了耸肩说："你还是不够了解我。"

我的脸颊热得厉害，突然间，我希望自己一开始就直接去开车，不要管这些事。我无法想象自己的人生能挺过下周——挺过我将出席和发言的那间法庭。我无法想象在这之后人生要怎样才能继续下去。我知道我们会和解这个案子，但是我多少还是感觉，法官会听听我的发言，然后说："不管了，送她进监狱。"

也许那样会更轻松些。因为我在这儿能做什么？交新朋友？思考怎样才能成为人们能够真正忘记的人？

成为卡尔迈克能够忘记的人？我觉得那会是个开始。我觉得那正是我要试着去做的。

"尽管如此，还是有时间的，对吧？"我终于说话了。"我仍然能够了解你。如果你愿意的话。"

这是我对一个男生所说过的最疯狂、最大胆的话。我觉得自己就要当场晕倒在人行道上并死于尴尬。

"对，我也是这么想的，"卡尔迈克说，"那么星期六我开车来接你，行吧？带你出去吃最后一顿饭。"

我对他的玩笑以及他的邀请都报以微笑。"好吧。"我说。

"那好。我现在得走了。"他又说道，往回指了指自行车。

“你留在这里没问题吧？”

我点点头，看着他打开自行车的锁，将它取出档位。“再见。”他说着，骑着车走掉了。

我的心仍然在胸口怦怦地跳动着，也真切地敲打着我，但我也感到更加温暖了。我感觉像是刚完成什么任务一样。

我看向停车场，不知道现在去我车里躲一会是否太晚了。就在这时，一群女生，包括艾莉森·斯蒂普，从我身边经过。我准备举起手向艾莉森打个招呼，但立刻就看到她扭头转向了其他的女生，林赛之类的。艾莉森跟林赛说着悄悄话，林赛扭过头来看着我。她们都笑了起来。那笑声让我感到脊柱发凉。

我低下头，看着自己的鞋子，我希望我的头发能够再长一点，这样就可以把脸挡得更多。我不知道在这里要做什么。

“骚货，”一个女孩轻声说道。

我感觉自己像被扇了一巴掌，但我低着头，等着她们走过去。

如果生存本能能有什么价值的话，我立刻就会逃走。但是高中有着一套不同的规则。然后还有另一套针对我的规则。如果你是我，你只需要站着不动，狼群自然会围上来，舔食它们的猎物。

即使在我受审那天以后还有人生，我也觉得我不会过得好了。

但我又不得不去过。我不能就此放弃。就像艾玛那样。那不是答案。

我低着头，转身走回学校，走到了我的储物柜那里。我能感受到他人的目光，但我却想着卡尔迈克，想着我会如何进一步了解他。因为他会给我机会。在我落下来的头发后面，我发觉自己微笑着，轻微地。

这道幸福的微光来得多少有些不合时宜，但我没法去想那些。我只是抓着这道微光，这一线光明。我让自己感觉到了那么一点点幸福。尽管它有些疼痛。

18 三月

我的天呐，你错过了这一切。

你没有真的和那个混账的迪兰离开?

回我短信，蠢货。

???

天呐，你是有毛病吗?

艾玛现在吓坏了。

凯尔说她为迪宝着了魔。

你现在到底在哪儿???

我在床上翻来覆去，没去理睬第五百万次响起的电话。差不多是中午了，而我起来实际上已经有一整天了——亚历克斯需要有人开车送他去比赛，汤米需要有人帮忙为他的科学项目做个立体透视模型，妈妈要我去商店买点她忘了买的香蕉回来——但是现在他们都在吃午饭，而我已经逃回了自己的房间。当然我的床还没有整理，这意味着更方便钻进被窝了。我甚至懒得先脱掉牛仔裤。

我觉得电话响起是因为布丽尔发了短信来。我本该告诉她昨晚我为什么要消失，但是不管怎么说，她也不该把我留下跟迪兰在一起。我很讨厌成为她施舍的对象。或者说，成为她的科学项目中的立体透视模型。社会科学。我试图去做她让我做的事情，并等着看结果会如何。

我只想睡觉，但每次又来短信的时候，我都会想知道星期一学校发生什么事了。我是想说，要是我再能把自己拖去那儿就好了。很明显，我不会告诉任何人发生了什么事，很明显，迪兰不想让任何人知道。他希望什么事情都没有发生过——或者说，至少和我之间什么都没发生过。他没有和艾玛上过床吗？我的意思是，那就是他之前想和我上床的原因，不是吗？我觉得实际上我并不知道。但我之前觉得事情就是那个样子。我们都在做些什么事?!

不管怎样，这都是个秘密。它会永远成为秘密。如果迪兰现在并不想和艾玛分手然后跟我在一起的话，他是不会告诉任何人的。尤其是艾玛。

是吗？

如果他告诉了艾玛，我会相当抓狂。她才是那个犯贱的人——她才是在这件事情里最先犯错误的人。但是如果迪兰不想离开她，那么现在人们只会认为是我犯贱。

我成了最新诞生的骚货，所以我自然也就败了下来。

天呐，这也太侮辱人了。我是不会再离开这张床了。

当我最早开始和迪兰约会的时候，我曾经很喜欢人们突然间知道我的身份，很喜欢自己能够和高年级男生说话，他们人很好——或者说够好——我感觉自己不再像是布丽尔的跟班，而是变成了一个更加受欢迎的女孩，一个可以出现在学年年刊上的女孩，而年刊上其他人的照片只是为了好玩。这些照片拍的都是极少数的同一群人，那些孩子都有着闪亮的头发、豪华的汽车以及印着字母的防寒夹克。布丽尔有时会出现在这些照片中，但我最近一次出镜是在第二学年，当时我在一张照片里露了半个头。紧靠着布丽尔那张微笑的脸，但是被切掉了，因为照片里我们有一大群人。在结识鲍勃和迪兰他们那群男生之前，我们也常常和艾莉森以及其他一些男生出去玩。布丽尔闺蜜的身份总会让我更受欢迎，但我从未真正地进入角色。

我是想说，我明白的，通过Facebook和一切，上个年刊并不是那么重大的事件。但是我妈妈的年刊仍然保存在地下室里，她好像是这些书里的明星。当我还很小的时候，我经常翻阅它们，觉得这一切最终也会发生在我身上——也就是，我长大后就会变成那样一个姑娘，一名啦啦队成员，某个大帅哥的女朋友，一段说着“高年级生万岁”这种口号的黑白影片里的一张笑脸。只不过，现在已经是第三学年快结束的时候了，我并不是啦啦队成员，我也不是谁的女朋友，我更不是年刊里的明星人物。我仍然是在八年级时被布丽尔选中的那个无名小卒。

嗡嗡。

好吧。我就来看看这些该死的短信吧。很明显，我不会再去学校了，但是我有点好奇到底是什么事情有这么重要。

呃，什么？

电话又开始响起时，我正握着它，读着上面的未读短信，然后我立刻蹦了起来。是布丽尔，但这次是她打来的——来电显示图片是她去年夏天在游泳池拍的，那张照片永久地成了她的专属图片——它直接跳到了我眼前。我盯着她的脸看了一下，心怦怦地跳着，手指犹豫着要不要按下接听键。

就在那个键旁边，挂断键像是回应般直视着我。我就不能按下挂断键吗？不能不去管这个电话吗？

“嗨，布丽。”

“莎拉。我的天，你是去哪儿了？你是要和你的白马王子私奔，一起消失在茫茫黑夜，所以连我电话也不接了是吗？”

我往床上倒下，脸朝下倒在了枕头上。“唔。”我说。

“好吧，只是那还不够好，小姐，”布丽尔说，“为什么凯尔一直跟我说艾玛失去了她的什么鬼宝贝？你和迪宝去哪儿了？”

“没去哪儿。好吧，我的意思是，他带我回家了，”我告诉她，“我不知道艾玛为什么抓狂。她不是一直都那样吗？”

布丽尔轻轻地“嘻”了一声，那是她特有的笑声。“说得对，”她表示赞同，“今天是她闹情绪闹得正凑巧的一天，因为她已经，怎么说呢，永远被禁足了。我觉得，她妈妈终于对于我们对雅各布所做的暗示有所回应了。”

我坐了起来。“雅各布也被牵扯进去了吗？”

“天呐，没有。昨晚你不是在他家吗？我告诉过你的，没有人真的会关心。或者说，无论如何，他们从没有跟他那对疯子父母说过话。和他们比起来，我的父母就是正常人了，看在上帝的份上。”

“哦，那很好。我是这么觉得的。”

“对，这很棒，雅各布改天会沦落到去勾搭未成年人的。”布丽尔不屑地说。我能够想象到她在空中挥挥手，把这个话题甩开的样子。“不管怎么说，你还是没有告诉我发生了什么事！你们彻底谈崩了吗？你们彻底谈崩了。你们相互吵来吵去，艾玛会羞愧地逃到另外某所女子寄宿学校去，最终会的。”

要是我能够同意她就好了。但是我却很生气，因为她把这事说得很轻松似的。任何事情都是那么轻松，对于她而言——她有许多朋友，她家财万贯，她长得漂亮，无忧无虑。为什么我觉得自己也可以像那个样子？

“没有，”我终于对她说道，“没发生什么。他只是送我回家了。”

“切！”布丽尔叫道，“切切切。你知道什么才够得上是更好的故事吗？你们争吵的事情。实际上，我觉得我将确保骚货帕特曼会听到那个版本的故事。就让我……”她的声音变小了，我听见了敲击键盘的声音。

“等等，你在干什么？”我问道，恐慌感沿着我的喉咙一路往上爬。

“哦哦，这挺好的。为什么我们之前没有想到这么做？管他呢，现在这是个天才的主意。既然昨晚你和迪宝出去玩的确是事实，那么她肯定会相信这个的。”

我又把脸埋进了枕头。我知道布丽尔在做什么——也许并不是很清楚——但是一想到她是在编造又一出谣言，感觉这一点也不像是什么天才的主意。或许她只是直接用电子邮件发给艾玛而已，谁知道呢。要是昨天的话，我本来也是会帮她的；要是昨天的话，我本来甚至会编造出一个和我昨晚所做之事差不多的故事，只是为了回击艾玛。而现在我只觉得……疲倦。

“好吧。两点钟我来接你，行吗？穿好看点。”

“为什么？”我想不起来今天是和布丽尔约过什么事。昨晚之后，我多少猜到她还有些宿醉，或者仍然在和诺埃尔玩。突然之间，我感到一股上涌的力量。布丽尔是怎么做到的？只是“我来接你”这样一句话，就让我下了床，走向衣柜。

“啊，比赛啊！天呐，你今天是怎么了？昨晚迪宝给你说什么了吗？”

“没有。”我撒谎了。我知道我不能，但我突然非常想告诉她真相。她会觉得很不错——但同时，她也不会理解。这太令人尴尬了。天呐，我真是个烂人。我打开衣柜，好了——没有可以穿的。

“好了，当我们到的时候，你可以跟他打个招呼。艾玛会知道你俩又在交往了，这样她又会上演一出大呼小叫，然后是去寄宿学校，我们就这么做吧！啦啦啦啦。”

布丽尔大声唱了句“再见”，然后挂掉了电话，而这边的我其实露出了些许笑意。但她的声音一消失，我讨厌的情绪又扑了回来。当迪兰在比赛时看到我俩时，他会想些什么呢？这看起来简直就像是我在跟踪他。

一系列的选项掠过我的脑海，尽管同时我正从衣柜里一堆要洗的衣服中抽出自己的牛仔裤。我可以带上两个弟弟和我们一起去；打电话给布丽尔，告诉她我病了；或者现在直接开车前往墨西哥——但是我不能。我甚至不能说服自己的是，我想做这些事中的任何一件，因为我知道真相是什么样的。我想见迪兰。我想让他看到我。我仍然认为他可能会来接我。只是也许，也许布丽尔说得对。也许艾玛会转校。也许这一学年剩下的时间会恢复到应有的常态，我会出席迪兰的毕业舞会，还有他的毕业典礼。还有他的派对。还有学年年刊。也许还有明年他大学的派对……

迪兰犯了错，他在情人节那天和艾玛接了吻，这没什么。我想，也许另外还有几次。他现在很困惑，这也没什么。但是昨晚我所感觉到的温暖和力量却的的确确是真实的，他也的的确确感受到了。我们在一起很好，他喜欢我。艾玛只是个乱人心神的鬼东西。她现在惹到麻烦了。周末剩下的时间里，她不会再出现了——她不会来看比赛。她会听人说我来看了比赛，就像她听人说昨晚我坐着迪兰的车离开了派对一样。她会跟他分手。或者是他跟她分手。

这都不要紧。唯一要紧的是我现在就需要一件该死的毛衣，然后一切都会好的。

最终会的。

“我并没有想到你会来。”

“是的，我想说的是——布丽尔也要来，我真的很想来。我是指，来看你的比赛。我只是——我不知道。对不起。”

迪兰搓着头发，他冲完澡后头发还湿漉漉的。布丽尔在走廊那边，跟马尔库斯说着话，我靠在储物间的墙上，迪兰刚从里面走出来。比赛是在市内天主教学院的室内场地举办的，水泥砖墙全被涂成了蓝黄交织的耀眼图案。我感觉自己正斜眼瞅着迪兰——在我能够强迫自己正眼看他的时候，不过怎么说呢，这种时候也不多。

我昨晚机敏的调情能力早已蒸发殆尽。现在我只是个连为自己说点什么也不知道的跟踪狂。

但是迪兰耸了耸肩，微微一笑。“见到你很高兴。”他平静地说道。

我满怀希望地抬起头看着他。

“我们去吃点东西吧。就在那边那个餐厅怎样？”

我的心轻轻地震了一下。我知道他说的那个地方——那是一家卖高档牛肉的老式餐厅，就像电影里那样。市区有好些不错的地方，它们会真正让你有大都市的感觉，而那就是其中一家。我不知道自己为什么会为一家餐厅感到这么激动，但我点了点头，热情得有些不合礼节，然后一直屏住呼吸，直到——

“你们愿意来吗？”

“愿意！愿意的——我是说，愿意来，我这就去告诉布丽尔，行吗？”

我没再说下去，迪兰拿起他的包，朝另一群男生走去。我简直不能相信事情会成这样。

“姐们，来看看这个。”布丽尔突然出现在我身边，拿出她的手机。我低头一看，上面是一张刚才我的照片——正和迪兰说着话，面带微笑。布丽尔刚把它发到了Facebook上面。“‘寄宿学校行动’开始执行，坏女孩们。”布丽尔收回手机，把它放进了外套口袋里。“他是邀请你去吃饭，还是怎么的？”

“是的，”我说道，试图不要笑得太大声，“我们走吧？”

“我们走？我们已经到了啊！”布丽尔转过身，大步走向体育馆大门，大摇大摆地甩着胳膊。“多好的一张照片！我真是天才！”

深夜两点钟，我还在网上，浏览着布丽尔用手机上传到她的页面、我的页面以及棒球队页面的照片。我和迪兰在走廊，我和迪兰挤进餐厅隔间（位置由布丽尔安排），我和迪兰在一家不错的唱片店，就隔那家餐厅几个街区，我和迪兰在7/11超市买口香糖。我又点开在餐厅那张照片，看着我俩的脸。你能看出我们在恋爱吗？大家都能看出的，不是吗？难道只有我吗？

我们一起在市区闲逛了好几个小时，在冷风中到处游荡，随意浏览着各种商店。布丽尔在大约十点钟的时候和马尔库斯不辞而别，迪兰提议开车送我回家。我高兴得完全忘了自己一整天都没给妈妈打过电话，到家的时候我可能会有点麻烦。好吧，高兴，又有点紧张。我上次坐在迪兰的车里也不见得有这么轻松自在。

但是今晚好像迎来了全新的一切。在车子行驶的过程中，我们甚至都没有真正说过话。当他把车停在我家门口的时候，我们都坐着没有动。

然后他说："听着，我很抱歉——为所有事情抱歉。"

"我也是。"我说。我取下安全带，转头看向他。他一头短发被压在一顶针织帽下面，长长的睫毛在透过挡风玻璃的街灯灯光下微微闪着光。我深深吸了一口气，眼神朦胧，嗅着他剃须后抹的润肤露的味道。

"我现在也不知道该怎么办。我真的很喜欢你。"

我突然又惊醒似地睁开了眼。"我也真的很喜欢你，"我不由自主地说道，"我一直都真心地喜欢着你。"

我很肯定自己是说得太多了，但是迪兰随后靠过来吻了我。非常的温柔、体贴。就像是在吻别。当然更像是一个初次问候的吻，一个全新的开始。

他往后靠了靠，好让我们能够看清彼此，然后稳住呼吸，好像是还有什么话要说。

但是在他开口之前，我先说了出来："我们可以重新开始吗？"

他准备回答我，但我一直说着停不下来。"我真的为之前的一切感到抱歉。我只是觉得艾玛——我只是觉得她是在利用你。但是如果你想让我对她友善一点，我能做到。我只是很想你。”

我没有再说下去，咬着嘴唇，试图把胃里那一团异常纠结的情绪压下去。

“我也很抱歉……”他说道，然后又沉默了。

“没关系，”我立刻说，“你不必——我是说，不要介意，没事的。我今天真的很开心。谢谢你开车送我回家。”在我冲出汽车、跑进家里之前，我努力地又给了他一个微笑。

现在我闭上了眼睛，关上了面前的电脑屏幕，以及今晚其余的记忆，妈妈在一边抱怨着我没有打电话给她的事，还有明天我得去做的一堆破事。我一直闭着眼睛，直到我又拿起电话。上面还显示着迪兰开车走后一小时收到的短信。

我也很开心。明天再联系。

然而又一次，我的胃痉挛起来，兴奋又紧张地翻腾着。我最后一次查看了一下电脑，看到了一封新的邮件。

艾玛·帕特曼在推特上关注你了。

天呐，她太可悲了。她现在会跟踪我吗？我觉得在布丽尔今天上传照片之后，艾玛她——怎么说呢？我都不知道该怎么说。我登录到推特，准备立刻删掉她——我不怎么上推特，但这也太诡异了——但是我决定首先看看她的资料，然后再说。

这下我才看出，或许艾玛也并不怎么上推特。也许根本没上过。我是想说，那并不是真正的艾玛。

她的头像是只猪。发的照片都是布丽尔今天拍的，标题都是“我偷走的男生更喜欢好女孩”一类的。它们都标注着“艾玛·帕特曼是个骚货”。

哎呀！我知道布丽尔是打算支持我。但是这……这做得真不是时候。迪兰会认为这是我干的，或者至少觉得我是知情者。布丽尔也许会觉得这很有趣，但是也许此后再也不会是那样了。也许它会让一切都变得更糟。

我的聊天窗口弹了出来。当然，是布丽尔。

艾玛·帕特曼是个骚货，坏女孩们!!!

我摇摇头，赶紧回了她：你不能那么做，迪兰会认为是我做的。

你真没劲。

然后她又下线了——她只是上来和我玩一下。我又回头看了看推特，看到艾玛的号新发了一条。

我没有什么朋友，喔嗬，因为艾玛·帕特曼是个骚货。

这可真不妙。

我关掉电脑，把它放在床边的地板上，希望布丽尔马上停止这么胡闹，而这事也会就这样过去。现在，我要睡觉了。我会梦见迪兰，还会梦见我的人生，我的人生最终回到了正轨。

19 十月

“上饭啦！额外加薯条！”

“我要，我要！”

“好的，那，给你……我给你弄点调味酱……”

“不！不要放在煎饼上！”

“不放？你加薯条不放酱吗？”

“是加巧克力条！”

“哦，我懂了。好吧，如果你希望吃那个的话……”

“爸—爸！”

亚历克斯尖声叫道，好像他小了五岁。我翻了个白眼，但是还好，没有人看得到我——我还在大厅里，远离了他们的视线，没有和大家一起待在厨房里。听见亚历克斯笑让人很高兴，但是不能看到他们，因为看到爸爸故意摆出家长架势那么做，也是够头疼的。甚至连听听也很难受。

我能听见他转身走向灶台那边。平底锅里黄油“嗞嗞”地翻腾着，锅铲发出与锅底摩擦的声音，然后我听到他说：“汤姆猫，你是吃调味酱的，对吗？快来吃食吧！”

亚历克斯听见笑得更厉害了，但汤米只是说：“不，我也只吃什么都不放的巧克力条就可以了。”

他听上去有些疲倦了。就像我一样。我希望汤米能喜欢他爸爸——我们的爸爸——但是我多少有点高兴的是，并非只有我一个人能看到他可以有多假，看到这一切是多么的欠缺。再说，应对这些事情也太早了点。今天是星期六——应该是我们休息日才对。或者，我的意思是，这应该是两个男孩子休息的日子。其实我想到自己上午的安排就已经神经紧张了，这些安排包括一次额外的娜塔莉办公室趣味之旅。

又一勺面糊被放进了煎锅，黄油又开始嗞嗞作响，我的胃又有些下沉的感觉。我感觉自己像是喝了十杯咖啡还是怎么的。我觉得，要是到那边去的话，我非得吐大家一身。

“道格，你知道场地在哪儿，对吧？”

听到妈妈的声音，我蹦了起来。我之前还以为她还在楼上，或者出去了——去了任何地方，都不会和爸爸一起这么温馨地吃顿早餐。她的语气友好得令人生疑。

“当然，去过好多次了。对吧，男子汉们？”

“对的！”亚历克斯说，他的话因为嘴里塞满了吃的而模糊不清，我觉得是这样。我没有听见汤米回答。似乎他不用——就像在我们开车去学校的途中，他已经练就了“让弟弟替他说话”这门技艺。就像我很久以前发现的那样，那时候爸爸这些零星的来访已经开始让我感到烦躁而非高兴了。

“茱莉亚，你还想吃点吗？”我听见爸爸问妈妈。他的声音尖刻——他们相互说话时总是让语气听起来隐隐像是威胁。

“天呐，不用了。但是谢谢你肯做饭。”她说，洗槽里发出碗碟碰撞的声音。

我深深吸了口气，瞅着门框周围。我不知道自己为什么不直接走进去，但我就是做不到。有千百条理由可以说明为什么不，但就现在而言，差不多就是，我不可能让关于巧克力条煎饼的讨论重演一遍。我不喜欢他们，没有人（尤其是我两个弟弟）能够理解为什么。爸爸会觉得我只是在耍小孩子脾气来攻击他，好像我整个人活着，就是为了阻碍他当个“好爸爸”而做的那些该死的努力。我都无法解释，又没有什么好去阻碍的，那我为什么还要花心思那么做？

妈妈会对我的穿着说些什么。自从那晚在我房间谈心过后，她真的变得很友善，但她还是会对我打量一番，然后立刻找出需要改进的地方，这基本上成了她的一种瘾。当然，我的一切都有待改进。只是现在我不需要去谈论我的T恤和短裤。

厨房里的情况我不能看到太多，但我看到妈妈站在洗槽旁边，头发往后扎成了一个松散、漂亮但很家常的马尾辫。我很惊讶地看到她也穿着牛仔裤——通常我们去娜塔莉那里时，她都是穿着工作时的服装。那是条很不错的牛仔裤，当然配着一件不错的衬衣。

随后我的爸爸走进了我的视线之中，拿着平底煎锅走到了洗槽。他穿着卡其裤和Polo衫，每个地方的离异的父亲们周六都这么穿。我甚至都不知道他今天会来，似乎他的确应该是昨晚到的——他的头发冲过澡之后还有点湿漉漉的。等等，他会留在这里吗？

“谢谢你。”妈妈对他说，接过煎锅，将它放在她叠起的一摞碗碟上面，然后放到了洗碗机里面。“谢谢你肯做饭，很不错。”

“应该的。我先带孩子们去玩，然后在律师那里跟你碰头。”

“好的，但也不用急，根据情况尽量多陪他们一会吧。今天汤米和亚历克斯只隔了几个场地的距离，所以你可以两边都走走，可能的话，然后带他们回家。”

他们说话的样子让人感觉他们还在一起，好像就是个普通的周末。大多数人可能都听不出他们语气中的矛盾，或者看不到我妈妈并没有真正看过我爸爸。但一切照旧。我意识到，如果我们这个家的父母都还在一起，过去的六个月不知道会轻松多少。即使是还相互恨着对方的父母。

我的胃又向下抽动了一下，像是一块碎掉的半生煎饼。我看了父母最后一眼，终于退后着走开了，没有让他们看见，一直走完了到前门的这段很长的距离。我已经带好了我的钥匙和包。我觉得我们可以坐车一起走，妈妈和我，但是我的车还在车道上，爸爸的车没有挡在前面——他停在公路边，他那辆很大的黑色汽车看起来像是FBI准备过来和我们待在一起似的。

我不想直接去娜塔莉那儿——如果只是因为那样会太早的缘故——但我需要找个地方去。当我在街角那家艾伯森超市旁边的十字路口停下时，我一念之间决定掉头。我都没有期待迪兰会出现，但随后我就看到了他的车，我慌张地停好车，没有给自己思考的时间。

商店里一如往常地冷。室外的温度已经降到了十五度，这是对秋季降温[①]的提早预演，如果我们还要过好几天才能等到冬天来临的话。但是像学校和商店这种地方仍然要过好几天，

① 原文fall有双关意味，既可以指“秋天”，也可以指“（气温）降落”。——译者注

才能跟上气候的变化，将恒温器的温度上调。我也没有跟上这种变化——尽管我紧急去见特雷莎时穿的针织衫仍然在车里。我一走进商店的滑动门，胳膊上就窜出了鸡皮疙瘩。

看到迪兰也并没有让它们消退，那是肯定的。他正在前面，正在卸盒子里的苹果，背对着我站着在生产区最靠前的一张桌子边上。我有很久没有看到他了——我是指，除了浏览他的Facebook——而我醒来之后这种病态的兴奋感变得更加强烈了。他弯腰打开另一盒苹果，装满一托盘的史密斯奶奶苹果[①]，将它们放到桌上，这时候只要看着他的背，就已经让我目眩神迷。

加之，我意识到自己到这儿来并没有事先计划，也没有安排，更没有意义。我只是想见他吗？看他最后一眼，趁他去上大学之前，我觉得那就是他接下来会做的事情——晚些入学，或者是搬到学校外面住，直到春季学期，或者——

虽然这么说，我却没有机会去决定自己要做什么。突然间他转过身，那么直接而迅速地看着我，结果弄得我一瞬间还在怀疑，自己是不是没有大声叫出他的名字。我们四目相对注视着彼此，我穿着短袖瑟瑟发抖，他穿着无趣的蓝色围裙。

看起来他见到我并不惊讶，说真的。我们站的位置相隔太远，不大吼大叫便无法交谈，于是我稍稍偏了偏头，指着我刚刚走过的门，试图沉默地邀请他到外面来。这让他挑起了眉毛，许是因为我们经常躲在后面，躲着所有人。但是那也许不是他的想法。我觉得自己并没有真正懂过迪兰的想法。

“嗨，哥们，”他对另一个穿蓝色围裙的人喊道，那人正

① Granny Smith，澳大利亚的一种青绿色苹果。——译者注

在几张桌子开外的地方堆叠着一箱箱的焦糖苹果，“我马上就回来。”

另外那个人看起来想要争辩，但是迪兰已经朝我走了过来，一边解下围裙，一边用一只手理着头发。我一动不动在原地站了一分钟的样子，等着迪兰从我旁边经过，走过那扇滑动门。然后我转身跟上了他。

好了，外面还是很冷。干冷，我妈妈会这么形容。艾伯森以及这排沿街商店的外面安了一排的长椅，迪兰选定一张坐了下来。那张长椅的旁边的垃圾桶盛得满满的，在那种环境和寒冷中间，我想提议说我们坐我车里去吧，但我却坐下了，仍然颤抖着。

“怎么了?”他迟钝地说道。他的围裙被攥在手里，当他把这团布收成一个越来越紧的布团时，漏出来的一条绑带吊在那里摇晃着。

来到了这里，我又忘了之前想要说的话。如果是有什么要说的话。所以我直接说出了真实想法，或者部分地。

“我只是想见你。”我告诉他。我们并没有看着对方——我们都看着停车场，或者低头看着地上被踩灭的烟头。

“那你来得真是时候，”他说，“下周我就要搬到林肯去了。”

“真的吗？”我很吃惊，这来得太快了。而且——很突然——真的很失望。

“对，你明白的，和罗伯他们一起，他们有套公寓。”

“哦，对的。听上去很不错。”

“嗯。”

我们沉默了一分钟，四下扫视着其他东西。

“那么，”迪兰最终说话了，“你们是准备进行辩诉交易了。”

“没有你那么好，”我不假思索地说道，“你已经完全安全脱身了。”

他的头扭来扭去，突然我们就正眼相对看着彼此了，但是这种感觉很奇怪。他看起来非常生气，像是被背叛了。

“我什么都没有做过。”他说。

我想起夏天的那些时光，想起那些日子里，我会去看在同一座大楼另一边的他，想起那些毫无意义的勾搭。在一切分崩离析的过程中，能够坚守着彼此，这感觉真的很好——也许说不上感觉有多好，但它就像是在可怕的“糟糕之海”上一张“不那么糟糕的小筏子”。我们是在一起的。我们是被冤枉的，我们是清白无辜的。

现在我可以从他的眼睛看出，情况根本不是那样。他已经清白无辜了，而我……不是。

“你曾经有喜欢过我吗？”我问他。

“别这样，莎拉，这算哪门子问题？”他轻轻地摇了摇头，然后往后靠在了长椅上，看着前方，又深深地叹了口气。围裙从他手中落下，掉在了他的膝盖上，一片蓝色的大皱褶。“并不是一切都和你有关。”

“我知道……”我说着，但是胃里又开始绞痛起来，这种疼痛让我愤怒得挺身为自己说话了。“但是总有部分是和我有关的。我是说，我也会受到审判——或者做一次辩诉交易什么的——我才是你……”我声音弱了下去，又变得不知道该说什么。迪兰是无辜的。或者至少，他没做什么可以让你写进诉状的事情，基本上那也等于是无辜了。

我们沉默了很久，才又转头看着前方，好像我们是在一辆车里，好像我们前方的视野很重要，好像它会不停变换。有几个人从我们身边经过，走进了商店里，没有理会我们。我也没有看他们。

最终迪兰说道：“我很高兴你们不用接受庭审了。庭审是相当难熬的。”

“我并没有期待这种事情。”我实话实说。

“对，那么，我多少想跟你说的是，你也明白，艾玛的父母。那对他们而言也是相当难熬的。”

我皱起了眉头。“话虽然这么说，他们才是想要进行庭审的人好吧。是他们挑起了这一切。”

他转过头看着我，眼神像是锁定在了我身上。整个夏天他留着更长的头发，但现在是刚理过了，耳朵微微地露了出来。他刚刮过胡须，下巴上有处小小的凹陷。他散发着他经常使用的剃须润肤露的味道，一种犀利、青春的气息，混杂着另一种只属于……他的气息。他在长椅上晃来晃去，肩膀像是一扇转门，挡住了其他一切，只将我拥入。我想靠在那双肩膀上。我不能。

但我清楚地看到了他的脸，好像是第一次看到一样。不过我也很肯定这是最后一次了。

“没有人会期待那种事情，”他缓慢而平静地说道，“没有人。”

然后他站起身来，走开了。

20 三月

当我周日早上醒来的时候——起得不晚，正如我预期那样，但是早得很不正常，甚至还没到八点，因为我的神经极其兴奋——我做的第一件事就是上网，然后发现艾玛的推特还在更新。上面有许多“我很可悲”这种网格的照片，也有了大批的粉丝和回复。谁会在周六晚上上那么久的网？很显然，大家都会。

在Facebook上，一群人在讨论着迪兰和我在一起看起来有多么般配，讨论着我和他在一起要比他和艾玛幸福多少。在他的页面甚至有几条“干得不错，兄弟”的留言，尽管我不知道那句话到底什么意思。他们很高兴看到他和我复合（或者说他看上去像是和我复合了，谁知道呢）？或者说他们觉得他是个花花公子，因为他同时有两个女朋友？

现在还是周末。两个男孩子还要去参加运动。妈妈对我周五晚上和昨天整天外出不归的事情仍然感到生气，可能她不会再允许我去什么地方了。但是总归是有办法能见到迪兰的。如果我见到他，我就能向他解释，我不会这么做，昨天我所说的一切都还是真的。如果我能见到他，我们就能……我不知道。我只是想见他。

所以当我的手机响起时，我就拿了起来，心跳到了喉咙，相当肯定他会发短信给我。

尽管这样，却是布丽尔。

911[①]到我家来了！

布丽尔敢做很多事情，但她绝不会乱打911。我随便穿上条牛仔裤，一件毛衣，然后匆匆下了楼，为自己想了几个出去的谎话。如果我能出门去见她，也许我也能顺便去迪兰家。

“你才是个蠢货。”我走进厨房时听见亚历克斯叫着。

“注意措辞。”妈妈说，但她的声音很疲倦，听起来并没有威慑力。

“对，蠢货，注意措辞。”汤米嘲讽道。

“是你先开始的！”亚历克斯叫了起来。

“是，他先开始的，”妈妈附和道，“我不知道是因为什么，但是现在你们都给我回房间去。”

“但是妈妈——”汤米开口了。

同时，亚历克斯也说：“我还在吃麦——”

但是随后妈妈把咖啡杯丢进了洗槽，响亮的声音让他俩立刻停止了说话。金属杯子掉进金属洗槽发出的碰撞声一时间震耳欲聋，比她现在能够说出的任何东西都更恐怖。在随后彻底的沉默中，两个弟弟从餐桌边站了起来，离开了厨房。亚历克斯在离开时瞪了我一眼，但是汤米微笑着，好像在说，她完全是你的。

---

① 美国报警电话，相当于中国的110。——译者注

我呆站在走廊，不知道我是否应该继续试图从后门的挂钩上取下自己的钥匙，还是退回自己的房间。但当妈妈看到我时，她只说了句：“你起床了。”然后她转身走向洗槽，开始洗起碗碟来。

慢慢地，我走到了厨台的另外一边，站在妈妈和后门之间。“嗯，”我说，“我可能得……出去……”我笨拙地指了指门，等着她吼我。

“好吧。中午之前回来。”

她没有看我，我犹豫着，不知道发生了什么事。她不是还在为昨天的事生气吗？

我慢慢地伸手去拿挂钩上的钥匙，谨慎地把它们取下来，不让它们发出声响。我不知道为什么——洗槽里的水流很响，妈妈将那些碗碟甩进洗碗机，好像它们都是坚不可摧的（我觉得它们大部分是的，这是多亏了家里有两个小男孩）。当她再次开口说话时，我能听见她的声音，老实说这让我有点吃惊，因为她的声音很低，好像她连继续再说下去的精神都没有。

“玩开心点。我不知道周三这次见面他们又会告诉我关于你的什么事情，但我相信你之后很久都不会和那些人中的任何一个一起坐那辆车出去。”

我看着手里的那串钥匙，门把手在我面前，我在门另一边的全部生活。该死。我都已经忘了见面的事情，她和爸爸打的那个电话。那像是几辈子之前的事了。

“早去，”她又说道，“那就早回。”

我也是这么做的。

“等等，首先你需要坐下。”

"然后喝点咖啡。"

"是的！这种消息就是适合坐下来点杯咖啡慢慢聊嘛。"

"这里可以抽烟吗？这的确是值得抽根烟的消息。"

"莎拉不抽烟。但我们可以去露台上抽。"

"啊，不要，外面冷死了。"

"哦，真抱歉，阁下。"

"真是够直白！保持冷静，可别给冻死了。"

布丽尔靠在岛式吧台上，笑着，诺埃尔坐在椅子上笑得直不起身。"保持冷静，戴双手套。"布丽尔叫道。

"保持冷静，谁管是什么意思！"诺埃尔回答道。

我站在吧台的另一边，努力想笑出来——或者哪怕微笑一下也行——但是她们都没有理睬我。她们仍然穿着自己的睡衣，很明显诺埃尔在这里过了夜。布丽尔还没有化妆。她揉揉眼睛，转头看着咖啡机说："我们说到哪儿了？"

"你是在保持冷静，然后告诉莎拉那个好消息！"诺埃尔嚷着。

"哦，我的天呐！"布丽尔回旋着来到我面前，"你不坐吗？看在上帝的份上，快坐下！"

我走到诺埃尔那里，她正坐在那堆很高的吧台椅中的一张上面。布丽尔家的厨房很大，有一张很大的餐桌，以及这个很大的岛式吧台。一面墙尽是窗户，窗户正对着的是她家宽敞的地板、椅子以及吧台，紧靠着是一个巨大的浴池。窗户外面是看上去绵延了数英里的树林——也许它们的确有那么广，我也不知道；布丽尔和我有好几年没有到这里来了。这是个阴沉的早晨，树枝在雨后仍然是湿漉漉的，在单调的金属色天空映衬下显得沉闷发黑。开车过来的时候，我曾觉得这天气里有种不祥的预兆，但我觉得那只是对布丽尔的短信的反应过度罢了。不管发生什么，很明显这都显得滑稽。对于她或是诺埃尔，都是一样。愚蠢的我啊，还觉得自己会是第一个听到这个消息的人来着。

“来，别再噘着嘴了。”布丽尔说道，像是读着我的心思。她把一个很沉的Le Creuset[①]马克杯放在我面前，我靠了过去，看着那杯淡得可疑的棕色液体。

“这是咖啡？”我问。我并没有故意讥讽的意思，但是这看起来不对劲。

“闭嘴！”布丽尔说道，诺埃尔又大笑起来。

“我告诉过你，你加的那几勺量不够！”诺埃尔尖声嚷道。

天呐，这真是让我头疼不已。

布丽尔跺着脚走回到咖啡机那儿，将量杯部分取出，把剩下的那些像水一样稀薄的液体倒进了洗槽。

“你这个样子肯定会被星巴克开除的。”诺埃尔说。

“我没有工作，笨蛋。”布丽尔微笑着说。

“喂，两位，”我终于开口了，“你们联系911了？发生什么事了？”

她俩都看着我，好像我之前不是坐在这个地方似的，她们那出小小的关于咖啡的一幕剧的主题，就这样过了十分钟。布丽尔的微笑变得更灿烂，她说道：“哦，哦，是的。”

诺埃尔尖叫起来，在椅子上蹦跶着，又拍起了手。我从未见过她这么活泼的样子。虽然说我很明显算不上她的闺蜜，像布丽尔那样的闺蜜。

① 法国知名厨具品牌。——译者注

“我先告诉你一个词吧，”布丽尔继续说，“泰勒。”

我一言不发看了她一阵，然后转头看了看诺埃尔。为什么她们要想方设法让我感到自己很愚蠢？我感觉自己到了有史以来最蠢的状态。

我肯定看上去很蠢，因为诺埃尔继续说道：“泰勒·张。”

“那是两个词了。”布丽尔说道，但她仍然面带微笑。

“泰勒怎么了？”我问。

“泰勒和艾玛。”诺埃尔说道。

“昨天晚上。”布丽尔补充道。

天呐，按照这种速度，我得等到夏天才能知道发生了什么事。

“你们两个，直接告诉我就行了！”我乞求道。

他们相互看了一眼，一瞬间我还以为他们会因为其他某个心照不宣的笑话而笑起来，但布丽尔最后来到了岛式吧台这边，又靠了上来，兴奋地看着我。

“泰勒和艾玛昨晚搞上了。”

“真的搞上了。”诺埃尔补充道。

“对艾玛·骚特曼[①]而言，一切都结束了。”

“莎哟哪啦[②]，骚货！”诺埃尔说道。

“等等——你们在说些什么？”我眨眨眼睛问道。

“好吧，艾玛被禁足了——”布丽尔说。

“我知道，我知道。”我打断了她。

但她抬起一只手，说道：“让我说完！艾玛被禁足了。但是泰勒，这个一直很绅士的人，在网上看到了你和迪兰的那些

---

① 原文Slut-man是由slut（骚货）和Putman（帕特曼）两个词组合而成，是布丽尔生造出来讽刺艾玛的词。——译者注

② Sayonara，さようなら，日语“再见”的意思。——译者注

东西——"

"呃，这么说来，我还得谢谢你啊。"我说道，但她给了我一个轻蔑的表情，让我没再说下去，把嘴闭得紧紧的。

"你想不想听这件事了？"布丽尔问。她并没有生气，但她看起来好像是马上就会生气了。

我咬紧牙齿，迅速地点了点头。

"好吧。于是泰勒去了艾玛家——我也不知道，他好像是溜进去的还是怎么的——然后告诉了她一切，然后他俩就真的做了爱。"

"真的。"诺埃尔附和道。我真想说一句"谢谢你搭腔"，但我还是让嘴巴闭着。

"然后——这是真的最精彩的部分——艾玛打了电话给迪兰。"

"什么，你说什么？"我脱口而出，惊讶得再也无法平静。

"我得到消息了！"布丽尔得意地说，"就今天早上！或者昨晚，也许吧，我们知道吗？"她转头看着诺埃尔，但诺埃尔只是耸了耸肩。"不管怎么说，她觉得很愧疚，所以告诉了他。我做到了。"

布丽尔从吧台上站了起来，只是看着我，一边在空中扇着双手，好像她已经将艾玛的头装在一面银盘里，等着我说感谢的话。我想这还是挺像刚才发生的事情。

"那……我不是……"我语不成句。这很好，不是吗？布丽尔和诺埃尔明显是觉得这很好。那么就……好了，对吧？

"她肯定是要转学了。"诺埃尔说。

"哦，我的天呐，他们要让她转两次学了。"布丽尔说。

"等等，她父母知道了？"我问道。

"呃，多少会吧，"布丽尔刻薄地说道，"马尔库斯说，泰勒告诉他说，他们在泰勒正准备溜出去的时候发现了他，所以，嗯，她父母肯定是知道了。”

诺埃尔点点头，仍然像是在附和布丽尔。我不知道这个几乎和我们不熟的高四学生到底怎么了——但昨晚留下过夜的人明显是她，而不是我。我回头看看布丽尔早起后凌乱的头发，她穿着她最喜欢的那件艾伯克龙比格子的家居连帽衫。我在这边过夜的时候，她从不煮什么咖啡。难怪煮得这么糟糕。

“哦哦哦……我……的个……”诺埃尔说道，她的眼睛突然瞪得又大又圆。

“怎么了？”布丽尔和我同时问她。

“泰勒十八岁了。”她表情严肃地说道。

“你在开玩笑吧。”布丽尔说道，眼睛也瞪得大大的。

“我肯定没有开玩笑啊。他的生日好像就在一个月之前。还记得吗？”

突然间我想起来了——那好像是在情人节之前一周，所以很明显在此之前我把这些事情都给忘了。但是我们一群人的确去装饰过他的储物柜。我记得他说起过去“成人商店”的事情，那家市区外的店卖的都是些色情电影之类的东西。有许多男生都说过满十八岁时要去那个地方。我一直觉得他们是在开玩笑。但我觉得就泰勒来说——或者雅各布，在说到这个话题时——也许并不是玩笑。

布丽尔拍了拍手，只有一下，声音很响亮。“那个愚蠢的贱人！”她叫道，“我可以吻她了！”

“呃，别恶心，”诺埃尔说道，努起鼻子，“你肯定会得性病的，这毫无疑问。”

布丽尔和诺埃尔举手击掌。“我跟你说过，还是没有？这一切最终都如愿进行。那个骚货替我们做了我们的该做的。”

“听起来她像是做过不少的事啊。”我说，布丽尔和诺埃尔笑得太厉害，几乎快把心吐出来了。但是我的心思并没有在这上面。我有点想直接离开这里——突然间我只想见迪兰，确保一切正常。我是说，我从起床开始就一直想见迪兰，但现在我开始感到一丝恐慌。这会让一切改变吗？他会不会……什么？他会很高兴，不是吗？因为现在没有其他什么重要的了。周五在他车子里发生的一切，或是布丽尔昨天上传的那些愚蠢的东西，都不重要。我们可以在一起就好，没有人需要知道其他的事情。

布丽尔说着话，诺埃尔笑着，但我再也听不见她们说的什么。胃里那种紧张的感觉一路窜到了大脑，让一切听起来都嗡嗡作响，好像一切都是在一条长长的隧道的另一端。

“我应该……走了。”我说，但她们没有理我。布丽尔又去了冰箱那里，正在取着什么东西，当她转过身来，我看到她拿的是一瓶香槟酒。

“含羞草酒！”她说道，诺埃尔端上了杯子。我注意到她只拿了两个。

但我还是从椅子上站了起来，拿起我的钥匙。“我要去找迪兰。”这次我终于说得够大声，让她们听见了，因为这些话都传进我自己的耳朵里了，布丽尔高高举起酒瓶。

“祝你赢回你的男人！”她嚷着。

“你听听！听听！”诺埃尔说道，举起两个空酒杯。

我觉得自己是微笑着在看她们，但我并不确定。我所知道的就是，我又回到了车里，将它开出了车道，然后开了起来，一边期待着，当我最后找到迪兰的时候，当我看到他的时候，当他触摸到我的时候——也许到那个时候，我就又能够呼吸了。

21 十月

“太冷了，别穿那个，莎拉。”

“你让她这样穿着去律师事务所？去任何事务所都这样吗？”

“她已经十七岁了，道格，放宽心。”

“你们都需要放宽心。我没事。娜塔莉之前看过我的膝盖，行了吧？”其实我还是冻得不行——我在汽车后备厢里找到一件旧的连帽衫，但我没时间回家，所以仍然穿着早上脑子进水才穿上的短裤。但我仍然痴痴地想着和迪兰说话的情形，所以冷点又会有什么大不了的呢？

“你们来啦！”娜塔莉在门口欢迎我们，看上去像是喝醉了，就这一次。她招手示意让我们进去，带着大大的微笑，让我感到解脱的是，她的私人办公室比大楼里其他地方暖和了不少。

但是随后我注意到，寒冷让我忘却了袭来的恐慌，最后一次，最后一次，这声音轻轻敲打着。我是最后一次到娜塔莉办公室来了，之后……我会最后一次见到迪兰，之后……最后一次，我——

“各位请坐，很好，能过来就好。”娜塔莉的声音有点太大，但她似乎很兴奋。不只是暖气开着，有人打扫过这里——我们可以全体靠着桌子坐下，而不用去整理什么盒子，而且在靠墙的桌子上还放了一个咖啡机。娜塔莉走了过去，倒了两杯咖啡给我父母，我试图想起那个地方平时是放的什么。一堆堆的文件，我觉得是吧，就像其他地方一样。通常是的。

“莎拉，你不喝咖啡，是吗？”她的声音很清脆。“我觉得有了星巴克，孩子们都变得越来越小了……”她小心翼翼地把其他的杯子放在桌上，然后转身去拿砂糖，以及一个装牛奶的小罐。

“我有时候——”我开口说道，但被我爸爸打断了。

“小孩子觉得他们是在星巴克喝咖啡，但那些东西更像是加了点咖啡因的奶昔。”他抱怨道。我之前听过这种说法。“花六美元买了杯果汁。”他又说道。

“他们的星冰乐的确做得很糟糕。”娜塔莉说着，又露出了一个大大的微笑。

我把针织衫的衣袖拉过手掌，将它们塞在膝盖下面。娜塔莉微笑着转头看着我，我知道她会说什么。

“莎拉，我记得我还没有收到你的信——你之前有时间发我电子邮件吗？”她问道，正如我所预料的那样。

我能感觉到妈妈和爸爸都转过了头，他俩坐在我两边，他们是想听听我会有怎样的回答。“还没有。”我说，声音几乎像是在说悄悄话。我努力深深吸了口气，然后又说：“我可以发给你——”

“这很重要，小姐。”我爸爸坚定地说。他就是不能让我说完一句话。“在我们上法庭之前，娜塔莉需要足够的时间来读你写的东西。她是我们的律师，她需要就这些东西给我们提供建议。”

“什么我们？”我问，但仍然是说悄悄话的音量，没有人听得见。

“没关系，华顿先生，我很清楚，莎拉只是需要一点时间来理清自己想写的东西。”娜塔莉平静地说道，“当然这并不是正式的供认声明。我们应该在大家都在场的情况下把它过一遍——我们可以开始了吗？”

她从桌子上站了起来，从桌上拿起一堆文件夹。爸爸仍然看着我，因为生气而紧闭双唇，这我能够看得出来。我不必回头就能知道，他很烦躁，等着有其他什么事可以吼我两句。

但我并没有写完这份声明。我倒是希望自己写完了，感觉这像是一份我无法完成的最困难的作业。我想起特雷莎给我的那个笔记本，被我塞在床头下面。我最终会放弃用笔去手写这份东西的念头。现在家里的笔记本电脑里，有份文档已经写好了一些文字。不会解决任何问题、不会改变任何事情、不会表达任何意思的一些文字。无法修正已经发生的事情，发生的一切已经错得很彻底了。

娜塔莉回到桌前，微笑着看着我。“要不你去会议室写这份东西，我在这边跟你父母谈谈？”

“我需要我的笔记本电脑。”我说。

妈妈翻了个白眼。“不，你不需要。”她疲倦地说道。

娜塔莉正把一个拍纸本递给我，我爸爸将一支笔扔到了我面前的桌上，扔得很重。

“好吧。”我说，但只是压低了声音。我拿起那支笔，想知道他要是能直接递给我该是什么样子。

我也拿过那个拍纸本。这几天大家都在给我空白的本子。

“走廊对面有个房间，你知道那里的，”娜塔莉说，“应该是空的。”

我坐了片刻，还没有动身。“我就不能……”我说。

“什么？”娜塔莉看上去并没有不耐烦，不像妈妈和爸爸，他们坐在那里好像椅子上有火似的，显得既紧张又尴尬。好像他们现在就要从椅子上跳起来，然后上法庭，如果这意味着这一切将会结束的话。

“不能让其他人来写点东西，我念念就是了吗？”我终于开口问道，“比如，你？你就不能直接告诉我该说什么吗？”

“这也算一种方法——”娜塔莉开口说道，但是爸爸打断了她。

“绝对不行！”他几乎咆哮了起来，“你欠大家一个道歉，小姐，你要自己去想。”

我瞪着他。妈妈和娜塔莉也看着他，看着他的胸膛因为急促又愤怒的呼吸而起伏不停。

“我听够了这种牢骚！”他继续说道，脸涨得通红。“你和你那些个朋友，还有你们的——你们的恶作剧玩笑——现在一个女孩死了，你们已经免于起诉，又减免了这么久的刑期——”

“她不会去坐牢的——”妈妈平静地说道，但爸爸似乎没有听见。

“负起责任，小姐！”他冲着我吼道，“现在是时候长大了！你就不能看到自己表现得有多像个小孩子吗？”

娜塔莉抬起一只手示意，试图让他平静下来——他现在已经身子出了椅子，伸到了桌子上方，好像是想要打我，或者说，我也说不准，想要将桌子掀到房间另一端什么的。在我反应过来之前，我身子往后一退，离开了椅子，有点踉跄，不过还是抓着手里的笔和纸。

“你才表现得像个小孩子!”我冲他吼道，“你什么都不懂！你从没来过这里！你们都没有！你们表现得像是明白发生了什么一样，你们表现得像是知道我是谁或者我做过什么一样。但是你们并不知道。”

我恨自己现在泪流满面，我愤怒地想要抹去泪水，但那该死的笔和纸都攥在我手里，所以我不得不用手背去擦拭，这并没有用。妈妈和爸爸看着我，娜塔莉也是，尽管事实上我也看不清他们的表情。隔着眼泪，一切都变得模糊。愚蠢、幼稚、不负责任的眼泪。

但是随后我看到爸爸坐回了椅子，甩了甩手。“这我应付不来，”他说道，仍然怒气冲冲，“这真是可笑。你们就不能让她懂点礼貌吗?”他问我妈妈。或许他是在问娜塔莉。但他们都没有回答他。

我终于深深地颤抖着吸了一口气。因为某种原因，我感觉稍稍平静些了。当我再次开口说话时，我并没有大喊大叫了。我直视着爸爸的脸。他再也吓不到我了。

“也许我的确是个小孩子，爸爸，”我说，“你想到过这一点吗？也许如果曾经有人教过我的话，我会知道怎样长大。”

这一次，他并没有说什么来回应。即使他说了，在他开口以前，我也已经冲到房间外面了。

当我坐到沙发上时，我心里想着的是，这是我最后一次见特雷莎医生了。但是没过多久，我就知道说“最后一次”是错了。

“我已经做过推荐，让你在缓刑期也定时来见我。”她说道，转着手中的笔。“或者如果你愿意的话，另一个心理医生也行，但如果你对我们现在的合作满意的话，我会愿意定期见到你。”她几乎在每根手指上都戴着一枚戒指，她今天的围巾是亮瞎眼的橙色、红色和黄色组合。我很想知道，当我到了，嗯，四五十岁的时候，我是否也会围着那样的围巾？这是种规定吗？

“好吧，”我对她说，“我不知道我们会谈些什么，但是肯定是选你。”

“哦，我认为我们都清楚，你的高中比你人生其他时期有更多可谈的。”她说道，带着一丝笑意。

“话虽如此，我是什么都没做的。尤其是现在更没有。我连朋友都没有一个。”我想到了卡尔迈克，感到脸上一阵泛红，但我并不想马上就告诉特雷莎这件事。

她看了我一眼，那是她那种长久的、观察入微的注视。“莎拉，你真的意识到自己承担着多少成年人的责任了吗？”

我想起在娜塔莉办公室里爸爸对我说的话，笑了出来，笑声短暂但充满辛酸。

“不，你并没有。”特雷莎说。

我点点头，没有再笑了，不想去解释为什么她所说的话现在听起来是这么讽刺。“你是说，比如，我的弟弟和这一切？”我说，“那并不算什么。我只是开车送送他们而已。”我仍然穿着毛衣，现在我父母不在，我可以把膝盖塞到衣服底下。妈妈会因为我把衣服像这样拉扯而吼我，而爸爸会因为我把鞋子放到了特雷莎的沙发上而吼我。但我知道她并不在意她的沙发。这件毛衣多少还是将我的膝盖稳稳拉住了，所以我也在座位上找到了平衡，因此也并没有碰到哪儿。

“你的弟弟们，对，的确是不小的责任，”特雷莎说，“但还有和你的同龄人的关系。你和布丽尔的友谊。你和迪兰的性关系。这些都是非常紧张的情形。”

“我没有——我的意思是……大家都做爱的。”我结结巴巴，有些尴尬。

“高中里不是人人都会。”

我不屑地哼一声。“好吧，那他们也应该做。”

她将头一偏。“我知道现在很难明白这些。”她温和地说，“但这牵涉到很多要承担的东西，要处理的东西。你们有着相当成人的感觉，但你们所经历的一切都是第一次。所有这一切都非常沉重。”她举起握笔的那只手，手掌朝上，将笔上下抖动着，好像正拿着什么重物在手里掂量。“还会有复杂的感受，复杂的关系，对于哪怕是二三十岁的女性而言。甚至更年长的也是。”

我有点朝一边倒去，于是不得不将腿从毛衣里放下来，像个正常人一样坐着。像个成年人一样坐着。有复杂的感受和关系的成年人。

“如果那是真的，”我告诉特雷莎，“那么学校每个人都需要看心理医生了。”

我是在开玩笑，但她并没有笑，甚至微笑都没有。她只是耸了耸一边的肩膀，说道：“也许是这样。但现在你在这里。我们谈谈你自己吧。”

我感觉胃里一沉。“我还没有写完那封信，如果你是说的这个的话。”

她将头偏向另一边。“你为什么认为我是在说那个？”

我不由自主翻了个白眼——那是当然，我们又回到了“二十问”的环节。

“因为今天是周六？”我说，“我刚和父母一起去见过律师，我就应该准备着在周二上法庭？”

“那么你还没有准备好吗？”特雷莎问道。

“没有，”我叹着气说，“我觉得我永远都准备不好的。”

我开车行驶在回家这段长长的路上。这段相当漫长的路。不知怎么，我停在了艾玛家和泰勒家所在那个社区，这个地方也只是在回我家去的路上而已，如果你不指望很快就能到达我家的话。但现在感觉好像是我的车自己去了想去的地方，就像它似乎仍然能够找到迪兰的SUV车一样。好吧，曾经能够。

我转到艾玛家和泰勒家所在的区域，不得不立刻踩下刹车。电视记者，还有他们的那些搭载网络、印着标志、顶着天线的厢式货车，沿着人行道一字排开。如果说我想要开过去的话，我也做不到。并不是说，我们的市区有这么大，就会有这么多的电视台什么的——但看起来也许这儿还来了好几家国家电视台。这下好了。

只有几家媒体好像是真正摆好了架势，现在他们好像还没有进行什么活动。艾玛家的房子一如既往地坐落在那片倾斜的草坪上，房前的一排廊柱看上去严肃庄重。这片社区有些年头了，树木也高大壮观，叶子也都开始变色凋落。真是幅美丽的景象，我思索着，然后想到：那正是新闻报道里会说的——“多么美丽的地方。你绝对想不到这样的事情会发生在这个地方。”

毛骨悚然。

我左手边有条车道还没有被堵住，于是我开了进去，将车子掉了个头。我朝着家的方向开去，这次是真的回家去了。

“嗨，你看起来挺不错的。”

我看着卡尔迈克。“你也是。你的衬衫有……衣领了。”

卡尔迈克低头看着自己的礼服衬衫。“我清洗得很干净。”他谦虚地说。

我忍不住微微一笑。因为这话说得对——只是个深蓝色的领尖纽扣，没什么值得大呼小叫的。但这不是黑色的T恤。它穿在他身上，再配上他干净齐整的头发和一条不错的深色牛仔裤，看起来棒极了。夕阳在他身后烧得通红，我意识到，这可能是第一次有男生在周六傍晚到我家门前来接我。这根本不是迪兰会做的事情。我也从没想到过卡尔迈克会这么做，但他身上充满了惊喜。

我低头看着自己的装束，美利奴羊毛衫和牛仔裤。通常来说，这种打扮会让我看起来比卡尔迈克要正式两倍，但现在我不太确定。“我该换一身吗？我应该去换换。”我说道，转身往屋里走。

“哎——”他说道，但我已经走到了台阶上。

“马上就来！”我喊着，匆匆跑回自己的房间。我有条短裙扔在这里的某个地方，还有一双更好看的鞋子，还有……

有生以来第一次，我可以一边走下台阶，一边有男生在台阶下等着，一直抬头看着我。这不是毕业舞会时那样的场景，但是我还是会欣然接受。他甚至在和我妈妈说话，他们看到我时都露出了微笑。好像这只是个寻常的夜晚，好像我又获准可以成为这样一个普通的女孩。

当卡尔迈克开车将我们载到哈尼街的时候，外面一片漆黑，他扫视着一排排的汽车，想要找个停车的地方。我们到了市区，周末的巨大人流是我之前从未见过的。实际上，上一次我来这里是——

“嘿，那个，我们不去吃饭了，是吧？”我立刻问他。

“不去了，为什么去？你想去吗？”他问道。我摇摇头，但他的眼睛仍然看着街道两边。“说真的，其实你用不着这样悉心打扮。”他又说道。

“我想去——我们随便去哪儿都行。”

他开向一个角落，很神奇的是，正好有人把车开走。“不错。”他说，也许是说的停车位，也许是说我的提议，我不是很确定。都有吧，也许。

这座城市的这片街区还保留着1800年代以来的样子，街面铺着鹅卵石，老旧的砖砌库房仍旧挺立着。这些楼房里是一些小型的商铺、店面以及精致的餐厅。当卡尔迈克领着我来到其中一家相对好些的叫Vermicelli①的意大利餐厅时，我感到又一阵恶心袭来。这太好了。这好太多了。我配不上。我父母以前偶尔会在一些特别的时候来这里——我甚至从没有进来过。这是那种我和迪兰在一起参加毕业舞会后会去的地方。如果说，那种事情可能发生的话。

而现在，卡尔迈克替我将门打开，我走了进来。这里的天花板又高又暗；砖墙上到处是安放在烛台里的蜡烛，后墙与厨房相通，那里面有一个烧柴的火炉。这里就像是古堡地下室之类的地方。很浪漫。

“这里还行吗？”卡尔迈克问道。

---

① 单词本意为“意式细面”，此处做店名，故保留原文。——译者注

“行啊，当然行。”我说。

女服务员将我们安排在一张靠后墙的小桌，因为隔得够近，我们能够看到厨房，那服务员递给我们的菜单有布告板那么大。我看着卡尔迈克，试图跟他开个玩笑，以展示一下这份菜单有多大，但他正一脸正经地研究着他那份菜单。于是我也跟着他看了起来，到那名女服务员过来的时候，我已经找好了最便宜的意式面条，这样我就可以点了。

我们没有谈起艾玛，或者庭审，实际上什么都没谈。我问了卡尔迈克一些关于他的问题，努力恪守我进一步了解他的承诺。他给我讲了他下周要参加的自行车越野赛。还有他的姐姐，她要去丹佛上大学了。他问起了我的两个弟弟，还有我会申请哪个地方的大学。我们是进入了一个不同的世界，一个平行宇宙。

到那个女服务员过来问我们是否要点甜品的时候，卡尔迈克拒绝了，我感觉诧异，于是说道：“为什么？你觉得我会变胖吗？”

“很明显不是，不，我不是——”卡尔迈克摇摇头，我意识到自己小小的玩笑把他搞懵了，弄得他手足无措。但他最终轻轻地笑了笑，说道：“我们去其他地方吃甜品。”

外面越来越冷了，当卡尔迈克牵起我的手离开餐厅时，一瞬间感觉他差不多只是想要让我暖和一些。这也的确有用——一股暖流迅速袭过我的全身，沿着我的脖颈上涌，直冲我的脸颊。他拉着我朝一家很受欢迎的冰淇淋店走去，那家店会人工将你想要的任何糖果混入冰淇淋里，我们一直有一搭无一搭地说着，好像并没有发生什么不正常的事情。我享受着现在的每一分钟。我喜欢当正常的人，喜欢变得普通。我喜欢今晚既特别同时又很普通的感觉。

但当我们到达那家冰淇淋店门口时，我拉着卡尔迈克从门前走了过去，一直走到位于这片商区边缘的公园。今天有许多人出门，公园大部分长椅都被占据了，但我们还是找到一张，坐了下来。

“我真的玩得很开心。”我告诉他。

“嗯，”他说，“很抱歉，天气太冷了，不适合吃冰淇淋。”

“不是这个意思。我只是……我是想说，谢谢你做这一切。但是你并不……你并不明白……”我没有再说下去。我们仍然牵着彼此的手，我无法低头看，无法承认自己的手指被他的手指裹住。但我也无法直视他的脸。

“我能明白。”他温柔地说，但我摇着自己的头。我能感觉到眼泪上涌，但我做了个深呼吸，将它们压了下去。我想就说这些就好。

“我只是想你能明白——我只是，如果这意味着某种事情的开始，我不知道这是否是，但我应该直接告诉你——我做过那么多可怕的事，”我的声音变得急促，“我伤害了这么多人。我还是觉得艾玛的所作所为……我觉得那真的很自私。我理解不了，为什么我要为我从不希望发生的事情受到责备。”

沉默横亘在我们中间。我们坐的长椅是在一座小山的顶上，迎面是一条沿小河的步行道。有几对和我们一样在约会的情侣，从路上走过，悠闲地走上那些步行道，注视着水面倒映着的城市的灯火。在我们头上，夜空显露出一种纯净、深沉的黑色，星星在城市的光亮映衬下隐约可见。我们北面几个街区远的地方是个滑板公园，我能清楚地听到滑板轮子在人行道上滚动的声音，滚动着，然后腾起，喧闹中的突然停止，屏住呼吸的时刻，随后它们又重重落回地面，然后继续往前滚动，或者“突突”响着停下了。

最终一滴眼泪没有忍住，迅速地滑了下来，落到了我的毛衣袖子上。然后又是一滴。卡尔迈克仍然沉默着，但我继续说了起来。

“我一直都在谈论着和她有关的东西，关于我们和她说过的一切，已经很久了。”我继续说着。我的胸口堵着，我又试图恢复呼吸，但我只能微微吸入些空气。“我一直努力地想要找到……道歉的方式。我必须得在法庭上说点什么，或者至少我必须试着去做。至少他们一直在让我谈这件事。但你怎么才能为这种事道歉？我知道自己做了什么，我知道我的所作所为很不好，某些做法的确很恶劣。但现在我应该怎样做才能有所弥补？做什么我才——”但我又不得不停止说话，因为眼泪流得更快了，滚烫地流过脸颊，感觉它们像是在灼伤着我。

卡尔迈克牵起我的手，拉着它抵在自己的嘴唇上。这种突如其来的感觉转移了我的注意力，我感觉自己在逐渐冷静下来，呼吸变得更加平稳。哭泣缓了下来。他用另一只手握住我的手指，就那样握着，悬在半空中，像是在求婚一样。

“我不知道该对你说点什么，”他终于开口，“我不知道是否你现在说点什么就应该弥补得了什么。但我认为这也不会造成伤害。你还有机会。我觉得艾玛——”他停顿了一下，“她并没有给自己另一次机会，你懂吗？也许她并没有觉得自己值得再拥有一次机会。也许她觉得那是不可能的。”

他注视着水面，然后抬头看着天空，我的手还握在他手里。

“这么说你觉得有道理吗？”他问道，声音几近耳语。

我一言未发，一秒钟过去了，一分钟过去了，一年过去了。

“嗯，”我说，“有道理。”

22 三月

“呦，我是迪，请留言。”

“嗨，迪兰，是我——我是莎拉。很抱歉，我给你发了几条短信，我只是想知道……嗯，你肯定很忙，但是如果你稍微能空下来了，可以给我回个电话吗？谢谢。嗯，好吧。再见。”

我按下结束通话键，又坐回了厨房的凳子上，眼睛注视着电话。迪兰之前不在家。他没回我的短信。他现在又不接我的电话。

我胃里那个恐惧的空洞越来越大。现在它变得像是大峡谷[1]。情况不太好。

我在家里走来走去，希望可以开车带汤米和亚历克斯去什么地方。或者跟我妈妈对着干。只要能让我别去想这事就行——这整个该死的周末。迪兰在哪里？他会和艾玛分手吗？他知道泰勒的事吗？

我开始编短信准备发给布丽尔，随后又放弃了。我朝门口

---

① Grand Canyon，科罗拉多大峡谷，亦称美国大峡谷，位于美国亚利桑那州西北部的凯巴布高原。——译者注

走去，伸手想去拿钥匙，然后又放弃了。

我走上楼。我打开笔记本电脑。甚至都没歇口气，我就径直打开艾玛·帕特曼的Facebook页面，然后发了一条新评论。

你为什么就这么放荡？

然后我去了泰勒的页面。

好好享受昨晚染上的性病。

胃里那团郁结紧缩得更厉害了，但感觉也更舒畅了。感觉好像我正做着什么正事。

回到艾玛的页面。

那么，我就挑明了说吧：你偷走了我的男朋友，然后背叛了他？做得很好。

我点击了一下发送键，等了片刻，又加了一句：

当个讨厌鬼是什么感觉？

突然另一条留言跳了出来，不是我发的。是布丽尔发的！

我听说每年这个时候“骚货村”的天气挺不错。

我一个人坐在自己房间里笑出了声。我点击布丽尔那条留言下面的评论框，写道：

温暖宜人，适合性病传播。

然后又出现了一条诺埃尔的留言：

谁在放屁？哦，那是艾玛啊。有人@了艾玛的名字。

然后凯尔也出现了。

谢谢你和我所有朋友上床。

他写道，然后又加了句：

再去冲个澡吧。

他们四个一直写个不停，彼此都试图超过对方。布丽尔也在泰勒的页面发了。她私下打开了和我的聊天窗口，但我们平时用这个主要都是发点“哈哈哈”之类的话。

我看看屏幕角上，发现已经过了一个小时了，但是感觉时间丝毫没有流逝。我猛然一震，意识到迪兰还没有回我电话。我猜他也许不会……我的意思是，我答应过要对艾玛友好。我没答应过吗？我都记不得了。我甚至都没在意。好吧，就让他和那个烂人在一起去吧。去他们两个的。我是有朋友的人——他和泰勒只能在“谁能和人见人厌的女孩在一起”这种事情上争来争去。那个女孩现在绝对是要转校了——我的意思是，经历过这一切后，她怎么还有脸回爱姆伍德中学？

这让我生出一个想法，然后我就到她的页面发了最后一条评论。

现在你得搬加拿大去了。你已经和美国所有人都睡过了。

我无法完全让自己输入那个F开头的单词[1]，但我觉得这已经足够表达我的意思了。

我听见楼下车库的门打开了，于是我跟布丽尔停止了聊天，关掉了电脑。我走下楼，感觉舒畅又放松。我现在没事了。如果我能够不去想迪兰，我也想可以没事一阵子。

他没有发短信。他没有打电话。星期一那天，我放下了在男生面前的羞怯，直接走向雅各布，不假思索地说："迪兰在哪里？你见过他吗？"

雅各布往后退了很大一步，好像我表现得像个疯子，但他还是说道："不，同学，我听说他打电话请了病假。"

凯尔也走到了雅各布的储物柜这边，他大声地笑着："对，他病了，是病了。"

"厌倦了[2]处理艾玛这档子破事。"我说，两个男生都看着我，露出惊讶的表情。

"呃，是的。"雅各布说。

"泰勒来这里了吗？"我问道，现在他们的表情没有那么惊讶了，更像是不理解我为什么还要缠着他们。

"来了吧，我猜来了。"凯尔说。

---

① 这里指英文单词"FUCK"。——译者注

② 英文中"生病的"（sick）一词在be sick of这个短语中作"厌倦（某物或某事）"的意思讲。

雅各布将储物柜的门关上，对我耸耸肩。“再见。”他说，然后和凯尔一起离开了。

我扫视走廊，看到了布丽尔。当然是和诺埃尔一起，但至少在我朝她们走去时，诺埃尔轻轻地朝我挥了挥手。

“怎么了?”她说，但那并不算什么问题。

我转头看着布丽尔说：“你听说迪兰今天生病在家了吗?”

她不屑地哼一声，我就知道她会这样，她说：“天呐，我们还要谈论那个人渣吗?说真的，莎拉，你需要向前看。”

诺埃尔会意地点了点头。我开始说起话来，尽管我也不知道要说什么，但这时艾莉森·斯蒂普走了过来，她说：“你们这些人，这周末搞出来的事情真是可笑。愚蠢的艾玛。”

“嗯，随你怎么说好了，我们当时只不过是在打发时间。”布丽尔说道，听起来不能更漠不关心了。

“我听说她要转学到中央中学了。”艾莉森说。

“你确定?”我问道，很惊讶布丽尔还没有听说这个消息。

“好吧，我倒是想说，她应该的，”诺埃尔说，“不是吗?谁会希望她留在这里啊?”

“泰勒吧，我觉得他会。”艾莉森说道，但布丽尔和诺埃尔听见都笑出了声，弄得她很尴尬，感觉她是宁愿自己什么都没说过。

“哦，我的天，泰勒帮了迪兰的忙。他帮了所有人的忙。”

布丽尔说，“我不知道他们怎么都错过了这个讨厌鬼犯贱的时刻，但现在他们都知道了。但是泰勒事到如今还是愿意跟艾玛搅在一起吗?我真的觉得不会了。”

铃声响了，艾莉森跑着离开了，她轻轻地朝我们招了招手，但同时看上去也轻松了。诺埃尔和布丽尔相互之间翻了个白眼，布丽尔说：“回楼梯井那边去？”

“嗯。十点钟在那儿见。”诺埃尔回答道。

我等着她们会解释一下她们在说些什么，但布丽尔只是朝我挑起了眉毛。“不要担心你的D字头列车，”她说，“我觉得他和艾玛并不是真的在交往，所以说，如果你真的想跟他和好的话，他可能还没有染上梅毒。”

“除非是你染上了。”诺埃尔说道，她俩又都笑了起来。

我微笑着，装出觉得这很好笑的样子，但和艾莉森一样，我有点高兴，因为可以离开她俩，回到自己的年纪教室去。有一瞬间我思绪脱缰，我想知道不再跟布丽尔做朋友会是什么样——不再一直被那个样子嘲笑，不用总是当她开玩笑的最佳对象。但那种想法是疯狂的。布丽尔会永远是我的闺蜜。我们在一起这么开心，我们这么亲近。看着她和诺埃尔一起离开，我想到，不管怎么说，这也不是我选择得了的。如果布丽尔愿意和你玩，她就会的。如果她不愿意的话，那么你就自己回年级教室去好了。

那天接下来并没有发生什么特别的事了。在上体育课之前，我在走廊碰到了舍恩校长，我想起周三我父母得去参加的会面。天呐，我老是会忘掉这事。我感觉胃里一阵下沉。为什么我今天没有也打电话请个病假？我一直觉得恶心。

艾玛没来上体育课，我找了布丽尔跟自己搭档，于是我们整个时段都在尽力避免去碰篮球。结果我们发现，要是你到体育馆远端角落，假装去练习投篮，你就可以放心地站在那儿乘凉，没有人会来管你。

艾玛也没来上历史课。最后我终于想到，她也许是和迪兰在一起。我想不起上次看到她或者他俩在一起是什么时候了。

之前那个周末开始让我觉得像是自己的一个梦。在迪兰车里的那个晚上感觉也像是发生在一百年之前的事了。

但它仍然刺痛着我。那段情节在我脑海中感觉仍然相当清晰。

放学后我去接了两个男孩子，我们又去了塔可钟，这次我们拿出了一张真正的10美元，是早上妈妈给我的。等我们到家的时候，太阳还没有落山，但天空开始显露出淡红色，在我们下车的时候，汤米停住了脚步，抬头看了一阵。

“很漂亮，对吧？”我说，靠在他身旁的本田车上。亚历克斯已经跑进家里了，兴奋地抢到了Wii游戏机的优先权。

他努了努鼻子——男孩子甚至连“漂亮”这个词都会讨厌，更别指望他们可能会去想任何像那个样子的东西——但他却说：“嗯，很壮观。”

“我曾经觉得那种日落的景象预示着好运。”我告诉他。我自己都忘了这些东西，直到这句话从嘴里说出来，但这是真的——当我还很年幼的时候，我认定淡红色的日落景象意味着，我也说不好，意味着我想在圣诞节得到的小马真的会出现，反正就是这些。

“是吗？好运？”他问我。

“哦，我不知道……我觉得是我异想天开吧。但也许是真的。”

“嗯，也许是。”他说。

我们又在原地站了几分钟，这段时间里天空已经开始变得更加灰暗。谁也不用说什么，我俩转过身，一起走进了家里，家里温暖、明朗，弥漫着亚历克斯放进微波炉里的爆米花的味道。

第二天早上我就知道那预示着什么了。

大家都站在学校外面，没有进去。天气寒冷，吹着风，太阳还没有出来，但看起来像是整个学校都凑到人行道上来了。

我自己开着车，因为布丽尔今天不想送我两个弟弟，所以我一停车就掏出手机，查看她发给我的短信。什么短信都没有，这倒让我有点担心。但是谁知道呢，也许只是另一出骗人的炸弹威胁呢。大致就像上次卡尔迈克那个奇怪的家伙骗人上当那样。我们那天放了假，并没有什么大事发生，所以我多少期待着这次也是这样。

我看见布丽尔的SUV正从停车场的另一头开进来，所以我等在自己车的旁边，以为她会停在我旁边。但她没有——她将车倒进了最前面的空位，停得有些歪。我动身朝她走去。她和诺埃尔都从车里出来了，她们看上去都有点恐慌——但我不明白为什么，也许只是因为我已经有点恐慌了，所以大家也都这样看着我。

当我走近一些，我招了招手，她们肯定是看到我的，但她们没有招手回应。我们在半道上遇上，在一辆红色的，嗯，红色的尼桑汽车旁边。我想着，这可真是辆难看的车，然后布丽尔说：

“艾玛·帕特曼昨晚自杀了。”

然后就什么都没有了。

并不是什么都没有。来了一群人。他们不让我们进学校——校门被锁上了，这就是为什么大家在外面的原因——直到八点半之后才开。他们让我们坐在体育馆里，因为礼堂不够大，坐不下整个学校的人。他们的话里用了很多诸如“悲剧”、“法律顾问”和“处理”这样的词，比如，“我们想帮你们处理此事”。

“真是个愚蠢到没救的婊子。”布丽尔低声说道。除了我，没人能够听见她的话，所以也没人知道我在点头。但我不能说什么回应她。放眼体育馆，从露天看台往前五排的地方，我能够看到迪兰。他用双手捂着脸。我说不准他是否在哭，但他一直让自己低着头。那个指导顾问走上前去讲话。我只见过他一次，那是在他们让我参加的关于选择大学的一次集会上，但现在他开始讲起了相互扶持、共渡难关这些东西。我不明白，我也没有心思去听。我看着迪兰，所以当他有动静时，我也看到了——他终于把手从脸上拿开，然后站了起来，整个过程十分连贯。他挤着走过他那排所有人，沿着台阶走了下来，一步两级。当他用力地推开体育馆的门时，门闩发出非常尖利的摩擦声，馆内的所有人都看着那扇门在他走后自动关上。因为设置的原因，那扇门并没有弹回关上，但那反而让情况更糟。过了很久很久，门才“咔嗒”一声关上了，我想，迪兰现在肯定已经在他的车里了。或者任何地方——不管他要去哪里。

我想，他再也不会和我说话了。

那是我那一整天里最悲伤的感觉。

那天接下来的时间我们就解散了。布丽尔和诺埃尔要去布丽尔家，所以我也跟着去了。她们吸烟，但我没有吸。她们打电话叫来了凯尔和雅各布，然后马尔库斯也来了，布丽尔从她父母的酒柜里找了一瓶伏特加出来。我喝了一点，但我不习惯大白天喝伏特加，当我上楼借用布丽尔的洗手间时，我想，我躺一会就好了，然后我再次醒来就是，呃，可能两个小时以后了，这真是尴尬。我走下楼，本以为大家会取笑我，但他们都在一边看着本地新闻，一边笑着。当然，那些新闻都和艾玛有关，我不知道有什么这么好笑，但我听见雅各布好像说了一句“吃安眠药谁不会啊?”，凯尔又说什么“她太笨了，没弄清该吃什么药。她肯定是想多服用点艾德维尔[①]的”。

已经两点半了，于是我悄悄溜进厨房，拿起我的包，离开了。我还得去接两个弟弟，还得回家。我妈妈现在肯定已经听说这事了。突然间，我想起明天我们在学校还有个会面——那算是取消了吧，是吗？我爸爸还会来吗？我觉得，不管怎么说，我也不是真的想见到他。我并不想参加那个会面，但是——该死！那个会面是跟艾玛有关的，不是吗？那么……那么现在怎么办？

当我把车在悦山小学停下时，天空开始下起了小雪，两个男孩子从学校里跑着出来，都伸着双臂，想要去接住雪花。汤米的一个朋友和他在一起，叫着：“下雪喽！下雪喽！”

他们和往常一样为坐前排推挤了一番，这次是汤米赢了，他急忙坐进了车里。亚历克斯嚷道：“明天我们就能看到漫天大雪了！”

“现在都三月了，傻瓜，不可能下得了那么多雪的。”汤米说道，但他也咧开嘴笑了，他的脸因为奔跑和寒冷而涨得通红。

我注意到自己在颤抖，尽管我一直都在开了暖气的车里。突然间，我意识到我忘了吃午饭。我感到胃里冰凉。我习惯了它躁动不安的状态，郁结不散，绷得很紧。只是现在它……空荡荡的。我甚至都没有对两个男孩子说点什么。我一言不发地

---

① Advil，一种镇痛药。——译者注

开着车回家，希望着自己不会让我们在路上出事故。我的手非常麻木，握着方向盘都没有感觉。

我对任何东西都没有感觉。

我们刚回到家，很明显妈妈已经知道了。她让汤米和亚历克斯回楼上自己的房间去，告诉他俩我们要去点个比萨。他们听到这个几乎是和看到下雪一样兴奋，然后我们就听见他俩咚咚咚地跑上楼去，嘴里嚷着会吃到有什么配料的比萨。

我和妈妈一言不发地相互对视了一阵。终于，她说道："你没事吧？"

"嗯。"我说。感觉我今天都没怎么说过话，声音都沙哑了。我想我没有多说什么，但我肯定没事。

"大家——大家都还好吧？布丽尔呢？还有——哦，我的天，迪兰怎么样？"

我只是耸了耸肩。

"当然，"她说，"当然这让你们都很难受。天呐，我简直无法相信。她才十六岁……"妈妈重重地坐到了厨房的一张凳子上，一时间只是看着橱柜。我站在她附近，不知道做什么。

"我只是……"我必须停止这种状态，于是清了清嗓子，"我回自己房间了，行吗？我无所谓吃哪种比萨。反正我也不怎么饿。"

她抬起头看着我，神情紧张、忧虑，好像比她平时的样子老了十岁，但她只是点了点头。于是我走开了。

第二天早上，学校外面停着几辆新闻媒体的车。那天下午，它们停到了我家门外。到那周周末，大家都知道了艾玛·

帕特曼周一那天待在家里，等着父母出门上班，然后她将一段耐重绳索做的套索套在了自己的脖子上。她将绳子另一头绑在了她父母车库里那些露出来的房梁上。

大家都知道艾玛·帕特曼不仅仅是自杀了而已。她是因为某个原因而自杀的。

这个原因是布丽尔，是迪兰，是凯尔，是雅各布。

还有我。

一名起诉人提起了针对我们的指控。Facebook的事情已经上了新闻。泪流满面的艾玛父母上了《早安美国》节目，坐在律师身旁，讲述着欺凌遭遇，自杀，还有艾玛戛然而止的美好未来。

梅甘·科利上了《今日》节目，告诉了他们“某些女孩”在情人节那天是如何在艾玛的储物柜上涂上了“骚货”的字样。我在自己房间里用电脑看了这期节目，当她说起那些事情时，我几乎快要窒息。当采访者问起她是否说的是“被提起诉讼的”那些女孩时，她点了点头，而我尖叫了起来。我将电脑从床上一把推开，一瞬间我以为——我希望——它是坏掉了，但它并没有。视频只是被暂停了，梅甘那张愚蠢的、满是泪痕的脸从地板上向我看来。

妈妈立刻就来到了我的房门旁边。“我告诉过你别再看这些东西了。”她说。

“但是他们说的一切都是在撒谎——”我叫喊着，但她抬起了手，让我停下。

“就这样！”她吼道，声音更大了。“家里不准再放新闻了！关掉电脑，莎拉，我是说真的！”

我关掉电脑，让它就留在了地板上。我们彼此看着，过了有一分钟，然后她转身离开了。她甚至都没有准备让我上学了。我们都知道，我不会去上学了。

一听见她开车离开，我就来到楼下打开了电视。本来我只是打算看看动画片什么的，但我一调到MSNBC[①]台，艾玛的脸又出现了。妈妈说这条新闻是举国皆知了，因为艾玛长得漂亮，父母又有钱，但我知道这也是因为引起了诉讼。这是一件“意义重大的反欺凌”诉讼案，有史以来针对未成年人提起的最严重的一起诉讼案。

我给布丽尔发短信，问她是否想去购物。她最近也经常缺课，但现在她只回了一条：没法说话，律师师师师:P。

我不知道那是什么意思。我又看起了电视，然后看到另一幅截屏图片，上面是艾玛的Facebook上我们的留言，日期是她死去的前一天。

当个讨厌鬼是什么感觉？

我的头像和名字都做了模糊处理，但我知道那条是我写的。在那条评论下面，你能看到有22个人点过赞，但是节目里的人现在只是谈论着我，谈论着这些女孩既被动又争强好胜什么的，我也不知道。现场还有个儿童心理学家。我从来没有见过他，他也不知道自己在说些什么。

“闭嘴！”我对着屏幕上那人喊道，“别把我牵扯进去！”

但是，他显然听不到我说话。没有人可以。

---

① 微软全国有线广播电视公司，是由微软MSN和美国国家广播环球公司合资成立的广播公司。——译者注

23 十月

“你看起来不错。”亚历克斯说。他下巴上沾着牛奶，因为他刚刚往嘴里喂东西用的是一把超大号的Chreerios[①]勺子。他的话听起来像是“腻抗洗来弗错”，但感觉很贴心。也许这会是我这一天能听到的最贴心的话了。

“谢谢你，小弟。”我低头看着自己的深蓝色裙子和暗红色毛衣。我看起来像是要去竞选学生会主席，但我认为这是在遵循娜塔莉给我订的规则。我们第一次去法庭（真的只是一间坐着法官的诡异房间而已）时，我穿了一件亮黄色的衬衣。我觉得娜塔莉当时看到只想杀了我。那天外面很热，但她让我套上了一件她放在车里的羊毛衫。

管他呢。今天天气很冷。我想我的装束已经告诉人们：我是在严肃对待这件事。

我跟亚历克斯和汤米在桌前坐下，但我吃不下东西。光是看着他们狼吞虎咽吃着早餐的样子，就让我感觉想要呕吐。要是我能够直接吐得出来，哪怕只有我预想的一半频率，我可能

---

① 美国通用磨坊食品公司下属的一个品牌。——译者注

也会感觉好很多。或者糟糕得多，我觉得是，我也不知道。亚历克斯直接端起碗咕咚咕咚地喝着里面剩下的牛奶，我转头看向别处。

“你确定你喝完了吗，小家伙？”

爸爸的声音让我跳了起来——总是太大声，太过自我。我又感到胃里下沉。在我对面，汤米也紧张起来了，但亚历克斯对我们的爸爸笑着，嘴上还蒙着一层白色的奶渍。

“嗨，爸爸！”他说，“今天你会到学校接我吗？”

“我不知道，孩子。”爸爸说。他打开有马克杯的那个橱柜，然后把一个杯子重重放到台子上，往里面倒了些咖啡。他让橱柜的门开着。“今天这件事可能会耽搁些时间。我想你们的妈妈会安排人开车接送你们。”

这件事。穿着毛衣的我稍微畏缩了一下。这件事已经耽搁了不少时间了。它已经占据了我的整个生活。它将永远如影随形。

“哦。”亚历克斯失望地说道。

“我不明白为什么我们不能一起去。”汤米抱怨着。

我冲他挑起了眉毛，但在我开口说话之前，爸爸又插了进来。

“啊，你们不会想去的，相信我。”他说。他又将身子靠在了台子上，手里端着咖啡。我仍然没有刻意去看他，但我能感受到他的存在，感受到他那种居高临下的身高。他穿着一件深色西装。他幽灵般地忽隐忽现。“不会有什么好玩的。”

“我知道。”汤米说。他的声音现在很平静，但仍然带着轻蔑。“我没觉得这会有什么好玩的。我只是觉得我们应该到场。”他与我眼神相遇，相视片刻之后，我对他轻轻微笑了一下。

“谢谢你。”我对他说道，但我实际上只是在比着口型。他耸了耸一边的肩膀，好像在说，我尽力了。

我觉得两个弟弟给了我力量去挺过这件事。不幸的是，爸爸说对了，他俩实际上并不想跟我们一起去。很糟糕的是，我爸爸这下会到场了。而妈妈——无所谓了。当爸爸在场时，她就会异常的心神不宁，我也不懂。而且，她现在都还没到楼下来。她在做什么？

“你们的那位母亲在哪里？”爸爸问道，像是看出了我的心思。又是这样，他想让我们觉得他表现得轻松又风趣，但他听上去却怒气冲冲。

“我去叫她。”我说，很兴奋终于有机会可以离开这里，可以远离他两分钟。

但我刚从椅子上站起来，她正好就走进了厨房。她穿着一套深灰色的套装，里面穿着一件淡紫色的丝质衬衣。这是她在遇到特别忧心的场合才会穿的衣服。我不知道自己怎么会记得这些，但我确实记住了，这让我感到更加紧张。

“好了，孩子们，”她对我两个弟弟说，“玛吉在外面等着你们。放学她也会去接你们的。”

“我还以为是顺道坐我的车？”我惊讶地说道。我还一直期待着送完汤米上学去法院的路上可以有二十分钟的独处时间。

“不用，我请了玛……”

爸爸打断了妈妈的解释，他说：“绝对不可能让你一个人去那儿抛头露面。那看起来会是什么样子？我们一起走。”

我回头看了看妈妈，她点了点头。

一起。为什么这么说也不能让我有受到支持的感觉？爸爸说话的语气，让这听起来像是惩罚。

这的确也是惩罚。这一程感觉像一辈子一样漫长。我坐在爸爸租来的车的后座，手里拿着我的陈述。它对半折起，被我攥在出汗的手里。我们中间没有人说话。路上堵过车，但这不足以让我们真正慢下来。所以，在我感觉会被永远困在车里的同时，我们也在以非常快的速度驶向法院。

到处都停着新闻媒体的车，有几十家。爸爸不得不减速缓行，等着那个指挥交通的警察把我们前面的车引到停车区去。一个我们经常看到的电视台记者从我们的车旁边小跑过去。一瞬间我立刻想到，“哦——”好像自己刚看到了一位名人。然后我又回过神来。

天呐，我恨这些走神的瞬间。我多希望自己能够不要走神，哪怕一瞬间都好。一直深陷恐惧、悲伤和疲倦的感觉很糟糕，但是当我觉得（哪怕是一眨眼的瞬间）一切都还正常的时候，感觉还要糟糕得多。

即使是在周六晚上那个短暂的瞬间，那时卡尔迈克正开着车送我回家，然后他将嘴唇压在了我嘴上，动作那么迅速，那么温柔。我闭上双眼，回想着那时的情形，不想醒过来。周日那天我们交谈过，当然，昨天我也在学校见过他，我们都装得像什么都没发生过一样。但是在他爸爸的卡车的黑暗的车厢里，一个如此美好而又漫长的夜晚行将结束，那个瞬间是完美的。它是种慰藉。

车子猛地一向前，我又睁开了眼睛。紧挨着大楼的地方正好有个空位，爸爸将车开了过去，猛地一拉变速杆将车停了下来。我们都安静地在位置上坐了一会，然后，好像是预先彩排过一样，我父母和我打开了各自身边的车门，任由汹涌的喧闹声朝我们袭来。

我急忙绕过车子，他们站到了我的两边，我们走着，尽量不跑起来，穿过了那些叫嚷着的记者和晃眼的聚光灯。现在我就是那个女孩。我就是那个走进法庭、没有理会记者镜头的女孩。突然间，娜塔莉出现了，但我甚至都不知道自己是怎么看到她的，因为我一直保持目光向下，看着人行道。注意脚下，注意脚下。不要跌跤。

大门由保安推开，我们匆忙地走了进去，大楼里相对而言的安静将我们整个吞没了。我往肺里吸着空气，意识到自己正渐渐稳住呼吸，但我没有停下脚步。娜塔莉还没有停下来，她仍然领着我们往前走，所以我们小跑着走过了一座走廊，然后又是另一座，然后终于看到了一张长椅，她停了下来，朝我们转过身来。

“可以了！”她欣慰地说，“刚才是最困难的一关。”她给了我们所有人一个温暖的微笑，但我觉得我们看上去并没有相信她的感觉，因为她又说道：“说真的，从现在开始，一切都会好起来的。当然，当一切结束时，我们还不得不再见他们一次，但你不用跟他们说什么话，实际上，我真的建议你别和他们说话。我们明天会碰面谈谈媒体的反应，但他们很快就会对此失去兴趣，别担心。到了下个月这个时候，没有人会记得你的名字。”

“很好。”我爸爸说道。

我妈妈把一只手放到了我的肩膀上，动作非常轻柔，以至于我几乎感受不到。“会好起来的。”她喃喃地说。我点了点头。会好起来的。那是对于他们而言。而我，从另一方面说，仍然得回到学校去。

“现在我们先等等，”娜塔莉说，“我的新实习生马上会到这里，如果你需要，她可以给我们带些咖啡。但是请先坐吧。涉拉，你都准备好了？那是你的陈述吗？”

我又点点头，努力将攥着那张纸的手指松开。现在它们已经僵成了一团。

“如果你需要的话，我还有另外一份。”娜塔莉说，她的声音低了一些，听上去带着同情。“你想再重温下什么地方吗？”

爸爸长长地叹了口气，好像他很厌倦谈论这一切，然后重重地坐到了长椅上。妈妈踌躇着。我知道她一直都迫切地想看看我的陈述，之前我没让她看的。我知道她现在为什么迟疑了，我知道她想留在这儿，如果我告诉娜塔莉，好的，我们来谈谈我手里这页愚蠢的东西吧，即使我们昨天才对过词，但我保持着沉默，所以最终她也坐到了长椅上。

妈妈的手从我肩上抽走了，娜塔莉站到了我的身边，将她的整条胳膊搭在了我的肩上。“你做得真的很不错。”她说道，她的头靠我很近，甚至声音也更轻柔了，只是对着我说：“我为你感到骄傲。我知道这并不容易，或是有趣——或是像你想象的样子。但你真的挺过来了。你也写出了一份很不错的陈述。现在情况会开始好起来的，我保证。”

我低头看着手里的那张纸。它仍然对折着，空白的一面朝外，但是打印的文字的阴影透过空白面隐隐可见。灰暗的真相，就在这面单薄的——纸一样薄的——墙背后。

然而我又点了点头，但只是因为娜塔莉希望我那么做。我想到了要说声“谢谢你”或者“我很感激你为我做的这一切”之类的话。我也是这么想的。但我就是一点也没法让自己开口。我注视着自己要念的那堆文字模糊的轮廓——现在，现在任何时候——思考着自己要怎样才能不说这些话。我想起所有自己已经说过、已经写下的话，它们再也无法被收回、被抹除。

所以对现在而言，我只想安静安静。娜塔莉放开了我，我走到了长椅那边，让自己坐到了我妈妈旁边。我的父母。那张纸放在我的膝盖上，我等待着。

我们都只是……等待着。

“你们可以入座了。”

房间里充斥着椅子与地板摩擦发出的响声。这情景让我想起初中时曾经和布丽尔一起去参加过的那些弥撒，当时她父母仍然要她参加。起立，坐下，然后又是起立。聚精会神地看着那个穿长袍的人走进来。或者换到现在，就是那个女人。

她比我预想的样子要更年轻，也更漂亮。她有着一头金色的长发，一直垂到肩上。看上去有些随意。她对每个人微笑，好像她是想要我们坐下，同时还能放松，不去忧虑，好好享受这个过程。好像那也能行一样。

我多希望自己有问过娜塔莉这事会是怎样，看上去会是怎样。她问过我许多次对于今天的事还有没有什么疑问，但我就是抓不住重点。现在一切都在让我卸下防备——漂亮的法官，漂亮的房间。和我们之前去做案情陈述的地方不同，这是一个真正像电影里那样的法庭。房间有些年代了，是木头建的。半个房间都是座位（这又和教堂一样），然后有一扇很矮的木门，我们在门的另外一边，坐在一张红木桌前。反正，我觉得那是红木的，我也说不准。

房间两边都有高高的窗户，法官坐在一片专属区域里，正如你所想那样。有个证人坐在她旁边。但是我们不必去走那一步。在桌子之间设有一个小讲台——这个东西看起来并不属于这里，地板上有电线穿过——每个人都要站到那里去发言。

我一直面朝前方看着那个法官。她只是浏览着文件，和庭审人员说着话，但我没法朝两边看。在我左边，雅各布跟他的律师还有另外一个人（也许是另一位律师）坐在一起。在我右边是娜塔莉，然后是布丽尔和她的律师。在那个小讲台的另一边，是艾玛的父母和他们的律师。在我们身后，我听见相机的快门声，以及我们父母还有记者（谁又认识谁）的喃喃低语。我想象着我的妈妈和爸爸的样子，他们并排坐在我身后的某一排的椅子上，拿着我的外套和包。好像是我正好要去洗手间，而自己又不想拿着那些东西。

法官抬头看着帕特曼夫妇的桌子那边。“律师？”她说。

庭审就开始了。

他们宣读了所有的指控，然后我们同意承认这些指控，这样他们就会放弃其他的指控，放过我们。因为我们有三个人，所以这费了些时间，尽管我感觉有些头昏脑涨，思绪混乱。但是随后他们叫布丽尔到讲台去做单独的当庭供认，一切又重新回到我的视线里。

她跟着她的律师一起走上前去，我终于朝那边看了过去。但我立刻就希望自己没有朝那边看。布丽尔的样子让人感觉她才是律师——她的头发柔顺地往后梳着，她穿着一件蓝黑色的西装，一条铅笔裙，脚上是一双高跟鞋。她看上去有二十五岁，她的律师是旁边更年长的那个人，他看上去明显像是打赢过一大堆官司。他在讲台上摊开了一个皮面文件夹，当他跟法官问好时，你能看出他俩已经见过很多次面了。好像他俩经常在“律师与法官俱乐部”一起打网球、喝威士忌似的。

他说话了，随后法官宣读了对布丽尔的指控，布丽尔说了好几次“是的”。然后法官说：“如果你准备了陈述，现在你可以宣读了。”

每个人都屏住了呼吸。布丽尔把她律师那个文件夹往后翻了翻，翻到了另一页，然后优雅地清了清嗓子。当她开始说话时，我立刻意识到这是她那种特别针对大人才有的声音。我感觉自己有好几年没有听到过了，它让我紧张得不能再紧张了。我知道这不是什么比赛，但这里也不是从前的辩论课了——布丽尔和我没有在同一组了。如果这是场比赛，那么是她会赢。她会赢的。

但是说实话，我觉得那么做也太晚了。我们都是来这儿承认我们输了的。我们投降了。

“谢谢你，阁下。”布丽尔说。好像这是她的日常惯例。“帕特曼先生，帕特曼夫人，我无法向你们表达我有多么抱歉。我和艾玛并不太熟，但她是个美丽的女孩，我无法想象这样的损失对你们来说意味着什么。我会一直感到抱歉，为我所做过的任何让她感觉自己在爱姆伍德中学不受欢迎的事情而抱歉，我也会一直在心里牵挂你们一家，为你们祈祷。谢谢。”

接下来是一阵惊愕的沉默，布丽尔的律师伸手合上了文件夹，将它从讲台上拿走，然后领着布丽尔回到了我们的桌子。她说尽了漂亮话，但是——但是怎样呢？为什么听着总感觉不对劲？

然后我听见艾玛的妈妈喘息着深深吸了口气。她在抽泣。她几乎又立即安静了下来，但我在想，好吧，是不是布丽尔让她哭了……我觉得她肯定说对了话。

但是，我也不知道，也许是我——她其实听起来并没有那么悔恨。

我的发言听上去也会是那个样子吗？

当法官接下来叫道雅各布的名字时，我的心提到了嗓子眼，我不知道该怎么做才能不让自己在这间满是人的豪华房间里呕吐和晕倒。我看着娜塔莉，恐慌不已，但她只是拍了拍我攥在一起放膝盖上的两只手。

“别担心，”她说，“你没事的。”

尽管我们都已经明白，雅各布还是过了一遍相同的程序，他只需要接受几起指控，比我和布丽尔接受的要少。而泰勒——天呐，他的一切我都给忘了。他的案子是单独审理的，但我知道他也进行了辩诉交易。雅各布的律师和法官说话时，我闭上眼睛，努力想象着这一切结束了。不是想象今天晚些时候的情形，而是一年后的样子。明天会是什么样子？一切都会变得正常吗？还有什么会是正常的？

雅各布的陈述甚至比布丽尔的还短，他的声音颤抖着，好像要哭了似的。你能听出他是自己写的。他只是说着：“我真的为这一切感到抱歉——所有这一切。艾玛是那么乖巧的一个女孩。我真的很怀念她。我真的很抱歉。我——我只是真的很抱歉。”

我发誓，如果允许庭内所有人起身去拥抱他的话，他们会那么做的。我会的，我记得他一直以来是多么混账。现在我能听见艾玛的妈妈真的哭了起来，同时我看着他走回我们的桌子，低着头，灰色的西装对他来说看着有点太大了，好像他是个参加表亲婚礼的小孩。雅各布的律师把手放在他肩上。我不知道他是否想说，“嘿，你瞧，这家伙还只是个孩子呢”，但那只是我的看法。

突然间，我很好奇是否是那个律师让雅各布穿的西装，因为他知道那会让他看起来年轻些。如果是他为他写的这篇讲稿的话，就像布丽尔的律师很明显给她写了她的讲稿那样。

天呐，我真是个白痴。整件事都是在弄虚作假。我们甚至都不是在接受审判了，但是大家都还在玩着这出游戏。操控着体制。或许我只是受害妄想症吧。我自己都说不准。

但是微微的愤怒让我的胃平静了下来，所以当法官说“莎拉·华顿及律师，请到台前陈述”时，我并没有吐得一桌都是。我跟着娜塔莉来到讲台，我的腿打着战，但我仍然勉力撑着。

因为就在随后，一个想法突如其来地出现在脑海。我是唯一一个真正对所有这一切感到抱歉的人。不只是为惹了麻烦，也不只是为艾玛毁了我的人生。我也为那件事抱歉——我仍然向老天许愿，希望艾玛可以再多坚持一天，然后转学，然后努力适应，就像我们其他人不得不去适应一样。努力振作起来，认真生活，就像我们都不得不去做的那样，甚至是在一切变得可怕、痛苦而又毫无意义的时候。

但是当娜塔莉跟法官说过话，然后她们宣告我接受骚扰指控、轻微侵犯人身指控以及跟踪罪时，我一直抬着头。我说我理解，我说我接受。然后当法官问我是否准备了陈述时，娜塔莉走到了一边，我在讲台上抚平了我那份该死的、毫无专业性可言的打印文稿，将它放好，希望手心的汗没把纸上的墨迹弄花。我沉默片刻。我吸了口气。

“艾玛和我并不是朋友。很长时间以来，我觉得我们是敌人。我认为她做过伤害我的事——而我也做过伤害她的事情来报复。”

我又吸了口气。娜塔莉没有碰我，但她把手放到了讲台上，我看了一下那只手。仿佛她是把它强按在那里的，它让我留在了原位。我双手颤抖着，声音也发抖了，但娜塔莉的手很镇定。我又看着我的文稿。

“但现在我认识到……现在我认识到，她很痛苦。比我们曾经切实去想到过的要痛苦得多，尽管我现在肯定是更能理解了。”

我抬头看着法官，又说道：“我认为那种痛苦完全不是任何人的错。”然后，我终于朝帕特曼夫妇的桌子那边看去。帕特曼夫人的眼睛红红的，令我吃惊的是，帕特曼先生的眼睛也是那样。他们看上去矮小又悲伤。我看着他们，说道：“但我让那份痛苦加剧了。我没有什么正当的理由。我自私又残酷，我从未想过要让这些事情发生，但是事情发生了，我会在今后的人生里一直感到抱歉。我是如此抱歉——”我没有再说下去，害怕自己会哭起来，我不想哭。他们应该听到这些话了。我想要说这些，我希望他们能知道。我甚至没有再看我的文稿了，因为我知道自己想说的是什么。

“我很抱歉，我让这份痛苦加剧了，我让艾玛的生活变得更加艰难。我知道是我造成的。我知道我伤害了她。我也伤害了你们。我无法忘记这些。我永远都不会忘记。我向你们保证我永远不会忘的。我只希望自己可以——我只希望我能再多做点什么。但是我发誓，我会永远记得。”

我们相互注视了片刻，帕特曼夫妇和我。我浑身发抖，但仍然站着，手抓着讲台，希望他们相信我，希望他们理解。我想到了妈妈说过的话，关于如果她失去我的那些话。我想到了爸爸，我是怎样无法想象他会为我而哭泣——但他也许会的。他当然会的。

我的心怦怦跳着，我最后的几个字几乎是在窃窃私语，因为我想只对艾玛的父母说就行了。

“我很抱歉，为你们失去的一切，”我轻轻地说，“我多希望自己可以挽回这一切。”

我哽咽着。我那张纸上已经没剩其他内容了，我不用再看着它就知道该说什么，但就这样总感觉不够。还应该再说点什么。

整个房间仍然沉默着，但我能够听见人们开始在椅子上移动了，好像他们觉得我已经说完了。我转头看向讲台，瞥了一眼我的稿子，我的双手，娜塔莉的手。法官身子前倾，准备说些什么，但就在她开口之前，我抬起头说道：“只是有句话——我还有一句话要说。”

她停下了。每个人都停了下来。那一刻，我意识到我不再紧张了，嘴巴也不再觉得干了。我现在不害怕说话了——因为这很重要。我想让人们听我说。我想要艾玛听我说。所以我又说了一句。

“艾玛，如果你在天堂听得见……我只是想让你知道我很抱歉。我多希望我可以再多说点什么。但我是真心诚意的。我真的，真的很抱歉。”

然后我折起我那张纸，娜塔莉的手放在了我肩膀上，我们坐了回去。眼泪沿着我的脸颊流了下来，一滴接着一滴，流得很快，流个不停。而我任由它们滑落。

24 十一月

“哦，我的天，这篇讲的是一个志愿去苏丹帮助患病儿童的故事。我没有做过那样的事。我是说，我本可以做到的……我觉得……”

“你该歇会了。”

“但我只是想看看是什么——快看！看这个！她战胜了饮食失调症然后又……真烂，然后她伸出援手让朋友免于溺水。”

“也许她也可以给你写大学申请文书[1]。”

我抬头看着卡尔迈克，眼睛睁得大大的。“那并不好笑。我肯定死定了。我是说——我没有那个意思。我只是不知道怎样去和这种人竞争！”

“你该歇会了。”他又这么说道。他从桌子对面伸手过来，想要把笔记本电脑从我面前挪开，但被我按住了。

“这太疯狂了，”我坚持己见，“我只是想找些例文，但这感觉简直就是——这些人不应该申请上大学，他们应该，我也说不准，应该竞选总统吧！或者至少去加入和平

① college essay，美国高中生申请大学时需要准备的材料。——译者注

部队[1]什么的。”

“我很肯定那就是他们接下来要去的地方。但我只是觉得，不是所有内布拉斯加林肯大学的人都参加了人道主义之旅和援助任务，行了吧？”

我冲他皱起了眉头，但他也皱眉以示回应。

“不管怎么说，”他又说道，“你也真是吓到我了。现在快关掉电脑！”

慢慢地，带着不情愿，我合上了屏幕。

“是什么把你俩吓到了？”

我们都抬起头，看到汤米正走进来，他径直奔向了桌上放在我们旁边的一碗薯条。他拖过一张椅子，很随意地扑通一声坐了上去，但和往常一样，他的眼睛一直看着卡尔迈克。现在我们是完成不了任何事情了，但也没关系。

“大学申请文书，”卡尔迈克告诉他，“在里面你应该写一些真正有意义的东西，这些东西能够告诉他们，你是多么出色的一个人，你整个人生都做了些什么。你姐姐现在一直在网上找着这些疯狂的、极端的例文。”

汤米大声地嚼起了另一根薯条，瞥了一眼我面前合上的电脑。“是吗？什么样的？”

“比如，有个家伙到大峡谷玩极限跳伞，然后陷入困境，还据此经历拍了部电影。”我说，但同时卡尔迈克说道：“比如，我们需要考虑考虑我们自己的申请文书。”然后瞪着我。

“所以这就好比是次考试？在你们还没去学校之前？”汤米

① Peace Corps，1961年3月由美国总统肯尼迪下令成立的组织，任务是前往发展中国家执行美国的“援助计划”。——译者注

问道。

“完全正确。”我说。

“那似乎并不公平。”汤米说。

“完全正确。”我又重复了一遍。

“但实际上也没有那么严重，”卡尔迈克坚持道，“而且你看，他们给了你好几个不同的主题，你可以选择其中一个……”他将打印的申请表从桌子那边推了过来，汤米开始研究起来。

“当你什么都没有做过的时候，这就相当严重了，”我说，“我的意思是，我之前只知道上学。我都没当过篮球队队长什么的。”

他们都朝我投来奇怪的目光。“篮球？”汤米说，然后他们都笑了，好像这是他们听到过的最好笑的事情。

“什么啊？你们知道我的意思啊！”我把头放在合上的笔记本电脑上，哀叹着。

“这个话题才是你应该写的，”汤米说道，指着那张纸，“写封信给某个你无法见到的人，写写他或她是怎样改变了你的人生。”

我靠过去看他指着的地方。“为什么是这个？”我问。

“我不知道，这听上去不错。你可以写给，比如说，科特·柯本[①]或者达斯·维达[②]。”

---

① Kurt Cobain（1967—1994），美国已故著名摇滚歌手，经典摇滚乐队Nirvana乐队的主唱兼吉他手，乐队灵魂人物，词曲创作人，死后被乐迷誉为圣人。——译者注

② Darth Vader（旧译黑武士），电影《星球大战》里最重要的角色之一，他的两次改变决定了光明与黑暗两股势力的消长。——译者注

我眯起眼睛看着他。“这就是你提供的例子吗？你都读些什么东西啊？”我转头看着卡尔迈克，说：“这是受你影响吗？”

他自卫似的抬起双手，说道：“我完全不知道你们在说些什么。”

“我上七年级了，”汤米嚷道，“我知道科特·柯本是谁，天呐。”

卡尔迈克从座位上站起，身子从桌子那边靠过来读这个题。“话虽如此，上面说这个人必须真的存在过，所以我觉得达斯·维达不用考虑了。”

“那真是太糟糕了，”我说，“他曾让我深深地爱上了光剑。”

汤米耸耸肩，丝毫没有受到冒犯的样子。“我的话就会写给他。”他说道。

“你会写给科特·柯本？”卡尔迈克问。

“也许吧，”他说，“或者，也许，我也不知道……”他稍稍斜着瞥了我一眼，又耸耸肩。“也许，像是，艾玛·帕特曼。”

我感到胃轻轻一颤。但只是很轻的一下。我看了我的弟弟一眼，我能看出，他正屏住呼吸，有点害怕我可能会说出的话。

“好吧，”我说，“我给艾玛也算是写好一封信了。”

汤米低头看着面前的桌子，耸了耸肩。“我只想说，你懂的——”

“等等，”我说，“这真的让我想到一个主意。”

他又抬起头。“申请文书的主意？”

“呃，不是——我是说，也许，是的，我有某个无法通信的对象。但要是——”我在桌上把笔记本电脑拖到我这边，打开了它，在Google搜索中输入一条新的词条。“我已经想了很久，就是说，要是我当时能够做点什么可以真的帮到艾玛又会怎样？或者不一定是艾玛，而是其他人——有相同遭遇的人？”

我咬着嘴唇，看着我弟弟和卡尔迈克，突然觉得难为情。我之前从未这样大声说过话，而他们现在都仔细地琢磨着我，等着看我接下来要说些什么。我也还不知道自己要说什么，但我说的是真的—— 一个月前我们上过法庭，之后各家报纸全文刊出了我们的陈述，我很傻地去看了网上的相关文章……还有相关的评论。人们对此一点也不高兴。很明显，辩诉交易作为惩罚是不够的，我觉得，无论我有多抱歉，人们都讨厌我。

我知道自己抱歉得不能再抱歉了。但我也无法让时间倒流。妈妈说我的前方还有自己的整个人生，说我还有好好珍惜它的机会。老实说，我觉得她说得对，但是在某些时候，我的“整个人生”听着感觉未免太过漫长。那意味着还有那么长的时间去体会“来不及弥补过往”的感觉。

但也许我不必一味逃避，不必一味等着人们改变他们的看法或是再给我一次机会。也许我甚至不用向每个人道歉或是为自己做解释。也许我能试着去做点好事情。

“要是我创办一个可以供人们给别人写信的网站，就像申请文书那样，给他们也许无法在现实生活中见到的人写信，你觉得如何？会不会听着很蠢？”我问汤米。

“不会，”他说，“哪种地址？”

“我的意思是，也许某个人已经不在了，但你想向他们道歉，或者你只是有些要说的话。”我继续说道。汤米点了点头。“或许是某个仍然活着的人，但你因为觉得太尴尬而没法在私下跟他们说话。”

“正好和Facebook相反。”他说。

卡尔迈克笑了，我也笑了。

“是的，”我说，“你形容得很好。但是也许采用匿名方式吧。如果你愿意的话。”

虽然感觉有点幼稚，但这个想法让我很是兴奋。也许还有和我一样的人，他们说了各种错误的话，只想有个道歉（或者说试着去表达歉意）的机会。或者只是有什么要说的——但是也许那对他们来说太晚了。

甚至在为时未晚的时候，有时要承认你对某个人不好过也是相当困难的。要承认你说过很坏的话。承认你当过恶霸。

“那你的申请文书呢？”汤米问。

“关于那个我也有了想法，”我告诉他，“别担心。”

我家前面车库的门哗哗地开了。汤米跳了起来，那声音意味着妈妈和亚历克斯回来了，他想要抢先占到游戏机。桌子上又只剩下卡尔迈克和我了，我们相互看着对方。

“我在想，也许我会给布丽尔写信。”我平静地说。

卡尔迈克从桌子对面递过申请表和电脑，握住了我的手。“她真的不会回学校了吗？”他问。

我摇摇头。

“你想她了。”

我低头看着我们的手。卡尔迈克的手上尽是墨水，因为上课无聊而画上去的涂鸦，它们还没有消退。但它们都能证明他现在在上学。他没有缺课。他不会去暑期学校了——他会毕业，和我一起。他会和我一起去上内布拉斯加林肯大学，也许吧。但愿可以。

“我之前是很想，”我说，“整个夏天以来——我非常想念她。这就像……有时候感觉就像布丽尔才是那个死去的人，你懂吗？”我屏住呼吸。感觉好像甚至连说说这些、想想这些都很可怕。但现在我说出来了，我意识到这是真的了，我的感觉就是这样。

现在我们获准可以彼此交谈，但我们却不说话了。我用了整个夏天还有半个秋天才注意到，没有布丽尔·格雷格斯在身边时，我感觉会更好。我觉得，我是个跟着她的某个角色——我曾经也受欢迎，或者至少接近那样。但我很恶毒。我们都恶毒。我们讨厌每个人。我甚至觉得她连迪兰也不喜欢。她恶毒地给每个人取了绰号——每个人都是失败者，如果他们不是她当时所需要的人，或者愿意与之为伍的人的话。甚至在去年快结束的时候，她也只是想和诺埃尔一起玩，她甚至都很少和我说话，除非是我们要去欺负艾玛。

我曾经以为自己需要布丽尔。当她的朋友肯定要比当她的敌人更好。因为只有这两个选择。

自从庭审那天以后，她就再也没有给我发过短信了。所以我想，也许这一切结束了是最好不过的。

但是话虽如此，她还是和我做了那么久的朋友。我知道她很孤独，相当消沉。我知道她需要接触人。我知道她嘴很恶毒，因为她就是那样。老实说，我相当了解她，我也的确很想念她。但我不能再和她说话了。

我仍然低头看着桌子，看着笔记本与桌面纹理相交的那条线，但我能感到卡尔迈克的眼睛正看着我。他的手放在我手上。妈妈和亚历克斯打开门进屋来，卡尔迈克最后捏了一下我的手，然后放开了，又坐回到他的椅子上。

“有人在吗?”妈妈叫道。她走进厨房，看到了我们，看到了汤米在房间里开着电视。“太好了，大家都在，”她说，“我们待会吃塔可！你知道我说的什么吧!”

我抱怨了一声，但还是站了起来，帮着接下她提着的杂七杂八的东西。吃塔可意味着我来下厨——因为做这种东西实际上不需要什么烹饪技术。实际上妈妈是在兑现她多花时间陪伴家人的承诺，尽管我不得不说，每个周六的晚上都用来学习煮西兰花或者如何不把米饭煮焦，这种做法已经有点过时了。但至少塔可还是很简单的。而且你可以在上面放很多奶酪。

妈妈对我微笑着，将几个鳄梨放到了厨台上。我觉得，她现在更爱微笑了。也许我们都更爱微笑了。

“我能帮忙吗？”卡尔迈克问，“我会做鳄梨色拉酱。”

“太好了！”妈妈说，“那好，我给你找把刀，还有一个碗，让我们看看……”

我打开汉堡包的包装，拿出一个煎锅。没过多久，厨房里就充满了肉的味道。妈妈向卡尔迈克问着他的申请文书，他告诉她，他写的是一次自行车越野赛，那次他重重地摔过一次，但不管怎么说最后还是骑完了。她告诉他，那听上去很完美。汤米又进来洗起了生菜，我觉得他这样做是为了有更多时间和卡尔迈克一起玩。我切开一个番茄，在厨台上把碗排成一排：番茄、生菜、酱汁、碎奶酪、黑橄榄。

尽管如此，在我脑中，我还是想着那封信。

亲爱的布丽尔，我们以前是在生什么气？

我是不是一个很糟糕的朋友？

你呢？

亲爱的布丽尔，我很抱歉。

我很抱歉。

亚历克斯终于受不了被排除在外，于是走进来收拾起了桌子。我递给他一升装的汽水，这是妈妈让我们喝的——只是因为今天星期六——他兴奋地开始摇了起来。“嘿！”汤米和我同时吼了起来。亚历克斯仍然一脸坏笑。他把瓶子放在桌上，然后又过来端装着塔可馅料的那些碗，他一次端了两碗。

“我的塔可可以加花生酱吗？”他问。

“恶心。”汤米说道。

“你不懂，”亚历克斯说，“也许那很不错的！你尝都没尝过。”

“我尝过的，”汤米告诉他，“很恶心的。”

“行了，孩子们，我们坐下吧。”妈妈说。她给自己倒了一杯酒，举起酒杯，对我微笑着。“如果他们对花生酱塔可过敏的话，你会送他们去急诊室的，对吧？”

“对的，”我说，“如果你愿意的话，你把那一瓶喝完都可以。我有这个就行了。”

汤米尴尬地翻了个白眼，但随后我们就争先恐后地把碎奶酪和橄榄卷进各自的塔可里，然后伴随着响亮的咀嚼声吃了起来。

一瞬间，我环视了一圈桌上。并没有什么幸福美满的美国家庭的感觉，这我知道。这并不是我之前想象中高四学年的周六晚上会有的样子。现在的情形很无聊，这是肯定的。

但我还是深深吸了口气，露出了微笑。我又深吸了一下。然后又是一下。

我只是不停地呼吸着。

亲爱的布丽尔：

你曾经是我的好朋友。你教会了我如何变得坚强。你教会了我为自己说话。你曾觉得我很漂亮，觉得我应该拥有男朋友，拥有朋友，拥有派对和漂亮的衣服。你曾让我开怀大笑。

但我从来不配当你的好朋友。我不知道如何帮助你。我不知道如何阻止我们对艾玛做的那些事情。我本应该告诉你那错了的。愤怒、憎恨和刻薄，听起来是错了，但感觉也很过瘾。但也许还有另外的选择。肯定还有另外的选择的。

我很想你。我多希望我们没有渐行渐远。我多希望你在学校。但是无论你在哪里，我都希望你过得开心。我希望我也能开心。不管怎样，我会努力的。

保持坚强。

爱你的

莎拉

亲爱的艾玛：

我在剩下的人生中都会感到抱歉。但我也会更加谨慎。我不会再认为每个人都很坚强了。我不会再认为仅仅通过行为我就可以了解一个人的一切。我会努力记着，为了也许在将来某天，我会觉得自己配得上你的原谅。

无论你在哪里，我都希望你开心。希望你更坚强。

爱你的

莎拉

致　谢

在本书的写作过程中，有许多朋友和同事向我提供过帮助，对此我会永远心怀感激。特别感谢丽贝卡·梅热、埃丽卡·詹森、德维·皮拉伊和阿比·麦克阿登，这么多年来，他们一直是我的良师益友。感谢PSCWW的女士们：卡拉、亚历克斯、凯瑟琳、梅甘、林赛、丹妮拉、贝姬和卡丽，谢谢你们及时的敦促和出色的指点。

我找不到足够的赞美来形容我的代理霍利·鲁特和编辑唐娜·布雷，所以我只能说一句：哇噢。真的很荣幸能与你们合作。非常感谢Waxman Leavell Literary、HarperCollins Children's Books和Balzer + Bray的各位。

感谢我的妈妈弗吉尼亚·马西埃尔：我可以毫不夸张地说，你是有史以来最好的妈妈，我对你的爱难以用言语表达。

最后，安迪·迈耶和卡尔文·迈耶，谢谢你们。你们是我的感谢名单上仅有的男士，这是因为你们都是男士中最优秀的。